著 Y・A
イラスト・藤ちょこ
八男って、それはないでしょう!
29

第一回
ミス佐東海岸コン
エリーゼ
黒木麻耶《くろきまや》
赤井榛名《あかいはるな》

一宮信吾《いちみやしんご》
ヴェンデリン
江木拓真《えぎたくま》

ユーフェリア・マルクトレス・フォン・イシュルバーグ（イシュルバーグ伯爵）
「これはどうも。ユウの同類は、思ったよりも紳士なんだね」
咄嗟に落下を防いだのでそれどころではなかったのもあり、
俺はその人物が少女であることにようやく気がつく。
年齢は十七、八歳くらいか？

CONTENTS

八男って、それはないでしょう！㉙

プロローグ　一宮信吾というリア充な少年

「信吾《しんご》！　榛名《はるな》ちゃんが迎えに来たわよ！」

「わかったよ、母さん」


今日もいつもと同じく朝七時に起き、学校へ出かける準備も万端に整っている。

そして毎日、僕の幼馴染《おさななじ》みである赤井《あかい》榛名が家に迎えに来るのが習慣となっていた。

僕は遅刻なんてしたことがないのだけど、榛名に言わせると『万が一のことがあるから、ちゃんと迎えに行ってあげる』だそうだ。

幼稚園の頃からの腐れ縁ではあるが、もう高校生なのだから、少し放っといてくれると嬉《うれ》しいんだけどな。

「兄貴、また嫁が迎えに来たのか？」

「うるさい、バカ洋司《ようじ》が！」

「バカはないよな。そりゃあ兄貴はいい高校に行っているけどさぁ……」

弟のくせに、毎日榛名が迎えに来る度に僕をからかいやがって。

榛名が嫁？

残念ながら、つき合いが長すぎてそういう感情を抱いたことはないな。

向こうも、僕をそういう風には見ていないだろう。

誕生日には『お父さんに編んでいたやつの失敗作だから』ってマフラーをくれたり、クリスマスには『あんた、どうせ江木《えぎ》と二人でムサ苦しいクリスマスパーティーをやってそうだから、私も出てあげる。ありがたく思うのね』と言って一緒にクリスマスパーティーをしたり——江木ってのは、もう一人の幼馴染みのことだ——バレンタインでは大きく『義理』と書かれたチョコレートケーキをくれたりはするけどね。

あまりに長い間一緒にいるから、僕は榛名を女性として意識したことがないのだ。

「母さん、兄貴、相変わらずアホだな」

「そうね……お父さんでもここまで酷《ひど》くなかったわ」

そこの外野！

勝手に人をアホ呼ばわりしないでくれるかな？

「いってきます！」

自宅の玄関を出ると、そこにはいつもと変わらない幼馴染みが立っていた。

相変わらず、背は一向に伸びない赤井榛名だ。

「おはよう、信吾」

「おはよう、榛名。今日も背が伸びてないな」

「うるさい！　私もいつかパリコレモデルばりに背が伸びるのよ！」

これでも、小学校五年くらいまでは榛名の方が背が高かったんだ。

それが今では、僕の方が二十センチ以上も高くなってしまった。

本人は背が伸びることを期待して毎日牛乳を飲んでいるようだけど。

でも、学校の男子たちに言わせると、今の榛名が最高なんだそうだ。

榛名は見た目は可愛《かわい》いし、胸もかなり大きいからな。

『可愛いブラジャーがなかなかお店に売っていない』とか僕に言われても困ってしまうけど。

だって僕に、服飾業界の知り合いはいないのだから。

「今日は終業式で明日からは夏休みだ。成績表を貰《もら》って早く帰ろう」

「信吾は赤点で夏休みは補習なんかじゃないよね？」

「残念だけど、それはない」

僕はこれでも、結構成績はいい方だ。

なにより、せっかくの夏休みを補習で潰《つぶ》すなんて勿体《もったい》ないから、毎日ちゃんと勉強もしていた。

「私も、信吾に限って赤点はないと思うけど」

僕たちが通っている高校までは徒歩で五分ほど。

僕がこの高校を志望したのは、家から近かったのと進学率がよかったからだ。

榛名は、『私も家から近いし、信吾は私が面倒見てあげないといけないから』などと言って、結局同じ高校に入学した。

僕は、榛名に面倒なんて見てもらわなくても大丈夫だから、好きな高校に入ればよかったのに。

ありきたりな考えだとは思うけど僕は、なるべくいい大学、いい就職先を目指そうと思っている。

高校一年生にしては枯れていると思わなくもないけど、それには大きな理由があった。

実は、僕は他人と入れ替わっていたのだ。

勿論《もちろん》これは、他の誰にも話していない。

まず信じてもらえないし、下手をしたら心療内科へ通うことを勧められてしまうであろう。

僕は五歳まで、ヴェンデリン・フォン・ベンノ・バウマイスターという名前だった。

その名のとおり、元々日本人じゃなかったのだ。

いや、この地球に住む人間でもなかった。

ある別の世界、ヘルムート王国という国の僻地《へきち》にあるバウマイスター騎士爵領内で貧乏騎士の八男として生まれたんだ。

ある日、いつものように兄さんたちと同じ部屋に置かれたボロいベッドで寝ていたのだが、目を覚ましたら、この世界の赤ん坊になっていた。

その赤ん坊の名前は一宮《いちみや》信吾といい、以後僕は一宮信吾として暮らしている。

そんなことになって大変だと人は思うだろうけど、僕に不満はない。

なぜなら、前の世界はこの世界に比べるとお世辞にも進んでいるとは言えなかったからだ。

電気、ガス、水道などはなく、トイレも汲《く》み取り式で臭かった。

そして、当主である父や跡取りの兄までもが、開墾の指揮を執って毎日泥まみれになって働いていたのだから。

そんな家で八男に生まれた僕の将来は、決して楽観できるようなものではなかったと思う。

長男や次男以外の兄さんたちのように、将来は領地を出て一人立ちすることを目指さなければばならなかっただろう。

そういえば、五男のエーリッヒ兄さんも時間があれば懸命に勉強をしていたな。

なんでも、王都で下級役人の試験を受けるのだと言っていた。

転生してからの僕はずっと一宮信吾として生活しているが、この世界はとても素晴らしいと思う。

テレビで流れるニュースなどを見ると、確かによくない点も多いかもしれないけど、僕の比較対象はあくまでもバウマイスター騎士爵領だ。

あの閉塞《へいそく》した田舎領地に比べれば、ここははるかにマシだった。

この世界には魔法はないが、その代わり科学技術が進んでいる。

科学は、勉強さえすれば誰にでも習得できるのがよかった。

なにより素晴らしいのは、この国には身分差が存在しないことだ。

昔にはあったそうだが、今の日本には貴族なんて存在しない。

家や領地を長男が継ぎ、次男は予備、三男以下は邪魔者などという常識もない。

一宮信吾は長男だったが、弟である洋司にそういう思いをさせないで済むのはよかったと思っている。

ただ一つの気がかり、それは僕と入れ替わってしまったであろう、本物の一宮信吾のことだ。

こんなに素晴らしい世界から、あのどうにもならない僻地の田舎に住む貧乏貴族の八男になってしまったのだから。

入れ替わりは僕のせいではないけれど、やはり罪悪感は覚えてしまう。

彼はちゃんと暮らせているのかと、今でもたまに心配になってしまうのだ。


「どうしたの？　信吾？」

ついヴェンデリンの体に憑依《ひょうい》してしまったであろう本物の一宮信吾の身を案じていると、榛名から心配されてしまった。

きっと、深刻そうな表情を浮かべていたからだろう。

「なにか心配事？」

「いや、そんなことはないけど……」

「きっと、毎日赤井さんのおつき合いで一宮君も大変なのでしょうね」

「出たわね……黒木麻耶《くろきまや》」

登校途中の僕たちに声をかけてきたのは、中学校からの知り合いである黒木麻耶さんであった。

よく手入れされた艶《つや》やかな黒髪をなびかせ、背も高くスタイルも抜群、女子にも人気があるクール系美少女という評価を受けている。

いわゆる『高嶺《たかね》の花』というやつだけど、なぜか僕によく話しかけてくるんだよなぁ……。

「出たわねって……人を悪役みたいに……、一宮君も、毎日毎日赤井さんと一緒では息が詰まって大変でしょうということよ」

「黒木さんこそ、毎日声をかけてきて暇なのかしら？」

「たまたま顔を合わせるだけよ」

「たまたまねぇ……黒木さんの家は反対方向じゃないの？」

「ちょっと、向こうのコンビニに用事があっただけよ」

黒木さんが榛名目当てに……という風にも見えないよな。

「二人は、実は喧嘩《けんか》するほど仲がいいとか？」

「んなわけあるか！　お前は相変わらずで逆に安心するわ。おっす、信吾」

「よう、拓真《たくま》」

続けて僕に声をかけてきたのは、榛名に次いでつき合いが長い『幼馴染みその2』である江木拓真であった。

こいつとは、小学校以来のつき合いだ。

「なんだ、江木か……」

「江木君、おはよう」

拓真に対し同じく幼馴染みである榛名は塩対応だが、黒木さんは丁寧に挨拶をした。

「二人ともおはよう。赤井はいつも俺に対して酷いな。扱いが適当だ」

「つき合い長いからねぇ」

「そういう風に甘えていると、いつか友達なくすぞ」

「はいはい、気をつけるわね。それよりも、江木は補習ばかりの夏休みになりそうね」

「ふんだ！　ギリギリ回避したぞ！」

「えっ！　本当なの？」

「どうしてそこで疑うんだよ？　やっぱり赤井は酷いな」

江木拓真という男の印象を一言で言うと、『やればできる子（榛名命名）』だからな。

中学三年当初の成績ではどうやっても僕たちと同じ高校には入れない学力だったのに、そこから驚異的な努力をして入学した。

拓真は、どうしても僕たちと同じ高校に行きたかったらしい。

今彼はサッカー部に所属しており、一年生にしてレギュラーの座を掴《つか》んでいる。

僕は運動神経が普通だから、運動神経抜群な拓真が羨《うらや》ましい時があるんだよね。

「でも、夏休みは部活漬けだけどな」

「そして、女の子たちの黄色い声援に包まれるわけだ」

拓真は勉強もやればできる子だし、サッカー部の一年生レギュラーでもあるから、校内の女子たちにはモテた。

残念ながらというべきか？

榛名と黒木さんは、拓真をそういう風に見ていないようだけど。

「まあ、高校時代限定だろうけどな」

うちの高校、部活に力を入れていない方の進学校だから、スポーツがそんなに強くないんだよなぁ。

強豪校のように凄《すご》い練習量があるわけでもなく、現に今こうやって、拓真と朝の挨拶をしているくらいなのだから。

遠方から通学する部員もいるから、うちの高校の運動部は、朝練がない部活の方が多かった。

「へえ、じゃあ江木はサッカーで青春を満喫しているわけね」

「いえいえ、赤井さん。夏休みはそれだけでは埋まりませんよぉ」

「拓真、お前急に卑屈になってないか？」

「信吾、毎年、毎休みのことでしょう？」

ああ、そうだった。

榛名の言うとおりだ。

拓真は努力する時はするけど、他人がどうにかしてくれる時にはやらないからなぁ。

小学生の頃から、いつも僕と榛名の宿題を写していたんだった。

「拓真、今年もか？」

「いやあ、それがですね、信吾様。あっしは、高校入学の時にやる気を使い果たしてしまいまして、その回復は大学受験の頃なのではないかと一考するわけですよ」

「お前は、どこの地方の人なんだよ……」

それと拓真、お前には矜持《きょうじ》というものがないのか？

「赤井さん、明日から信吾と一緒に夏休みの宿題をこなすと愚考しやすが」

「江木ぃ……あんたは江戸っ子かっての……。まあ、それは毎年のことか」

僕は面倒な宿題は早めに終わらせたいし、榛名も僕と同じなんだよな。

そして時間差で拓真が参加をして、僕たちが終わらせた宿題を写すと。

「俺、部活で忙しいんだよ！」

「サッカー部の練習は週に四日、しかも午前中だけ。沢井《さわい》さんから聞いたけどね」

「ぬぉ――――！　マネージャーのお喋《しゃべ》りぃ――――！」

いや、それは別に秘密事項でもなんでもないじゃん。

ちなみに沢井さんとは、僕たちのクラスメイトで、サッカー部のマネージャーでもある女子の名前だ。

「お願いします。海とかに遊びに行く時は俺もつき合うから！」

「それはお礼なのか？　ああ、拓真の奢《おご》りなのか！」

「いや、バイトもしていない俺にそれは無理！　このぉ！　江木拓真がぁ！　この体でお支払いいたしますぅ――――！」

「あ――、お前、なんかムカつく」

それって、ただ一緒に遊びに行くだけだろうが……。

第一、拓真に体で支払ってもらってもなぁ……僕にそういう趣味はないのだから。

「海の家で大々的に飲食して、江木に皿洗いで支払わせようか？」

「赤井の鬼ぃ！　今度、お前が読みたいって言っていた漫画を貸すから！」

「本当に、しょうがないわねぇ……」

榛名は最初こそ拓真に厳しいことを言うけど、最終的には甘いんだよなぁ。

もしかすると、実は榛名、拓真が好きなのかもしれない。

でも、こういう問題はあまり性急に進めてしまうと大変な結末を迎えてしまうかもしれない。

二人の幼馴染みとして、僕は温かく二人を見守るとしよう。

「あははっ！　三人は面白いのね」

僕たちがいつものようなやり取りをしていたら、それを傍《そば》で見ていた黒木さんが珍しく大きな声で笑った。

「幼馴染みっていいわね。私はお父さんが転勤族で引っ越しばかりだったから」

黒木さんのお父さん、超一流の商社勤めだって聞いたからな。

そういうお仕事は転勤も多く、色々と大変なのだと思う。

「つき合いが長いからね。お気楽に言い合えるところはいいと思うよ」

「私にも、そういう人がいればいいのだけど……」

黒木さんは、初見でちょっと近寄りがたい雰囲気があるからなぁ……。

人気はあるのだけど、見ているだけでいいと、距離を置く人は多いのかもしれない。

「大丈夫だよ。黒木さんにもそういう人がきっと現れるよ」

「そうかもしれないわね。ところで、明日から夏休みの宿題を始めるって言っていたけど……」

「毎年のことだから」

早めに宿題を終わらせ、残りの休みを満喫する。

僕たちなりの考えというわけだ。

「普通は夏休み終了間際、宿題に追われるケースの方が多いような気もするけど」

「らしいね」

これも、僕が違う世界にいたせいかもしれないな。

僕からすると、農作業、狩猟、採集にも従事するはずだった前の世界に比べると、この世界は勉強とちょっと家の手伝いをすればいいだけだから楽なんだけどね。

でも娯楽が多いから、その点には気をつけないと駄目かな。

誘惑が多いと、ついそちらにかまけてしまうかもしれないから。

「私もその宿題をやる会に参加してもいいかしら？　四人でやれば、もっと早く終わるかもよ。教え合うことも可能だから」

黒木さんは成績もいいからなぁ……確実に、拓真より戦力になるはずだ。

というか、拓真はただ宿題を写すだけだし。

「信吾、今なにか失礼なことを考えなかったか？」

「いいや、全然」

失礼なことじゃなく、ただ心の中で事実を指摘しただけだ。

「俺は大歓迎だ！　全部の宿題を早く写し終えられるからな！」

「それはよかったね」

拓真は、他人の宿題を写すだけだから気楽なものだな。

「一宮君と江木君だけじゃなく、赤井さんにも許可を取った方がいいのかしら？」

榛名は嫌だっていうほど了見の狭い奴じゃないけど、一応念のため、ちゃんと許可は取った方がいいかもしれない。

「榛名？」

「えっ？　別にいいわよ」

「じゃあ、明日は黒木さんも一緒で」

「一宮君のお家《うち》の住所と、明日辿《たど》り着けないかもしれないから、連絡先を交換しておきましょう」

「そうだね」

女の子と連絡先を交換するなんて榛名以外では一人もいなかったのだけど、これがクラス一と評判の美少女ともなると、純粋に嬉しさ倍増だ。

「信吾、黒木さんと連絡先を交換できてよかったわねぇ」

ただ、なぜかそのあと榛名の機嫌が悪かったような気がしたのは、僕の気のせいなのだろうか？

＊＊＊

特に何事もなく、高校一年生の一学期は終了した。

終業式では校長による長いお話のせいで具合が悪くなる生徒が……高校ではさすがにいなかったな。

言うほど、校長の話も長くなかったから。

あとは、教室で担任から成績表を貰って終業だった。

成績はそう悪くはなかった。

「赤点ラインを、限界ギリギリで低空飛行しているな。ここは信吾と赤井の援護がなければ沈んでいたところだ。両者の支援に感謝する！」

「江木、感謝する時間があったら、家で教科書くらい開きなさいよ」

「駄目だ！　家は俺の休息所なんだ！　勉強なんてしたくない！　積んでる漫画もあるし」

「じゃあどこで勉強するのよ？　学校？」

「学校はみんなとの友情を育み、社会性を育てる場所なんだ。勉強は後回しだな」

「とんだ学生がいたものね」

学校の帰りに榛名と拓真がいつもの漫才を繰り広げる。

そして、いよいよ始まった夏休み。

「黒木さん、本当に来るって？」

「もううちの近くにいるみたい。今、メールで教えてくれた」

「そう……」

榛名の機嫌が少し悪いような気がするけど、拓真が午前中部活で午後からしか来られないからかな？

ピンポ――――ン！

「は――――い」

「こんにちは、一宮君」

黒木さんは時間どおり、我が家にやってきた。

制服姿の黒木さんは綺麗《きれい》だけど、私服姿も大人っぽくていいな。

クラスで黒木さんに気がありそうな……委員長の高畑《たかはた》とかが見たら喜ぶのかな？

真面目で成績優秀な高畑は、誰が見てもわかるほど黒木さんに気があるからな。

「今日は招待してくれてありがとう。暑いから、アイスクリームを買ってきたわ」

「悪いね、黒木さん」

「おはよう、赤井さん」

「おはよう、黒木さん」

この二人、ちょっと他人行儀な気もするけど、まあ、とりあえず挨拶も終わり勉強会が始まった。

とにかくこの大量の宿題を終わらせねば。

高校生にもなって宿題かぁ……。義務教育じゃないんだし自主性に任せればいいのに、と思わなくもないけど、うちの高校は進学率が自慢の学校だからなぁ。

生徒たちを放任して、拓真みたいな奴ばかりになってしまうと困るのだろう。

「一宮君、ここがわからないんだけど」

「ええとね、ここは……」

「一宮君は理数系が得意で羨ましいわ。私は文系は得意なんだけど……」

「僕は逆に、文系はそれほど得意ってわけじゃないから……」

飛ばされてきたこの世界、前の世界と言語がほぼ同じだったので文系の科目はわかりやすかったけれど、初めて習う理数系の科目の方が面白くて得意になってしまったのだ。

「じゃあ、文系の教科は私が教えてあげるわ」

「ありがとう」

努力はしているのだけど、僕は前世にはなかった古文や漢文がちょっと苦手だった。

黒木さんに教えてもらえるのはありがたい。

「信吾、私は別に得意教科も不得意教科もないけど教えて」

「なんだそれ？」

「ここっ！　ここっ！　ここがわからない！」

「わかったよ」

あれ？　榛名も成績はいい方なんだけど……こんな簡単な問題がわからないのか？

「ちょっと度忘れしちゃったのよ」

「そういうのはあるよな」

「でしょう！」

そんなに強く言わなくても……。

宿題は順調に進み、十二時になると昼食をどうしようかという話になった。

「ファミレスに行くか、ピザでも取ろうか？」

うちの両親は共働きだから、昼食は自分でどうにかしないといけなかった。

弟の洋司は、中学でバスケの部活が忙しいから夕方まで帰ってこない。

もっとも、料理なんてしたことがないあいつに、食事の準備を任せるほど僕も無謀じゃないけど。

「一宮君、私が簡単に作ろうか？」

「でも、悪いよ」

「黒木さん、お料理作れるの？」

いや、榛名。

さすがにそれは失礼じゃないか？

「うちも両親が共働きだから、一人で作る機会も多いの。簡単になにか作るわね。ああ、でも、お台所を勝手に使うと、一宮君のお母様が気にされるかしら？」

「それは大丈夫」

うちの母、もの凄くちゃらんぽらんだから。

別に料理が不味《まず》いわけじゃないけど、結構大雑把《おおざっぱ》だし。

「じゃあ、軽くなにか作るわね」

そう言い残すと黒木さんは台所に向かい、三十分ほどでチャーハンと野菜とワカメのスープを作ってくれた。

「黒木さん、手際がいいんだね」

「慣れているからよ。それにチャーハンなんて簡単な料理だから」

料理は本人が言うように簡単なものだったけど、調理後の片づけまでしてこの時間で済ませているのだから、彼女は本当に料理に慣れているのだと思う。

「じゃあ、せっかくだから頂こうか」

ピンポーン！

と思ったら、再び呼び鈴がなった。

「はいはい」

僕が出ると、そこには全力で走ってきたと思われる拓真が息を切らせて立っていた。

「あれ？　もうサッカー部の練習は終わりか？」

「終わった！　でも、家に帰ったら母さんがいなくてさ。昼飯の自力確保が必須となったから、信吾の家に来たんだ」

そこで、自分だけでなんとかするという選択肢はないのか？

「ちょうど昼時じゃないか。信吾がなにか食っていないかと思ってさ……おっ！　美味《おい》しそうな匂い！」

拓真の奴、えらく匂いに敏感だな。

黒木さんの手料理に気がつくなんて。

だがな。

これは三人分しかないし、宿題をしていない拓真には食わせるつもりはないからな。前の世界の影響もあるけど、僕は自分の飯を奪われるのが一番嫌なんだ。

「匂い？　拓真の気のせいだろう。宿題の写しならあとで来いよ。じゃあな」

僕がそう言って急ぎドアを閉めようとすると、すかさず拓真がドアの間に足を挟み、両腕でドアをこじ開けようとする。

「サッカー部のレギュラー君。足を大切にね！」

「だったら、ここを開けてもらおうか！」

「ちっ！　運動部は力があって！」

「やるではないか。帰宅部であるはずの信吾君！」

二人で玄関のドアを巡って攻防を繰り広げていると、戻ってこない僕が気になったのか榛名と黒木さんが顔を出した。

「信吾も江木もなにしているの？」

「榛名、拓真が飯だけタカリに来た！」

僕は、さらに力を入れてドアを閉めようとする。

「人聞きが悪いな！　信吾君！　俺は宿題を手伝いに来たんだよ！」

だが、拓真も負けずにドアを強引に開けようと引っ張る。

「手伝い？　その割には勉強道具がないな」

「おっと、忘れてしまった。でも、俺にも貢献できる教科はあるぞ」

「へえ、聞きたいものだねぇ！」

「算数と図工」

「このうすらあんぽんたん！」

算数や図工が、高校の教科にあってたまるか！

「江木。あんたのお母さん、またお昼作ってくれなかったの？」

「おう！　近所のおばさんたちとカラオケみたいだな」

拓真のお母さん、本当にカラオケ好きだよなぁ……。

僕には理解できない。

「というわけだから、飯をくれ！」

「私は別にいいんだけど……」

昼飯を作ったのは黒木さんだから、榛名も彼女が許可を出さないと駄目だと思っているんだろうな。

「あっ！　黒木さん！　いい匂いがするけど、黒木さんが作ったの？」

「ええ、江木君も食べる？」

「是非お願いします！」

拓真、お前声が大きいよ。

「誰かおかわりするかと思って少し多めに作ったから、江木君がいても大丈夫よ」

「やったぁ――――！　黒木さん、優しいなぁ」

黒木さんがオーケーを出したので、僕はまあいいかと、拓真を家の中に入れるのであった。

「このチャーハン、美味しいな！」

「本当に美味しい。うちにある材料で、よくこれだけの味が出せるね」

「そんなに難しい料理でもないし、作り方は料理本やテレビでよくやっている方法よ」

急遽《きゅうきょ》、部活を終えた江木も加わり、四人で黒木さんが作った昼食を食べる。

その味は、僕の母さんよりも上だった。

母さんが作るチャーハンはもっとべちょべちょしており、黒木さんのチャーハンみたいにパラパラじゃなかったからだ。

卵も焦げている時がある。

「榛名、美味しいよね？」

「そうね」

なんか、榛名が静かだな。

いつもの元気がないというか。

「赤井がさ、小学生の時に作ったカレーが酷かったよな」

「あれな」

子供会のキャンプで榛名がメインで作ったんだが、えらく味が薄かったんだよなぁ。

「そういやさ、あれから赤井の料理って食べたことないけど、ちょっとは上達したのか？」

「当たり前でしょうが！　あんな失敗！　小学生の時だけよ！」

拓真の問いに、榛名が怒鳴るような大声で答えた。

そんなにムキになることかな？

「実際のところ、赤井の料理どうなの？　信吾」

「えっ？　普通に美味しいけど」

たまに作ってもらうけど、うちの母よりも……いや、うちの母を基準にすると、実は結構ハードルが低い？

「赤井さん、一宮君に料理を作ってあげたことがあるの？」

「たまにね。信吾のお母さんが仕事で忙しい時とか……」

家が近所同士だからってのもあるけど、僕の母と榛名のお母さんは仲がいいから、忙しいうちの母に代わって夕食をご馳走《ちそう》になることが多かった。

ここ二、三年は、ほぼ榛名が作ってくれているけど。

とはいっても、月に一、二回くらいのことだ。

「二人って仲がいいのね」

「幼馴染みだからね」

「そっ、そう！　私と信吾とは幼馴染みだから！」

榛名、別にそこまで幼馴染みなのを強調する必要があるのか？

昼食を終えると、さすがに拓真には家に勉強道具を取りに行かせ、四人で宿題に取りかかった。

「拓真、世界史の問題集を埋めておけ」

「アイアイサ――――！」

やはり、外の人間の目があった方がいいな。

黒木さんがいるから、拓真も真面目に宿題をやっている。

しばらく真面目に勉強をしていると、時間が午後三時になった。

「江木君、アイスクリームを買ってきてるから、オヤツの時間に食べましょう」

「江木拓真、感激です！」

これで本当に拓真が宿題をするペースが上がるのだから、僕も含めて男という生き物は美少女に弱いことを実感してしまう。

これを拓真に言えば、『お前もだろうが！』と言い返されそうなので言わないけど。

「予想以上に捗《はかど》ったわね」

「これも黒木さんのおかげかな？」

「いやあ、宿題を写させてもらえる優秀な仲間が三人に増えて、俺は万々歳さ」

「拓真は自力で少しでもやっとけ。あとで困るぞ」

夕方、この日の宿題をやる会は終了の時を迎えた。

やはり、成績優秀な黒木さんがいると宿題も捗る。

もうすぐ弟の洋司も汚い格好で戻ってくるだろうし、今日は両親も定時で帰ってくると言っていた。

そろそろお開きということになったが、榛名の家は目と鼻の先だし、拓真は男だから勝手に家に帰るだろう。

どうせうちから徒歩二、三分だし、僕に男を送る趣味はない。

というわけで、僕が黒木さんを最寄りの駅まで送っていくことになった。

「信吾、私を送ってくれたことなんてないじゃない」

「送るもなにも、毎日のように一緒に登下校しているじゃないか」

お互いの家が目と鼻の先にあるのに、榛名は随分と無茶を言ってくれるな。

ここは、家が遠い黒木さんを送るのがマナーなのでは。

「もう知らない！　信吾のアホ！」

榛名の奴、いきなりアホはないと思う。

とにかく、今は黒木さんを送る方が先だな。

黒木さんの家は、僕の家から徒歩十分ほどの距離にある駅から二駅ほど先だ。

初日くらいは、彼女を送った方がいいに決まっている。

「赤井さん、ご機嫌斜めみたいね」

「まあ、そういうこともあるから」

つき合いが長いから、機嫌がいい日も悪い日もあるさ。

僕は、黒木さんにそう説明した。

「明日にはご機嫌だったりするから大丈夫」

「それは、これまでの経験からかしら？」

「そうだね」

「かもしれないけど……一宮君って、少し鈍いって言われたことない？」

「いや、ないね」

取り立てて鋭いとは言わないけど、鈍くもないと思うんだよなぁ……。

「そうなんだ。時にこれまでの評価が必ずしも正しいという保証もないわよ。一宮君は、それを覚えておいた方がいいわ。じゃあ、また明日」

「うん、また明日」

夕暮れの駅の改札の前で、白いワンピースに麦わら帽子姿の黒木さんはとても美しかった。

僕が彼女に気があるのかはまだわからない。

でも、これまでの拓真と榛名だけの夏休みとはどこか違う夏休みが始まり、これまでとは違うなにかが起こるような気がしたんだ。

それが現実のものとなり、その内容が僕が予想していたのとは大きく違ったものになるとは、今の時点ではまったく想像できなかったけど。

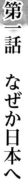

第二話　なぜか日本へ

「あれ？　俺は石碑に埋め込まれていたガラス玉の光で気を失って……」

どれくらい意識を失っていたのかわからなかったが、目を覚ました俺は地面に横たわり、青い空を見上げていた。

雲一つない青い空、太陽がさんさんと輝き、なのに湿気が多いジメジメとした暑さで……。

「あれ？　おかしくないか？」

なにかが違う……。

俺がいるはずのアキツシマ島《トウ》は、暑いとはいえ島なので潮風の影響でもう少し涼しかったはず。

それが突然、この真夏の暑さだ。

そもそも俺は地下遺跡の中にいたはずなのに、目が覚めたら青空の下にいる時点で色々とおかしい。

気候が変わった点も含めて、俺は今まったく別の場所にいる可能性が高かった。

「やはり、あの石碑にはなにか仕掛けがあったのか……。どうやら他の場所に飛ばされたっぽい。あの光のせいか？」

いきなり怪しく小さく光り始めたあのガラス玉。

エリーゼが二万年くらい昔のものだと言っていたが、なにか未知の魔導技術が用いられたものかもしれない。

たまたま俺の魔力かなにかに反応して、起動してしまったのかも。

発光が小さかったから、近くにいた俺とエリーゼ以外誰も気がつかなかったようだ。

そういえば、エリーゼは？

慌てて起き上がってから彼女を探すと、俺の隣で意識を失っていた。

特に異常はなく、俺と同じように寝ているだけだと思う。

「エリーゼ」

「うん……」

「エリーゼ」

無理やり起こすのは可哀想《かわいそう》だけど、まだここが安全な場所だという保証もない。

休むにしても、安全を確認してからでないと駄目だ。

「人気《ひとけ》はないか……動物の反応だな。魔物じゃない」

エリーゼを起こしながら、俺は魔法で周囲の安全を探った。

ここは、山奥というほど自然豊かな感じではない。

というかこの場所、前に来たことがあるような……。

「エリーゼ」

「ううん……あなた……」

「大丈夫か？　エリーゼ」

「はい。私、あのガラス玉が赤く光ったと思ったら、意識が……」

エリーゼも俺と同じく、光るガラス玉のせいで意識を失ったと認識しているようだ。

「あなた、ここは？」

「わからない。地下遺跡にいたはずの俺たちがなぜか戸外にいるし、ここはアキツシマ島じゃないと思うんだ」

「ちょっと蒸し暑いですし、わずかに感じていた潮風も感じません」

「潮風……うん、そうだね」

エリーゼも、今までいた場所と気候が違うことに気がついたようだ。

ただ俺は鈍いのか、アキツシマ島の中心部に近いオオツや地下遺跡周辺で、潮風を感じたことはなかったけど。

「みんなは、どこに行ってしまったのでしょうか？　早くフリードリヒたちのところに戻りたいです」

「そうだよなぁ」

ブレンメルタール侯爵のせいでとんだ災難だ。

せっかく育休を取ったのだから、一刻も早くフリードリヒたちの元へ……とはいきそうにないけど。

「気を失うまでの経緯を考えると、俺とエリーゼだけがここに飛ばされた可能性が高いな」

原因は、間違いなくあのガラス玉だ。

埋め込まれていた石碑にはなんの説明も書いていなかったけど、もっと眩《まばゆ》く光っていたらエルやイーナたちも気がついて同じ目に遭っていたはず。

これは、とんだアクシデントに巻き込まれてしまった。

「とにかく今は、ここがどこかを知ることが最優先で、次は安全の確保だな。子供たちにはみんながいるから、しばらくは大丈夫だよ」

ここがリンガイア大陸やゾヌターク共和国ならいいが、もしかしたら未知の島や大陸にでも飛ばされてしまったかもしれない。

どちらにしても俺とエリーゼは孤立してしまっているようなので、急ぎ安全の確保と……。

「あなた、みんなと連絡は？」

「うん、これから試みるところ」

魔法の袋から魔導携帯通信機を取り出してエルたちとの連絡を試みるが、作動はするものの通信はできなかった。

「通じない。通話中というよりも、最初から通信相手がいないような感じだ」

このまま通話を試みても魔力の無駄遣いなような気もするので、一旦《いったん》魔導携帯通信機を魔法の袋に仕舞った。

念のため、少し時間を置いてからもう一度通信を試みよう。

「あなた、ここはリンガイア大陸から離れた場所なのでしょうか？」

その可能性は高いが、魔導携帯通信機は、日本の携帯電話と違ってアンテナがなければ通話できない類《たぐい》のものじゃない。

人里離れた魔物の領域の奥地でも、普通に通じる。

上空に通信衛星でもあるんじゃないかと思うほど高性能なので、ちょっとリンガイア大陸から離れたくらいで通信不能になるとは思えない。

実際、北の大陸やゾヌターク共和国でも使えたのだから。

魔導携帯通信機の性能試験をした人がいないような、もしかすると俺たちが行ったことがない未発見の大陸や島という可能性も捨て切れないか。

「まずは慎重に、ここがどこかを探る必要があるな」

「そうですね」

俺は先に立ち上がり、エリーゼに手を差し出した。

きっとエリーゼもこの状況に不安を感じているはず。

ここは男として夫として、俺が彼女を支えるとまでは言わないけど、安心できるようにリードしていかなければ。

「普通に呼吸できて自然もあるから、生き残るのはそう難しくないよ」

前世の俺なら不安でしょうがなかっただろうけど、十二歳までの未開地ボッチ生活で、俺の精神は大分鍛えられたようだ。

深海や宇宙空間に放り出されたわけではないのだから、なんとかなると思っていた。

「私は不安は感じていませんよ」

「エリーゼは強いな」

「あなたがいますから」

「俺もそうだよ」

一人よりも二人。

ここがどこかはわからないけど、きっとなんとかなるさ。

「それに珍しく二人きりです。いつもはみんながいてそれはそれで楽しいですけど、たまには夫婦二人きりもいいものです」

「そう言われるとそうだな」

大貴族の夫婦が、本当の意味で二人きりになるのは珍しいことだ。

大抵は、誰かが傍《そば》にいるものなのだから。

「じゃあ、行こうか？」

「はい、行きましょう」

俺とエリーゼは手を繋《つな》ぎながら、ここがどこかを探るために移動を開始するのであった。


魔法で『探知』しながら、俺たちが倒れていた場所の周囲を探索する。

その場所は、小さな森の中にあるわずかな広さの草原のようだった。

まずは森を抜けようと色々と探るが、人の気配がまったくない。

生物の反応は小動物と鳥だけで、魔物らしき反応は一切なかった。

「植物の植生は、先日買い物をしたミズホ公爵領と似ていますね。少々の差異は見られますが……」

「少し北方なのか？　でも、今の季節でこんなに暑いかな？」

「バウマイスター辺境伯領の真夏みたいですね」

「う――ん、あっちの方がもう少しカラッとしていないかなぁ？　ここはもっと湿気が多い気がする」

「確かに、バウマイスター辺境伯領に比べると……」

バウマイスター辺境伯領を含むリンガイア大陸南方は、米の栽培に適した亜熱帯の気候で少しジメジメしている。

ここの暑さもそれに似ているが、もっと湿気が多いような……俺はなにかを思い出しそうであった。

さっきから記憶の奥隅《おくすみ》にあるなにかに引っかかるんだよなぁ……。

「どこか、周囲が見渡せる場所はないかな？」

二人で森の中を歩くが、やはり季節は真夏のようだ。

暑くて日射病になりそうなので、『冷却』の魔法で体を冷やしながら歩いた。

この魔法は即席クーラーのような魔法で、暑い時には大変重宝する。

自分の周囲だけに冷気を漂わせるという細かいコントロールを必要とするので、ちゃんと使える魔法使いは意外と少ないけど。

冷気の量をしっかりコントロールしないと、効き目が薄かったり、逆に寒くなりすぎたりする。

ブランタークさんから、魔法の特訓にはちょうどいい魔法だと言われたのを思い出した。

「エリーゼ、寒くないよね？」

「はい、ちょうどいいです」

高い場所から周囲を確認するため、緩やかな坂道がある方に進んでいく。

相変わらず人の気配はなかったが、次第にこの小さな森に人の手が入っていることが確認できた。

「あなた」

「道だな」

細いながらも道にぶつかったので、そのまま坂道を上っていくことにする。

数百メートルほど歩くと、ようやく周囲を見渡せそうな小山の頂上に到着した。

どうやら俺たちが倒れていた森は、この小山の中腹にあったようだ。

「(この頂上部分、どこかで見たことがあるような……)」

「あなた、なにかありましたか？」

「いや、今のところは……」

まさか、ここに見覚えがあると言ってもエリーゼには意味がわからないであろうし、ましてその見覚えというのは、実は前世、日本での記憶だったのだ。

そんなこと、彼女に話せるわけがないし、それに、ここが日本のはずがないじゃないか。

「ここは見通しがいいな」

「はい。あなた！　町が見えますよ！　とても大きい町です！」

珍しくエリーゼが大きな声を出したので、俺もその町とやらを確認した。

「なっ！」

「見たことがない建物が多いですね。人も沢山住んでいそうです。ですが、こんな町は初めて見ます」

「……俺もだよ」

それはそうであろう。

エリーゼがこの町を知っているはずがないのだ。

そのとき俺は、今まで感じていたデジャブの正体にようやく気がついた。

俺とエリーゼの眼前に広がっていたのは、俺が大学進学のために上京するまで住んでいた、とある地方都市の町並みだったのだから……。

第二話　異世界二人

これは困ってしまった。

あの奇妙な地下遺跡にあった石碑のせいで、俺とエリーゼはどうやら日本に飛ばされてしまったのだから……いや、日本と決めつけるのは危険か？

でも、この町並みはきっとそうだろう。

もしかして日本によく似た別の世界……別の異世界、パラレルワールドという可能性もあるのか？

どちらにしても、まずはそれを確認しなければ……。

「あなた、町の様子を見に行きませんか？」

「ちょっと待ってね……」

エリーゼの提案は、至極まともなものだと思う。

でもこの世界を知っている俺からすると、今の格好で町に出ればコスプレと間違えられて注目を浴びるか、下手をすると警察に通報されてしまうのではと懸念してしまう。

俺はいかにも魔法使いの格好で、帯剣もしている。

剣は本物なので、お巡りさんに調べられたら銃刀法違反で牢屋《ろうや》行きだな。

身分証も不携帯で、パスポートやビザも持っていない怪しい不法滞在の外国人にしか見えない。

治安のいい日本では警察からの取り調べも厳しいだろうし、エリーゼが魔法の話なんてしたら大騒ぎになってしまう。

持っているものも、捜査名目で没収されてしまうはず。

俺たちは、とにかく目立ってはいけないのだ。

「どうやらここは、今までに来たことがない国のようだ。調査も慎重にしないと、危険があるかもしれない」

「確かにこの町並みは、ゾヌタータ共和国と似ていますが、どこか違うようです……」

「そうだろう？　調査目的で町に入るにしても、服装などをこちらの住民のものに合わせないと目立ってしまう」

「私としたことが……いささか浅慮でした」

……ゴメン、ただ俺がこの世界を知っているだけなんだ。

それを彼女に教えるわけにはいかないけど……。

「となると……着替えが必要だな……」

俺にとってはそう難事でもないんだ。

魔法の袋にYシャツとスラックスがあるし、ノーネクタイでも問題ないと思う。

ブーツが多少不自然だが、そのくらいは外国人特有のファッションと思われるに違いない。

一宮信吾《いちみやしんご》なら純粋な日本人だけど、ヴェンデリンは日本人から見れば外国人そのものだからな。

問題はエリーゼをどうするかだ。

「あなた？」

「エリーゼは、着替えを持っていたよね？」

「はい」

エリーゼも魔力持ちなので、魔法使い専用の袋は使える。

俺が作ってプレゼントしており、そこに私服なども入れていたはずだ。

「着替えた方がいいと思うな」

今のエリーゼは神官服姿のうえ、地下遺跡探索中だったのでメイスで武装していた。

このまま町に出ると、帯剣している俺よりはマシだが、通行人から『メイスで武装した外国人女性が町をウロついています』と通報され、警察に捕まるかもしれない。

メイスを持ち歩く外国人の少女、日本においては変わり者でしかない。

「普段のワンピース姿でいいと思う。この世界の服装について詳しくはないけど、無難な格好をすれば目立たないはずだ」

俺はこの世界について知らない設定なので、エリーゼにその服装を勧める根拠が薄くて困ってしまう。

仕方がないので、とにかく平凡な服装の方が目立たないはずだと、強引に押し切るしかない。

それでもちょっと古めかしい格好なんだが、他によさそうな服をエリーゼは持っていなかった。

町に入ったら購入するという手もあるから、今はこれで行くしかないな。

「普通の人たちに紛れるのですね？」

幸い、エリーゼは俺の考えに疑問を抱かなかったようだ。

「そう、エリーゼの神官服はトラブルの原因になるかもしれないから」

ここがどんな場所なのかよくわからないので、エリーゼの神官服を見てもし異教徒だと断定されたら、なにか被害を受ける可能性もある。

そんな理由をつけて、エリーゼには申し訳ないけど、ここは普通の服に着替えた方がいいと俺は忠告した。

「そうですね。ここがどんな国なのかまだよくわかっておりません。あなたの言うとおり、潜入する時には慎重に行動しなければいけませんね」

「じゃあとりあえず、着替え中の目隠しとして『土壁』でも作るか」

この小山、誰もいないが、万が一にもエリーゼの着替えが覗《のぞ》かれるのも嫌だしな。

魔法で『土壁』を作って、俺も一緒に中に入って着替えた。

「ブーツは、町で普通の靴を買って履き替えようか」

「はい」

着替えを終えてから、俺とエリーゼは町に入るべく小山を下りた。

もしかすると、似ているだけで別の町という可能性も考慮したのだが、やはりどう見ても俺が高校卒業まで住んでいた地方都市佐東《さとう》市だ。

俺とエリーゼが飛ばされた場所は迅雷山《じんらいさん》。

名前は立派だが、実際にはとてもしょぼい小さな山である。

休日にならないと、ほとんど人が来ない場所だ。

「(そういえば、今日は何年の何月なんだ?)」

それも知りたいし、なによりも知りたいのは一宮信吾が生きていて、その体にヴェンデリンの人格が入っているかどうかだ。

それを知ってどうするというわけでもないが、現状で元の世界へ戻る手段の見当もつかない以上、ほんのわずかな手がかりだろうと、一宮信吾と接触して探ってみるしかないからだ。

もし一宮信吾の中にヴェンデリンの意識が入っていなかったら、完全にお手上げだけどな。

俺はここに飛ばされるまで、ヴェンデリンの意識は一宮信吾の意識に押し出され、消滅してしまったのではないかと考えていた。

それでも今は、ヴェンデリンの意識が一宮信吾の体で生きている可能性に縋《すが》るしかない。

ちなみに、この世界に一宮信吾がいたとして、その彼は今いくつなのだろうか？

俺がヴェンデリンの中に入った時、一宮信吾は二十五歳、ヴェンデリンは五歳だった。

二十五歳の一宮信吾が俺と同じ年月をこの世界で暮らしていたとすると、すでに四十歳近いのか？

もしそうだとすると、押し出されて二十五歳の一宮信吾の体に入った五歳のヴェンデリンは、商社マンとして勤《いそ》しんでいる……としたら可哀想《かわいそう》だな。

下手に自分はヴェンデリンだなどと言えば、檻《おり》のような病院に入れられてしまうかもしれない。

もし入れ替わっているとしたら、俺はヴェンデリンに悪いことをしてしまったかもしれない。

……いや、そもそも入れ替わっているかどうか、なんなら一宮信吾がいるかどうかも不明なのだから、そこは考えても仕方がないか。

迅雷山を下りて町に入るが、やはり俺が生まれ育った佐東市で間違いない。

町並みは懐かしく、行き交う人たちは久々に見る日本人だった。

「あなた、私たち注目されているような……」

そりゃあ外国人などそんなに多くいない地方都市において、金髪超絶美女であるエリーゼが目立たないはずがない。

若い男性や、オジさんやお爺《じい》さんまでも、視線がまずはエリーゼの顔に行き、ご多分に漏れず胸で止まる。

気持ちはわかるが人の奥さんを……こいつら腹立つな。

「俺たちはミズホでも注目を浴びたじゃないか。外国の人が珍しいんじゃないのかな？」

「そうかもしれませんね。確かに、この国の人たちはミズホやアキツシマの方々によく似ていますね。ですが……」

エリーゼは日本人がミズホ人によく似ていることに気がつくのと同時に、ここがミズホ公爵領やアキツシマ島《トウ》などではないことも察したようだ。

人々はミズホ人で、町の景観はゾヌターク共和国だからな。

「私、違う服を着た方がいいのでしょうか？」

いや、エリーゼの場合、違う服を着ても目立つことに変わりないからなぁ……。

「外国人のカップルだ！」

「女性の方がすげえ綺麗《きれい》だな」

「母ちゃん、あの外国の人、胸でけえ！」

「こら！　人を指差してはいけません！」

お前ら、もっと小さな声で話せよ。

全部聞こえているぞ。

「服かぁ……」

今のワンピース姿でも、金髪巨乳美女であるエリーゼは目立つからなぁ……。

いっそ、GパンとTシャツに変えれば……顔と胸は隠れないけど、今の服装よりは目立たないかもしれない。

だが、服を買うには一つのハードルがあった。

「(ここで使えるお金がないんだよなぁ……)」

そう、日本円の持ち合わせがないので、買い物ができない。


俺たちは少し町を見てから、これからどうするかの相談と食事をするため、近くにある緑地公園に移動し、ベンチに座った。

メニューは、エリーゼが朝作ってくれたサンドウィッチと、ホロホロ鳥のから揚げにカットフルーツ、水筒には温かいマテ茶が入っている。

「ふう……やっとひと息つけた。これ、美味《うま》いな!」

「気に入ってもらえてよかったです。私もちょっと疲れました」

エリーゼの作るご飯は美味《おい》しいけど、この世界のお金がないと色々と辛《つら》い。

「金貨や銀貨と交換はできないのでしょうか?」

「ここは俺たちが知らない国のようだし、この国もヘルムート王国を知らないだろうから、貨幣の交換レートは存在しないだろうね」

「でしたら、金塊や宝石を売ればよろしいのでは？　魔石や魔物の素材も売れるかもしれません」

「それも考えたんだけど……」

いきなり若い外国人カップルが、金製品や宝石を売りたいと言って質屋や古物商に姿を見せる。

誰が見ても怪しいし、確か盗難品対策で売却には身分証明書が必要だったはず。

怪しまれて警察に通報されると、余計に行動しにくくなってしまう。

なにしろ俺たちは目立ちやすいのだから。


「この世界のお金を入手する方法……」

食事が終わり、俺は緑地公園のゴミ箱から捨てられていたスポーツ新聞を拾った。

これを見れば、大体の年月日がわかるはずだ。

「あなた、とても綺麗な瓦版ですね。ゾヌターク共和国で見た新聞や書籍ととても似ています」

現代日本とゾヌターク共和国の印刷技術に、ほとんど差はなかった。

エリーゼはカラー印刷のスポーツ新聞に興味を持ったようで、夢中で見ている。

「文字は私たちが使っているものと同じですね。漢字が多く使われていて、まるで公文書のようです」

日本だと、どんな下品な書物にも漢字は使われているけどね。

『『マッド橋雪勝利宣言！　ドラゴン佐藤！　お前を必ずマットに沈めてやる！　ＨＥＢタイトルマッチ前のインビューで……』あなた、これは？」

「ええと、格闘技の勝負前のインタビューみたい」

俺もプロレスのことはよくわからないから、そのくらいしか答えられないんだよなぁ。

「あなた、この木の棒で小さなボールを打つ遊戯は面白そうですね」

続いてエリーゼは、プロ野球の記事に興味を持ったようだ。

他にも、政治、経済、芸能の記事を読んで感心している。

「どうやらここは、『ニホン』という国のようです。道行く人たちの容姿と服装は、ミズホ人と魔族に似ている気がします。この国の人たちも、魔族のようにカラー印刷物を読み終えたら捨ててしまうのですね」

町中《まちなか》を少し歩き、新聞を軽く読んだだけで、人種的にはミズホ人、服装や文化は魔族、そしてこの国の名は日本だと、聡《さと》いエリーゼは認識したようだ。

「あなたはどう思われますか？」

「そうだなぁ……」

まさかここで真実を話すわけにもいかず、さりとて嘘《うそ》をつくのもどうかと思い、俺は事実だと思われることだけを口にした。

「あの地下遺跡の石碑は、俺たちが住む世界とは別の世界に繋《つな》がるゲートだったのかもしれない。あの石碑に埋め込まれたガラス玉が光った時、ゲートが開いて俺たちは別世界に飛ばされた……」

「……その可能性は高い気がします」

嘘は言っていないけど、俺もどうしてこんなことになったのか、まだ理解できていないからなぁ。

「もっと情報を集めましょう。ええと……次の記事は……っ！」

とここで、エリーゼの顔が真っ赤になった。

なぜなら、彼女が開いたページはセクシー女優の作品や風俗店の案内が掲載された大人のページだったからだ。

俺は慣れているけど、こういうものに免疫のないエリーゼには刺激が強すぎたようだ。

「まあ、こういう記事も世間では需要があってね……」

「あなた！　これは悪書です！」

教会は、時おりこういう悪書の摘発をしているからなぁ。

全部というわけではないが、目立ちすぎた出版物や、綱紀粛正のために貴族が関わった悪書の没収を教会が人を出して行っている。

ただ、やりすぎると教会に批判が集まるため、かなりのお目こぼしはあった。

この辺の微妙な駆け引きは、ホーエンハイム枢機卿とかのお仕事である。

ただ真面目なエリーゼからすれば、悪書は存在すら許されないもの。

こういう純粋な神官たちの意見が採用されると、世の中に潤いがなくなってしまう。

だから、現実をよく理解している老練な神官たちが上手《うま》く調整するわけだ。

それを考えると、エリーゼは教会の上層部にいない方が……いいだろうなぁ……。

「あなた、このような悪書は読まず、『汝《なんじ》、妻を愛せ』です」

エリーゼはエッチなページだけ引き抜いて、それを丸めてゴミ箱に捨ててしまった。

実にいいことを言うと思ったけど、人はたまには悪書を見てみたい誘惑に駆られるんだ。

エリーゼ本人には決して言わないけど。

「これが悪書でも、この国の情報伝達速度が速いことはわかった」

「はい」

スポーツ紙の政治経済面なんて微妙だけど、それでも情報としての質は瓦版より圧倒的に上だからなぁ。

「あなた、あの新聞は百二十円って書いてありましたね。『円』がこの国の通貨のようです」

やっぱりここは日本……。

おまけに新聞の日付を見たら、平成の十年代であった。

俺はそれに一番驚いた。

「(この新聞の日づけ、俺が飛ばされた年より九年も前だ……)」

「あなた、なにかわかったのですか？」

「まだだね」

また顔に出てしまったようで、俺はエリーゼの問いに嘘をついて誤魔化した。

九年前ということは、俺はまだ高校生でこの町に住んでいるはず。

俺に会うことは容易になったが、五歳と二十五歳が入れ替わったとするなら、押し出されたヴェンデリンがこの時代の俺に入っている可能性は低くないか？

いや、タイムパラドックスやパラレルワールドの理不尽さを侮《あなど》ってはいけないかな。

なにがあるかわかったものではない。

「どこか泊まる場所を探さないといけませんね」

昼食後、エリーゼが今日の宿を探そうと言ってきたが、これもなかなかの難題だ。

日本円を持たず、身分証明もできない外国人カップルを泊めてくれるまっとうな宿泊施設は存在しない。

むしろ、ホイホイと泊めてくれるホテルがあれば最大限警戒しなければならなかった。

「(これは困ったな……)」

生きていくのに必要な物資は大量にあるし、宝石類や金銀などの換金アイテムも大量にある。

だが、日本というしっかりとした統治システムを持つ安全な国が、逆に俺たちの行動を阻害しているというのは、大いなる皮肉であろう。

「これは困った」

俺は、もう一つ見つけた白黒の地方新聞をゴミ箱から取り出して読んだ。

日付を見ると、先ほどのスポーツ紙よりも一日古いようだから、今日は八月一日が正解のようだ。

「この国のお金……これがある程度手に入れば融通が利くんだよなぁ」

無用な詮索《せんさく》はしないホテルとかもあるはずだが、代金で金貨を出しても受け取ってくれるところはないと思う。

現代日本に、ヘルムート王国発行の金貨なんて知っている人はいないのだから。

信吾を頼ろうにも、今の場所から一宮家まで電車に乗って三駅も先だ。

加えて、彼にヴェンデリンが乗り移っているとは限らないし、もし乗り移っていても彼は高校生だ。

両親の目を逃れて、怪しい外国人カップルに手を貸してくれる保証もない。

ということは、俺たちは自力で日本円を手に入れなければならないのだ。

「(う――――ん、アウトローな連中なら、宝石や金製品を買ってくれるかな?)」

もし足元を見られて妙なことを企《たくら》んできたら、その連中は証拠隠滅のために処分しないといけない。

そうなったら、エリーゼもいい顔をしないだろうな。

魔法を手品に見せかけ、見ている客からおひねりを得る。

これだと金額などたかが知れているし、もし無許可でそういう芸をしているのを警察に咎《とが》められたら。

やはりこの手も駄目か……。

「なにかいい手は……」

俺は新聞を読み進め、お金を手に入れるヒントを探ろうとした。

日本円以外なら金目の物を沢山持っているし、それらを手に入れるのも魔法を使えばそう難しくはない。

それなのに、身分証がないだけでこのあり様だ。

俺はもう完全に、ヴェンデリンになってしまったのだと改めて思い知らされた。

そんなことを考えながら新聞を斜め読みしていると、不意にある記事に目が留まった。

「『武闘派暴力団佐東組』と、新興ハングレ組織『レッドクロウ』との抗争激化! 白昼での銃撃戦! 警察官が怯《おび》えるほどの殺戮《さつりく》劇!』あっ!」

やはりこの平成日本は、俺が飛ばされた年の九年前であった。

地元で起こった、暴力団と、暴走族崩れのハングレ組織との抗争事件なら俺も覚えている。

新聞記事だとえらく大げさに書かれているが、実際には数名の組員とギャング構成員が銃殺されただけ……いや、改めて思い返したら結構凄《すご》い事件だったが、向こうの世界で内乱や帝都のクーデター劇をこの目で見てしまうと、それほど凄いことのように思えないのだから不思議だ。

慣れというのは恐ろしい。

「この町にも、犯罪組織があるのですね」

「人が住む場所にはどこにも、光があれば影もあるからね」

王都でも、犯罪組織同士の抗争でたまに人が死んでいるからな。

末端の構成員が殺されたぐらいでは瓦版の記事にはならず、その辺の川に殺された犯罪組織構成員の死体が浮いていたという噂話《うわさ》を聞くくらいだったけど。

「よし！　これを利用してお金を稼ごう」

「犯罪組織を使ってお金を？　あなた、大丈夫ですか？」

「魔法を使って問題にならないようにするのさ。現地に到着したら、エリーゼはちょっと隠れていてね」

この際、非常時だから仕方がないと続けて言おうとしたけど、それはエリーゼも理解したようだ。

すぐにはフリードリヒたちの元に戻れそうもないし、そのヒントを得るためにも日本円を手に入れなければ。

今は当座の生活が第一というのもある。

「わかりました。お怪我《けが》に気をつけてください。もし負傷したら無理をしないで私のところに戻ってきてくださいね」

「心配してくれてありがとう。じゃあ、夫は頑張ってひと稼ぎするかな」

俺たちは秘密裏にお金を手に入れるため、ある場所へと急ぎ向かうのであった。

＊＊＊

「大きなお屋敷ですね。どういう方なのでしょうか？」

「悪い奴ほどよく稼ぐというのは、どの世界でも同じか……」

その屋敷は、この地方都市に住んでいる者なら誰でも知っている、地元に根を張る、武闘派暴力団佐東組組長の邸宅であった。

間違いなく阿漕《あこぎ》な手で稼いでいると思われるが、ここは地方都市。

警察が暴力団排除を目指していても、なかなかそうはいかないのが現実だ。

それに世の中には必要悪という考えもあり、俺だってアルテリオを介して数名の犯罪組織の親分たちとつき合いがあったりする。

いい悪いだけで割り切れないのが世の中だ。

だが……。

「新聞の記事によると佐東組は、この地方都市に進出してきたばかりの首都圏の元暴走族が結成したハングレ組織『レッドクロウ』と水面下で激しく争っている」

アウトローな組織同士による縄張り争い、王都でもよくある話だ。

実は権力者や官憲との癒着もゼロではなく、たとえ教会でも、犯罪組織とまるで無関係というわけでもない。

犯罪組織の構成員や親分にも、熱心な信者がいるからだ。

それにしても、犯罪組織の親分が『対立組織の構成員を殺してしまいました。私は天国に行けるのでしょうか？』と神官に懺悔《ざんげ》するかな？

教会側も寄付金が多かったら、『神はあなたの罪を許します』と言ってしまうとか？

非常に興味深い疑問である。

「悪いことをして、お金を稼いでいる方たちなのですね。理解できました」

「そこで、この組織が改心するよう天罰を与え、ついでにいくばくかのこの組織のお金を得ようという作戦なんだ」

暴力団が、後ろめたいお金を盗まれましたって警察に届けるはずがないからな。

どうせ魔法を駆使して痕跡は残さないから、もし警察が調査しても俺の犯行だとはわからないはず。

なにしろ俺たちは、本来この世界にいない人間なのだから。

「あなた、いくら悪い方々が相手でも、盗みはよくないのでは？」

「エリーゼの気持ちはわかるけど、俺たちは元の世界に戻るまでなるべく善良な人たちに迷惑をかけられない。身分不詳で怪しい人物だと思われ、この国の警備隊などに捕まるわけにもいかないという事情もある。これは仕方がないことなんだ。わかってくれ、エリーゼ」

俺たちが日本円を入手するためには、奪っても問題ない、心も痛まない連中から奪うのが一番だ。

主に、俺とエリーゼの精神衛生上の理由から。

「そうですね、私たちは元の世界に戻らなければいけないのですから。やはり私もお手伝いします」

「エリーゼはここで待っていてほしいな」

エリーゼも手伝おうとするが、彼女の専門は治癒魔法で荒事には向かないから、万が一にも俺が負傷した時のみに備えてほしい。

そう言って俺は、彼女を説得した。

「確かに私ではお役に立てませんね。ですがお一人で戦えば、思わぬ不覚を取るかもしれません」

「大丈夫、戦闘をする気はないから」

いくら暴力団の本部でも、派手に魔法をぶっ放せば警察が飛んでくる。

そうでなくとも、暴力団の邸宅を探っているマル暴担当と思われる刑事や警察官らしき反応がいくつも探知できるのだから。

「国の警備隊が、この犯罪組織に目をつけているから直接戦闘は禁止。他の魔法でスマートに作戦を実行する計画だ。エリーゼも下手に動いて、警備隊の連中に見つからないように」

夜に一人でいる身分証も持たない謎の外国人、確実に警察署にお泊まりコースだな。

「わかりました。あなたの無事のお帰りをお待ちしております」

「大丈夫、心配しないで」

これでも竜と死闘を演じたり、内乱やら魔族のクーデターやらで散々戦った身だ。

それなりに実戦経験も得ているので、人間相手に不覚は取らないはず。

「じゃあ、行ってくる」

「いってらっしゃいませ」

俺はエリーゼと別れ、暴力団組長の邸宅へと接近する。

「あった、あった」

監視している警察連中の死角から邸宅の壁を乗り越え、まず最初に小さな『ライトニング』を屋敷の外にある電気メーターに放つ。

見た目は小さいながらも強烈な電流が、電線伝いにすべての照明と電化製品をショートさせた。

「停電か？」

「ブレーカーを上げろ！」

突然真っ暗になったため、邸宅に詰めていた構成員たちが懐中電灯の明かりで電力の復旧を試みるが、俺の魔法ですべて壊れてしまったはずなので無駄な努力であった。

さすがに、電気工事ができる構成員はいないだろう。

「向こうの世界では使い道がないから、多分これっきりの魔法だな」

続けて邸宅を標的とした『エリアスタン』をかけ、これにより俺以外の人間はすべて麻痺《まひ》して動けなくなった。

「成功だ。面倒だが、着替えるか……」

今は夜で構成員たちは全員麻痺しているが、もしかすると俺の顔を見られてしまう危険がある。

そこで、魔法の袋からあるものを取り出して急ぎ装着した。

「ふっ、俺は黒騎士。闇の住人たる……いまいち乗らないな……」

魔族のクーデターを阻止した褒美に陛下から下賜された漆黒の鎧《よろい》を着け、俺は邸宅内を物色することにした。

この全身鎧はその名のとおり黒一色の鎧で、昔の有名な魔道具職人が作製したと聞いている。

『軽量化』の魔法がかかっており、まるで重さを感じない。

他にも、対魔法防御力にも優れた逸品だと、俺に下賜しながら陛下が説明してくれた。

顔の部分がフルフェイスのため、他人に顔を見られずに済むのも素晴らしい。

ただ、俺は魔法使いなのでこれまで死蔵しており、今回初めて役に立ったというわけだ。

「なんら、おひぇえは（なんだ！　お前は！）」

まずは、邸宅の庭に倒れていた数名の構成員の財布を漁《あさ》って金を抜いた。

「しかし、所詮《しょせん》はチンピラ。大した額ではないいな」

体と口が麻痺しながらも、俺に財布の中身を奪われた構成員が文句を言った。

「俺は黒騎士、正義のために悪を罰する黒騎士！」

「しぇいりをからっれ、ふとのしゃいふをあしゃるな（正義を語って、人の財布を漁るな！）」

う――――む、チンピラのくせに正論を語るとは……。

「悪党に人権などないのだ！」

言いすぎな気もするが、俺はこの世界の法から外れた存在だ。

一般人相手に泥棒はしたくないし、お上《かみ》を敵に回すほど無謀でもない。

俺の苦しい事情をわかって……くれなくてもいいから、俺とエリーゼのために養分となってくれ。

「あまり時間をかけるわけにはいかないいな」

ずっと電気が点かない状況を、外の警察官たちが怪しむかもしれない。

とっとと、奪うものだけ奪って撤退しよう。

邸宅とは言っても、貴族の屋敷や王城ほど広いというわけでもない。

鍵がかかっているドアは火魔法で鍵を溶かし、土足のまま現金を探していく。

だが今のところは、倒れている構成員の財布から少額の現金が奪えただけだ。

さすがに幹部クラスのサイフには数十万円入っていたが、それでも奪った金額は合計百万円ほど。

もう少し現金が欲しいので、俺は急ぎ組長の部屋へと侵入した。

「なんら、へめえは（なんだ？　てめえは！）」

組長の部屋に入ると、そこには豪華なダブルベッドが置かれ、その上で太鼓腹の組長らしきオッサンが麻痺したまま動けない状態でいた。

その隣には、素っ裸の愛人と思《おぼ》しき若いお姉ちゃんが同じく麻痺している。

どうやら、お楽しみの最中に俺が麻痺させてしまったようだ。

「その点についてだけは謝っておく」

俺も、エリーゼとそういう状態の時に麻痺させられたら怒るだろうからな。

同じ男として、それは悪いことをしたと素直に反省したのだ。

「ひゃひゃ、ひょわい（パパ、怖い！）」

ただ、女性がかなりケバいような……。

顔もスタイルもいいが、かなり盛られていて俺の好みじゃないな。

俺は夜の蝶《ちょう》よりも、エリーゼの方がいいや。

「おみゃえ、にゃにお？　（お前、なにを？）」

「お金が入った秘密の金庫とかないのか？」

「ひぇめえ、おりぇをひゃれらと（てめえ、俺を誰だと？）」

俺も一宮信吾の頃なら、暴力団が普通に怖かったと思う。

でも、今はもう全然怖くないんだ。

ブランタークさん、導師、大物貴族を怒らせた方が数百倍も怖いからな。

「教えてくれないと、あんたのアレを切り落とすけど」

切り落とされたら、もう二度と愛人と楽しめないよと脅しをかけた。

「ひょんだなのいひろや（本棚の後ろだ！）」

随分とベタな隠し場所であったが、本当に本棚の後ろに隠し金庫があった。

とても大きくて重そうであり、鍵も二重にかかっているようだ。

「いひゃのひゅちにあひゃやれひゃ、ひょひゅんとしてひゅひゃってやる（今のうちに謝れば、子分として使ってやる！）」

組長は、俺が金庫を開けられないと高をくくっているようだ。

だが、俺には魔法がある。この程度の金庫などなんの妨害にもならない。

俺はあらかじめ腰に差していた魔法剣の柄《つか》を握り炎の刀身を出し、一気に金庫の扉を焼き切った。

「ひゃんた、あひぇあ（なんだ！　あれは？）」

ベッドの上の組長が驚いているが、それに答えてやるほど俺は暇じゃなかった。

「なんだ、思ったほど入ってないな」

それもそうか。

佐東組もそうだが、近代暴力団はフロント企業を経営しているから、余分な金はその会社名義で銀行に入れてあるに違いない。

多分、この金庫の金は麻薬取引などで得た違法な金で、洗浄するまで保管しているのであろう。

「それでも数千万円ほどはあるか。貰《もら》っておいてやる」

俺たちも色々と入り用だからな。

「おひょえてひょろ（覚えてろよ！）」

「すまないが、俺は物忘れが早い方なんだ」

いつまでも過去に拘《こだわ》っていても仕方がないからな。

異世界に転生して十数年間、ずっと過去を振り返っている余裕などなかったのだから。

俺は急ぎすべてのお金を魔法の袋に仕舞うと、組長の部屋を後にした。

あとは静かにここから脱出……などと思っていたら……。

「おどれ！　死にさらせぇ――――！」

突然、構成員が日本刀で斬りかかってきた。

どうやら、外にいた連中が邸宅の異変に気がついて戻ってきたようだ。

不意打ちに近かったので防げなかったが、そのための鎧である。

日本刀による一撃が俺を襲うが、逆に構成員が振り下ろした日本刀の方が折れてしまった。

「兄貴！　チャカで撃ち殺しましょう！」

「アホ！　銃声が聞こえたら、マッポが乗り込んでくるだろうが！　ドスでいけ！」

「へい！」

銃も通じないと思うけど、銃声で警察が乗り込んできたら面倒だと思える頭があって助かった。

「死ねや！」

ドスを構えた構成員が突進してくるが、やはり黒い鎧には通用しなかった。

鎧に突き入れた瞬間ドスまで折れてしまい、構成員たちの間に動揺が広がる。

「天罰！」

再び『エリアスタン』を放つと、彼らは麻痺して動かなくなった。

「おっ、セカンドバッグに大金が！」

「おみぇ、きしゃにゅひのしょひゃひゃいが（お前ぇ！　木佐貫《きさぬき》のショバ代が！）」

木佐貫……ああ、あの歓楽街か。

俺は行ったことがないけど、この地方都市にある、飲み屋から合法違法も合わせた風俗店までが立ち並んでいるとされる地域だ。

「しゃいひん、れっとくりょうのっしぇいれしのひやひぇってるにょに（最近、レッドクロウのせいでシノギが減っているのに……）」

俺がこの世界から飛ばされる前、風の便りで木佐貫の歓楽街がかなり物騒になったという話は聞いていた。

ハングレ連中が経営する脱法ドラッグの販売店、違法裏風俗、ガールズバー、キャバクラ等に暴力団の紐《ひも》付きである既存の風俗店が客を奪われ、徐々に減っているという話であった。

「それは可哀想に。だが遠慮なく回収させてもらう」

「『おにぃ――――（鬼ぃ――――）！』」

昔は稼げていたのに、新しいライバルの登場で苦境に陥ってしまう。

俺が勤めていた商社でもよく聞く話だったので、栄枯盛衰はどの業界にもあるというわけだ。

人間、そう臨機応変に対策なんて取れないからな。

「商売が左前な点については同情する」

「にゃら（なら！）」

「だが、俺は正義を愛する黒騎士だ。お前らには容赦はしない！」

「『ひろい（酷《ひど》い！）』」

「俺はとても困っているのだ！　それに手を貸すのも正義だ！」

「『りひゅりんら――――（理不尽だぁ――――！）』」

俺は新たに麻痺させた連中からも根こそぎ金を奪い、夜の漆黒へとその姿を消す。

「ただいま、エリーゼ」

「あなた、いかがでしたか？」

俺が漆黒の鎧を脱いでエリーゼがいる場所に辿《たど》り着くと、隠れていたエリーゼが出迎えてくれた。

夫を甲斐甲斐《かいがい》しく迎える妻の鑑《かがみ》ってやつだ。

「特にトラブルもなく、この国のお金の入手に成功したよ。これを使って、明日からは色々と情報を集めないと」

「フリードリヒたちに早く会いたいですね」

「そうだな」

一宮信吾からしたらとんでもない大金を手に入れることに成功したが、このお金で元の世界に戻る方法を知ることができればいいのだけど。

＊＊＊

「えっ？　外国の人？　ええと……」

「日本語は話せますよ」

「達者だねぇ……」

「日本のラブホテル、興味あります。この部屋で」

「まいど」


暴力団から大金を奪った俺は、組長宅の近くで待っていたエリーゼと合流し、その足で今日泊まるホテルへと向かった。

結局、佐東組から五千万円以上奪ったが、身元不明の外国人二人がランクの高いホテルに泊まるとなると、チェックが厳しいかもしれない。

そこで、そういうチェックが杜撰《ずさん》な古いラブホテルを利用することにした。

このラブホテルは相当古く、フロントにいる骨董《こっとう》品のようなバアさんは俺たちが日本語を話せることを知ると、特に詮索もしないで空いている部屋の鍵を渡してくれた。

「あなた、このホテルは面白いですね」

古いタイプのラブホテルのため、室内はちょっとセンスがズレている内装や装飾が施されていた。

この部屋は、微妙な和室風の造りになっている。

それなのに部屋の真ん中にダブルベッドが置かれているが、そこは気にしてはいけない。

ベッドには押すとベッドが回るボタンがあり、なにも知らないエリーゼが楽しそうに回して遊んでいた。

まあ、楽しんでもらえてなによりだ。

「(噂は本当だったんだな……)」

この古いラブホテルの話は、高校時代に聞いていたのだ。

高校生ともなれば、中には彼女ができてそういう場所に行く奴も出てくる。

そいつからの話なのだが、俺はただ話を聞いていただけだ。

なにしろ俺は、大学に行くまで彼女など一人もできなかったのだから。

世の中の男性は、高校生くらいの時から、このような格差に襲われる。

俺にもそんな悲しい過去があったが、今の境遇は悪くない。

むしろ、今の俺はリア充と言えるのではないかと思う。

なんと、ラブホテルに金髪巨乳美女と泊まっているのだから。

「あなた、この国ではハブラシが使い捨てなのですね」

古《いにしえ》の遺産である回転ベッドの動きを確認し終わったエリーゼは、今度は洗面所にあるアメニティグッズが気になるようだ。

ハミガキ粉がついた使い捨てのハブラシ、カミソリ、櫛《くし》、石鹸《せっけん》、ヘアバンドなどを確認して一人感心している。

ボロいホテルなのに、向こうの世界の高級宿に泊まっても付いていないレベルのものがあることに驚いているのであろう。

特にハブラシは、ヘルムート王国では高級品だからな。

馬の毛とかを手作業で植えて作るから、もの凄く高価なのだ。

「ニホンはとても豊かなのですね。同じ言語なのにヘルムート王国は勿論《もちろん》、帝国よりも圧倒的に進んでいます。魔族の国に近いですが、住民は人間だというのが不思議です」

「そうだな」

「やはり別の世界にある国なのでしょうか？」

「おそらくはね。『瞬間移動』で戻ることができない以上、エリーゼの言うとおり、そもそも世界が違うのか、ゾヌターク共和国やアキツシマ島とは比較にならないほど離れた大陸か、だな」

ひととおりラブホテルの設備を確認したエリーゼは、最後にテレビのスイッチを入れ、ニュース番組を驚きの表情で見ていた。

そういえば、ゾヌターク共和国にはテレビがなかったのを思い出した。

高度な魔導携帯通信機があるのに、テレビやラジオがないのは、科学技術ではなく魔導技術が発達したせいだろうか？

『今年度の通常国会における予算案審議ですが、野党側が協議に応じず……』

「このようなものは、リンガイア大陸にも、魔族の国にもありませんでした。『デンキ』なるもので動く魔道具もありますし、となるとここは……」

新聞で知ったのか。エリーゼは、回るベッドやテレビが魔力ではなく、電気で動いていることに気がついたのか。

「はるか遠い大陸じゃなく、俺たちがいた世界とはまったく別の世界であるほうが濃厚と……」

「はい。実はもう一つ気になることが……」

「気になること？」

「私がこれまでに見てきたどんな書物にも、『ニホン』なる国は記載されていませんでした。それなのに、あなたは初めてであるはずのこのニホンに慣れているような気が……」

「(ギクリ！)」

もしや、聡いエリーゼに勘づかれたか？

いや、さすがに俺がこの世界の元住民であることに気がつくとは……。

「この世界はあなたの思考を参考にあの石碑が作り上げた、『駆け落ち箱』の中と同じ、作られた世界なのでは？」

「(そうきたか！)」

俺はそんなことは考えもしなかった。

確かに、一見ここは俺がいた平成日本だが、よく似た仮想世界という可能性もゼロではない。

「そうだな、それも含めて明日から二人で調べよう」

「そうですね」

どちらにしても、情報を集めなければ脱出も困難だ。ただエリーゼがそう思っているのなら、俺がこの世界と親和性が高くても、不自然に思われないのは僥倖《ぎょうこう》だな。

とにかく、元の世界に戻るためにはどんなに些細《ささい》な情報でも必要であり、その情報収集のためには、この世界に溶け込んで生活しなければならない。

まずは、生活に必要なものを購入しておきたいところだ。

「幸いにして浄財も手に入ったから、明日は買い物に出かけよう。そうだ、食事もせっかくだから外食しよう」

「はい」

正義の黒騎士が、悪の組織の活動を阻止するために奪ったお金だ。

これを浄財と言わずに、なにを浄財というのだ。

孫子も言っていただろう？

敵の補給を攻めた方が効果的であると。

「明日に備えて寝るとして、その前に風呂に入るか」

「そうですね、ですが……」

エリーゼはこの部屋のお風呂に少し戸惑っていた。

和風な部屋なので風呂も露天風呂風になっており、しかも完全にガラス張りで浴室の外から中が丸見えだったからだ。

「あなた、どうしてこのように恥ずかしい浴室なのでしょうか？」

「それは、ここが待合宿だからだと思う」

男女交際に厳しい制約がある向こうの世界にも、ラブホテル的なものは存在する。

『待合』と呼ばれる休憩宿泊施設なのだが、貴族はあまり使わない。

教会関係者も戒律の関係で使うはずがなく――実は密《ひそ》かに使っている神官もいるらしいけど。風俗が好きな神官もいたが、それはどの世界でも同じか――エリーゼが知らなくても当然であった。

場所も裏道沿いにあったりして、普通に王都で暮らしていると一生行かない人の方が多い。

「あのぅ……恥ずかしくありませんか？　これ」

「見ているのは俺だけだけど」

「でも、恥ずかしいじゃないですか」

そう言いながら顔を赤らめるエリーゼは可愛《かわい》かった。

「俺たちは夫婦だから問題ないじゃないか」

「それはそうなのですが……なら一緒に入りましょう」

「えっ？　一緒に入るのはいいの？」

外からガラスに透ける自分の裸を見られるのは嫌だけど、一緒に風呂に入るのはいい。

その差が、俺にはよくわからなかった。

「一緒に入る分には問題ないけど……」

「では一緒に入りましょう」

エリーゼが是非にというので、二人で一緒に風呂に入った。

今日は色々とあって疲れたので、風呂のあと二人でベッドに入ったがすぐに眠くなってしまった。

エリーゼが静かな寝息を立て始める。

「元の世界に戻る。雲を掴《つか》むような話だが……」

とにかく、明日からは情報を集めなくてはならない。

俺も目を瞑《つむ》ると、すぐに夢の世界に引き込まれるのであった。

＊＊＊

「色々なお店がありますね」

「お腹が空《す》いたから、先に食事をしよう」

「はい」

翌朝、『昨日はお楽しみでしたか？』と言いたそうな表情を浮かべるバアさんに宿泊料金を払ってラブホテルをチェックアウトし、少し歩いて近くの商業街へと移動した。

「ゾヌターク共和国の町並みに似ていますけど、ガラス張りの建物や、少し王国風な建物、ミズホ風の古びた家屋もあって、少し雑多な町並みですね」

「そうだね」

ゾヌターク共和国の町並みは、効率を求めるあまりに建物のバリエーションが乏しかった。

それに比べると、この佐東市の中心部は統一性に欠けるが、活気はこちらの方が上だと思う。

「お風呂もビルも、この町の人たちはガラス張りが好きなんですね」

「みたいだね……（エリーゼ、それは少し誤解していると思う）」

強く否定すると勘ぐられるかもしれないので、相槌《あいづち》を打っておいたけど。

「さて、なにを食べようかな？」

エリーゼがいるから、ファーストフード店や喫茶店がいいかなと周囲を見渡した。

ここにはなかったのでちょっと移動しようとすると、エリーゼがあるお店を指差す。

「あなた、あのお店にしましょう」

「あの店ねぇ……」

エリーゼが指差したのは、全国規模で展開している牛丼チェーン店であった。

朝から牛丼……男の俺は一向に構わないが、うら若き女性であるエリーゼはどうだろうと心配になってしまった。

「あの『ギュードン』という料理に興味があります」

「じゃあ、入ってみようか」

エリーゼが是非にと言うので、二人で店内へと入った。

「っ！　いらっしゃいませ」

店に入ると、店員が凄く驚いていた。

外国人の若いカップルが、牛丼を食べるとは思っていなかったのであろう。

九年後には別に珍しくもない光景になったが、この時代、しかもここは特に有名な観光名所もない地方都市でしかない。

見慣れない外国人に店員が緊張していた。

「ええと……券売機は英語でなんて言えば……」

「あれでしょう？」

当然俺は知っていたので、券売機を指差した。

「はい。日本語は大丈夫ですか？」

「はい」

「不自由しない程度には」

俺たちが日本語を喋《しゃべ》れるとわかり、店員の若いお兄さんは安堵《あんど》の表情を浮かべた。

ここは券売機で食券を買うお店なので、俺たちは券売機の前へと向かう。

「ゾヌターク共和国にも同じようなものがありましたけど、やはりこれは魔道具ではないですね。デンキという謎のエネルギーで動いているのですね」

券売機はゾヌターク共和国にもあったけど、電気で動くものは初めてなので、エリーゼは興味深そうに眺めていた。

九年後には、『タッチパネル式券売機』なんてものが主流になっていたりするけど、エリーゼが見たら驚きそうだな。

しかしこの券売機は懐かしい。

高校生の頃、たまに学校の帰りに友人たちとこの牛丼チェーン店に寄ったのを思い出す。

「あなた、使い方はわかりますか？」

「結構簡単みたいだよ、こうかな」

エリーゼはこの世界が俺の思考から作られた可能性もあると思っているから、券売機の使い方を聞いてきたのだと思う。

それにしても、券売機なんて何年振りだろうか？

お金を入れてから、俺は牛丼の並、味噌《みそ》汁、サラダ、お新香のボタンを押した。

無意識にサラダのボタンを押していたが、俺も栄養のバランスとかちゃんと考えるようになったんだな。

これがもし高校生の頃なら、一切の躊躇《ちゅうちょ》なく牛丼特盛のボタンだけを押していたであろう。

「ほら、大丈夫そうだ。エリーゼはどうする？」

「私も同じもので。あの……」

「ボタン押してみる？」

「はい！」

エリーゼは、大喜びで券売機のボタンを押した。

「正確にお釣りが出るなんて凄いですね！　どういう仕組みなのでしょうか？」

さすがに、券売機の詳しい仕組みまでは俺にもわからなかった。

「お待たせしました」

注文した品が出され、貴族の夫婦が牛丼を食すという奇妙な光景が展開される。

他の客たちの注目を浴びてしまうが、彼らは観光客の外国人カップルが試しに牛丼を食べに来たんだろうな、くらいにしか思っていないはずだ。

「あなた、お肉が柔らかくて美味しいですね」

エリーゼは、牛丼の味を絶賛した。

牛肉はリンガイア大陸にもあるが、それは大金持ちしか食べられない高級品である。

しかも、この牛丼チェーン店の輸入牛肉よりも美味しくないのだ。

魔物の領域が多くて農業優先のため、リンガイア大陸では家畜の肉は高級品なのだが、地球ほど品種改良は進んでいないし飼育方法も原始的だ。

味も前に一度食べさせてもらったが、それほど美味しいものではなかった。

意外と筋張って硬く、貴重な品だからという一点で持て囃《はや》されていたイメージだ。

同じ金を出すのなら、魔物の肉の方が柔らかくて美味しい。

魔物の肉は、強くて買い取り金額が高いやつほど肉が美味しいからな。

「あっ、そうだ。卵を忘れてた」

牛丼に生卵、久しぶりの日本だから贅沢《ぜいたく》しないと。

俺は、もう一度券売機に戻って生卵も購入した。

やっぱり、牛丼には生卵だな。

汁を吸ったご飯との相性が最高なんだ。

「えっ？　生卵ですか？」

小鉢の中で生卵を溶き、牛丼の器に流し入れた俺にエリーゼが驚いた。

「あなた、お腹を壊しますよ！」

「大丈夫だよ。美味しいよ」

向こうの世界では、生卵は危険なのでなるべく食べないのが常識だった。

実際、加熱が不十分なだけでお腹を壊す人があとを絶たないため、エリーゼは心配しているのであろう。

「メニューにあるってことは、大丈夫ってことだよ。エリーゼも食べてみたら？」

「いえ、さすがに生卵は……」

エリーゼは生卵を拒否したが、周りの他の客たちが納得したような表情を浮かべていた。

どうやら外国人であるエリーゼが、『生卵を食べるなんて信じられない！』というステレオタイプな発言をしたところを実際に目にしたからだ。

「とても美味しかったですね。生卵はちょっと遠慮したいですけど……」

店を出た俺たちは、早速足りない洋服などを購入しに行くことにする。

「とはいえ、あまり高級な服を買ってもなぁ……」

そうでなくても外国人だから目立ってしまうのに、これでデパートやブティックで服を買えば余計に目立ってしまう。

俺たちは、カジュアルな衣装を販売している、ファストファッションの洋品店に入った。

真夏なのだから、俺はTシャツとGパンで十分だと思ったのだ。

ちょうど今は八月初旬なので、ヨーロッパあたりから日本に観光に来た夏休み中の大学生カップル、これが一番警戒されない設定だと思う。

年齢に関しても、俺たちは見た目が外国人だから日本人よりは少し年上に見え、誤魔化しは十分に通用するはずだ。

「ええと……まずはエリーゼの服からかな？」

俺は貴族だから、レディーファーストを守らないと。

野郎の服なんて、適当で問題ないのだし。

「あの……あなた」

「どうかした？　エリーゼ」

「先に欲しいものがあるのですが……」

エリーゼが、なぜかとても恥ずかしそうな表情をしながら俺にそう言った。

「必要なものなら買わないといけないけど、なにが欲しいのかな？」

「あの……下着です……」

「下着かぁ……」

俺もパンツとか欲しいな。

日帰りの地下遺跡探索に着替えなんてそんなに持ってきてないから、魔法の袋に入っている下着は少ないんだよなぁ。

エリーゼも同じなのだろう。

「このお店に売っているようだね」

全国展開とかではない地元資本のファストファッションのお店とはいえ、それなりの品質のものが豊富に置いてあり、下着コーナーもちゃんとあるのを確認した。

「あなた、選ぶのを手伝ってください」

「……いいよ、俺はエリーゼの夫だから」

本当は遠慮したいところなのだが、この世界のことをまったく知らないエリーゼに一人で買い物させるのもどうかと思うので、勇気を出してつき合うことにした。

「ええっと、お客様……」

女性店員にエリーゼが着けられそうな下着を聞いてみたら、先に彼女の胸に視線を送ってから、申し訳なさそうに話し始めた。

「実は、お客様のサイズがほとんどないんです。あっても、デザインや色がそのぉ……」

エリーゼのカップがGと、日本人には滅多にいない大きさのため、お店にほとんど商品がなかったのだ。

いつもエリーゼたちがオーダーメイドで下着を購入している、ベッケンバウアー氏の実家のランジェリーショップのようにはいかないか。

せめて九年後なら、もう少し在庫状況もマシだったと思うけど。

「(オバちゃんが着けてそうな下着ばかりだな) とりあえずはこれで?」

「そうですね」

この時期にノーブラなのは問題……特にエリーゼは多くの男性たちの視線に晒《さら》されてしまう。

ちゃんとした下着……いつも着けているようなものは、あとで時間ができたら探すとしよう。

「佐西《さぜい》市の本店でしたら、もう少し品数が豊富なのですが……」

隣市の本店に行っている時間はないので、新品なら問題ないと、オバちゃん下着を購入した。

「無事に下着が手に入ってよかったです。品質は素晴らしいですけど、デザインがちょっと……」

もしエリーゼが庶民の娘ならこれでも絶賛したかもしれないが、普段の彼女は貴族御用達のランジェリーショップで購入したオーダーメイド品ばかり着けているから、品質はともかくデザインに不満があるみたいだ。

ナイロンなんて向こうの世界にはないから、下着の素材は褒めていたけど。

とにかくエリーゼの下着は無事に購入できたので、まずは一安心。

「ヴェンデリン様も下着を購入できてよかったですね」

「そうだね」

俺の下着は、セール品のトランクスやTシャツを適当に購入しただけだ。

男の下着なんて、サイズが合っていて穿《は》き心地がよければ問題ない。

安い下着でも、俺が普段穿いているオーダーメイド品の下着――貴族だと、経済を回す必要もあるからそうなってしまうのだ――と穿き心地が変わらないのは、さすがは平成日本というべきかな。


「この町では、スカートを穿かない女性が多いのですね……」

下着の次に、エリーゼはGパンを試着している。

生まれて初めてズボンを穿いたそうで、少し落ち着かない様子だ。

「とてもよく似合っていますよ」

店員のお姉さんがエリーゼを褒めたが、それはまごうことなき事実だ。

欧米人風のエリーゼは足も長いので、Gパンの裾を詰める必要がなかった。

ヴェンデリンとなった今の俺も不要だが、前世では必ず裾を詰めていたものだ。

ついでに、父が『輸入物のジーンズだと、裾が浅野内匠頭《あさのたくみのかみ》状態でな』と言っていたのを思い出す。

「スカートもありますよ」

店員のお姉さんに勧められ、エリーゼはスカートも試着した。

「あの……短くないですか？」

エリーゼは膝上のスカートを穿いたことがなく、素足が見えるのを恥ずかしがっていた。

「足がスースーしますね」

「今は真夏ですし、お客様は足が綺麗なのでとてもよくお似合いですよ」

エリーゼの素足は細くて綺麗なので、店員のお姉さんも本心で褒めていると思う。

「ですよね？」

「はい。彼氏さんもお似合いだって仰《おっしゃ》っていますよ。あの、日本語お上手ですね」

「ええ、祖国の学校で習いまして」

日本語が通じてよかった……って、逆か。

向こうの世界が、なぜか日本語なんだよな。

もし言葉が違ってたら俺の心が保《も》たなかったと思うので、改めて本当によかったと思う。

「あの……私たちは夫婦です」

「えっ！　そうなのですか？」

別に言わなくてもいいと思うのだが、エリーゼはその点を譲らなかった。

自ら、自分たちは夫婦ですと店員のお姉さんに伝えている。

「随分とお若いのに……」

ちょっと店員のお姉さんに驚かれてしまったが、祖国では若いうちに結婚する人が多いと言ったら納得してくれた。

例えばヨーロッパには小さな国も多く、その中には伝統的な国も意外と残っている。そこの出身だと思われたのであろう。

エリーゼが少し浮世離れしているから、いいところのお嬢さんだと思われたのかもしれないけど、実際に貴族のご令嬢だから間違ってはいない。

「そうなのですか。格好いい旦那さんですね」

俺自身そうは思わないのだが、今は欧米人風なので日本女性にモテるのだと思うことにする。

「(私、明日お休みなんですけど、二人きりで観光案内しますよ)」

「(いやあ、奥さんと一緒じゃないと……っ!)」

どうやら外国人好きのお姉さんだったようで、小声でデートに誘われてしまう。

すぐに断ったのだがエリーゼに知られてしまい、俺はお尻を抓《つね》られ、声にならない悲鳴をあげてしまうのであった。


「エリーゼ、すぐに俺は断ったんだけど……」

「それは失礼しました。よく聞こえなかったので……」

「そんなぁ……」

俺は浮気するつもりなんて微塵《みじん》もなかったのに、エリーゼにヤキモチを焼かれて理不尽さを感じずにいられなかった。

あのお姉さんとエリーゼとどちらを選ぶかといわれれば、間違いなくエリーゼだと断言できる。

今も二人で町を歩いているが、究極美女である彼女は多くの男性のみならず、女性たちの視線も集めていた。

まさかエリーゼに子供がいるとは思うまい。

「あの外国人、スタイルが凄いね。足も綺麗」

「いいなぁ。綺麗だとなにを着ても似合って」

「どこで買った服かしら？」

ただの量販店で買った普通の服だけど、エリーゼが着ると高級品に見えるから不思議だ。

「あなたのリクエストに応えて、この服にしましたけど……似合いますか？」

「凄く似合うな。周囲の視線を集めているし」

「そう言われると、少し恥ずかしくなってきました」

今のエリーゼは、肩の部分が紐状のライトパープルのキャミソールに、デニム生地のハーフパンツ姿であった。

最初は足を見せるのが恥ずかしいと言っていたのに、『この国でないと、そういう格好もできないのでは？』と俺が言ったら、急に本人がノリノリになったのだ。

『お爺様とお父様に見られたら絶対に怒られますから、確かに今しか着られませんね』

そう言って、今の服装に着替えている。

俺は半そでのTシャツとGパン姿だ。

男の服装なんて誰も気にしないし、今は真夏で暑いからこのくらいでいいのだ。

「靴も、同じ店に売っていてよかったよ」

俺たちは狩猟にも使える革製の厳《いか》ついブーツを履いていたので、あのお店で安物のスニーカーを購入して履き替えていた。

「あのお店、ゾヌターク共和国にあった大きな洋品店みたいに、なんでもあるんですね」

確かにゾヌタープ共和国にも、安くてなんでも揃《そろ》うファストファッションのお店があったのを思い出した。

「軽くて歩きやすい靴ですね。でもブーツ姿の人はほとんど見当たらなくて、みなさん狩猟に出かけないのでしょうか？」

ハンターも田舎に行けばいるだろうが、この町には存在しないと思う。

「この町では、狩猟をしなくても暮らせるんじゃないかな？　（実際暮らせるんだけど）」

「まるで、ゾヌタープ共和国のようですね」

平成日本に戻って思うのは、本当に魔族の国によく似ているなということ。

「さて、朝食もとったし、無事に身なりを整え終えたので、情報収集を始めようか」

「そうですね。少しでもこの土地の情報を集めませんと」

なんて言いつつも、久々に二人きりで外食をして買い物をして……俺たちはまるでデートのような楽しい時間を過ごすのであった。

第三話　黒騎士再び

「あなた、お猿さんが可愛《かわい》いですね」

「看板に、この猿は『ニホンザル』という種類だと書かれている」

「やはりこの国は、ニホンというのですね」

「みたいだね」


無事に朝食と買い物が終わったので、俺たちは元の世界に戻るため情報収集を始めた。

とはいっても、そう簡単に元の世界に戻るヒントなど見つかるはずもない。

唯一の糸口は、この時代の一宮信吾《いちみやしんご》との接触であるが、いきなり彼のもとを訪ねたらエリーゼが疑念を抱くかもしれない。

別に焦っても仕方がないし、お金は十分にある。

しばらくはエリーゼとゆっくり遊んでも問題ない……というか現状ではなにもできないから仕方がなかった。

せっかく育児休暇をとったというのに……だがこうなった以上、みんなを信じてフリードリヒたちのことは任せよう。

そんなわけで、俺たちは地元の佐東《さとう》動物園にいる。

幼稚園や小学校の遠足で来たり、休日両親に連れてきてもらったりした場所で俺は飽きていたが、エリーゼにとってはとても楽しい場所のようだ。

まるで子供のように、あちこちの檻《おり》を駆け回って動物を見ていた。

ライオン、虎、熊、シマウマなど、色々な動物を見てはしゃいでいて可愛らしい。

魔物に似たような動物も多いのだが、地球の動物は小さく、檻を壊すようなこともないのでエリーゼも安心して見ているようだ。

「触れ合いコーナーだって。行ってみようか？」

「はい」

この手の動物園では定番である、ウサギやモルモットに触れたり、ヤギやヒツジに餌をあげられるコーナーがあり、エリーゼはそこでも楽しそうにしていた。

「この国のウサギは小さいのですね。可愛いです」

リンガイア大陸のウサギは大きく、バウマイスター辺境伯領内にいるウサギはさらに大きい。

可愛くないこともないのだが、愛玩用のウサギとはまるで違っていた。

ここのウサギは小さいので、エリーゼは嬉《うれ》しそうに抱きかかえている。

「ヤギに餌をあげてみたいです」

「有料だけど百円は安いな。二つ餌を買おう」

続いて二人で、ヤギやヒツジに餌をあげた。

こういうことをしたのは前世で子供の時以来だが、これはなかなか楽しいな。

間違いなく、エリーゼとデートで来ているから楽しいのであろう。

男一人で来ていたら、サボリーマンか単に寂しい人になってしまう。

「こんなに沢山の動物を飼っているなんて凄《すご》いですね」

実は、王族や貴族の中にも動物園のように複数の動物を飼っている者はいるが、地球の動物園に比べたら全然大したことはない。

それに、自分と家族だけで楽しむのが普通で、入場料を取って人に見せたりはしなかった。

サーカスにも動物はいるが、あれは芸をさせるためなので動物園とは違う。

「はしゃいでいたら、夕方になってしまいましたね」

「朝も遅めだったから、あとはどこかで夕食を食べようか」

「はい、あなた」

夕食は、動物園の近くにあるホテルのレストランで食べた。

身分証の関係でホテルには泊まれないが、食事くらいはと思ったのだ。

「この国は、料理がとても美味《おい》しいですね」

かなりお高いフランス料理のコースであったが、エリーゼが満足してくれてよかった。

ただやはり宿泊先は、なにも詮索《せんさく》してこないあのラブホテルであった。

部屋は、エリーゼの希望で昨日の和室風の部屋になっている。

「う――――ん」

今日はエリーゼに先に風呂に入ってもらい、俺はお金の計算を始めた。

まだ十分に余裕はあるが、情報収集も兼ねてエリーゼと遊んでいるとお金の減りが早いな。

もし元の世界に戻る手段が見つかった時、謝礼が必要になるかもしれない。

もっと日本円を回収しておこう。

「あなた、どうかされましたか？」

お風呂上がりでバスタオルを巻いたエリーゼが、お金を数えながら考え込む俺に声をかけてきたが、とてもセクシーでいいな。

「決めた！　エリーゼ、一、二時間だけ留守番していてね」

「お出かけですか？」

「ちょっと、また悪を退治してくるから」

悪を退治するイコール、アウトローな連中からお金を強奪してくる、であった。

「私は戦闘ではお役に立てなくて申し訳ないです」

「エリーゼは治癒魔法専門だから、これは役割分担だよ。夫婦の役割と同じことなのさ」

この世界で俺が大怪我《けが》をする可能性だってあるのだから、エリーゼが足手纏《まと》いのはずがない。

今日も悪党からとはいえ、強盗に行くので、優しいエリーゼにはご遠慮願っただけだ。

「じゃあ、ちょっと行ってくるから」

「ご無事のお帰りを」

一人でホテルを出ようとしたらフロントのバアさんに嫌な顔をされたが、買い物で一、二時間外出するだけだと説明してから外に出ると、夜陰に紛れてある場所まで『飛翔《ひしょう》』で向かった。

到着した場所は、昨日金を奪った佐東組が縄張りを侵されていると言っていた歓楽街木佐貫《きさぬき》である。

昔から飲み屋と風俗店が多い場所であり、今はそこにハングレ組織、レッドクロウが取り仕切るキャバクラ、ガールズバーなどの飲み屋と、違法裏風俗店が入った雑居ビルが立ち並んでいた。

急速に勢力を拡大していると新聞に書いてあったので、きっとたんまり持っているはずだ。

「この木佐貫の半分を仕切るレッドクロウから、浄財を頂くとするか」

とはいえ、彼らの詳しいアジトはわからない。

わからないのであれば、わかる人から聞くのが一番であろう。

俺は、昨日襲撃した佐東組の連中がいないかと目を凝らした。

「おっ！　いたいた！」

運よく、昨日ショバ代が詰まったセカンドバッグを持っていた佐東組の幹部らしき人物を見つける。

早速尾行すると、彼は雑居ビルの脇の道から裏通りへと入っていった。

俺も彼についていき、周囲に誰もいないことを確かめると、魔法の袋からあるものを取り出す。

「じゃじゃ――――ん、目くらまし薬」

これは、対象に振りかけるだけで相手を一時的に失明させる魔法薬であった。

漆黒の鎧《よろい》に着替えている間に逃げられてしまうので、俺の正体がバレないよう、この魔法薬を使って彼を拘束することにしたのだ。

「では早速……」

俺は魔法で気配を消し、そっと彼の後ろから目くらまし薬を振りかけた。

「なんだ？　急に目が！」

騒がれて誰か来ると困るので、俺は急ぎ彼の首根っこを掴《つか》んでから、『飛翔』で古い雑居ビルの屋上へと飛んでいく。

「突然どうした？　急に空を飛んでいるだと！」

いきなり高い場所に持ち上げられた幹部が悲鳴をあげるが、それは『沈黙』の魔法で周囲に聞こえないようにしている。

「なぜ目が見えない！」

「安心しろ、一時間もすれば元どおりだ」

「貴様は？」

「俺は黒騎士、正義を愛する黒騎士！」

「嘘《うそ》つけ！」

暴力団の幹部にまで速攻で否定されるとは……。

俺ほどの善人、そう滅多にいないというのに……。

「見解の相違があるようだが……」

「そういう問題じゃない。お前は俺たち以上の悪党じゃないか！」

「……」

悪党に自分たち以上の悪党だと言われ、俺は少しだけ傷ついた。

「今は時間が惜しい。俺は新たなる正義を為そうと思っている」

「ざけんな！　お前のせいでみんな痺《しび》れて半日も動けなかったんだぞ！　親分なんてウンコ漏らしてたし」

ウンコを漏らした暴力団の親分、権威はガタ落ちかもしれない。

「なによりこれ以上、シノギを奪われてたまるか！」

「それはない。もう一度佐東組から浄財を回収するにしても、もう少し時間を待たないとな」

昨日大金を奪ったばかりだから、時間を置かないと後ろめたいお金は貯《た》まらないだろう。

育ててから奪うのが基本だ。

「お前は鬼か！」

「俺は至極優しい男だ！」

この誰にも頼れない元の世界で、奥さんに不自由させないよう頑張っているからな。

俺ほど優しい夫など、そうはいないはずなのだから。

「お前らから浄財を募ろうとは思わない。なぜなら、この木佐貫にはレッドクロウがいるからだ」

調子のよさそうな悪党からなら、効率よく浄財を集められるのだから。

「というわけなので、奴らのアジトや拠点を教えろ。拒否すれば、正義の稲妻がお前を襲う」

「お前、レッドクロウに手を出すのか？　あいつらは若いがゆえに、殺しなど躊躇《ちゅうちょ》しないぞ。大丈夫か？」

「正義を執行するためだ！」

「お前、金が欲しいだけだろう？」

「一般の善良な市民たちに迷惑をかけるわけにはいかない。そこで、お金を奪っても罪悪感を抱かないで済むのがお前らのような存在だ」

「酷《ひど》い……」

これも、俺とエリーゼが安全に何不自由なく暮らすため。

苦渋の選択なのだ。

「もしかすると、ライバル組織の拠点すら掴んでいないとか？　それは暴力団として駄目なのと違うか？」

情報収集能力がお粗末なアウトロー組織なんて、存在意義すら怪しまれるではないか。

「知っているに決まっているだろうが……」

暴力団の幹部は、渋々レッドクロウの主な拠点やアジトを教えてくれた。

「知ってはいても、まさか武装して襲撃にも行けない。警察に一網打尽にされるからな。だから隙《すき》を狙うようにお互いを監視している状態なんだ。黒騎士とやら、中途半端な結末だけはやめてくれ。俺たちが疑われて抗争になれば、それこそ一般人も巻き込まれるのだからな」

「そうか。ならば、今夜でレッドクロウは終わりだな。俺がひととおり襲撃したあとで警察に通報すればいい」

「それはお前の戦果次第だ、黒騎士」

「我が名は黒騎士、レッドクロウに正義の鉄槌《てっつい》を下すのだ！」

俺は急ぎ漆黒の鎧を装着し、教えてもらったレッドクロウのアジトを襲撃する。

そこは古いマンションの一室にあり、ただし、摘発に備えてあと数ヵ所同じような拠点が存在するらしいが。

「お前、誰だぁ？　ああん？」

「出入り？　竜ちゃん、やっちゃえ」

「俺は黒騎士、正義を愛する黒騎士！」

黒騎士スタイルでマンションのドアを魔法剣の火炎で焼き切ってから部屋に入ると、中からいかにも暴走族風の若者がメンチを切りながら出てきた。

護衛の下っ端であろうか？

部屋の奥にはヤンキー系だが綺麗《きれい》な女性もいて、なるほど悪い奴は女性にモテるんだなと、俺はそれを実感してしまう。

真面目で優しい奴がモテないこの世の風潮を正すべく、モテる悪党は成敗するに限ると俺は決意した。

決して、前世で女性にモテなかった嫉妬から言っているのではない。

そう、これは正義なのだ！

「ドアを、ざけんなよ！　大家に文句を言われるし、リーダーに殴られるだろうが！」

犯罪組織の秘密拠点のはずなのに、俺がドアを焼き切って入ってきたからな。

マンションの大家に叱《しか》られ、警察に通報されてしまうので、下っ端の若い男はさらにメンチを切ってきた。

「みんな！　襲撃よ！」

部屋の奥にいた若い女性は、別の部屋にいる仲間たちを呼び出した。

数名で一気に俺を無力化しようという意図なのであろう。

「なんだ？」

「佐東組の襲撃か？」

レッドクロウの連中は、やはり佐東組の襲撃に備えていたようだ。

続けて出てきた若い連中は、金属製の警棒を持っている。

銃は持っていないか。銃声がすれば警察に通報されるので使えないのだと思う。

「だが、その油断が命取りだ！　正義の電撃を食らえ！」

「「「ああぁ――――！」」」

レッドクロウのメンバーたちが警棒で俺に殴りかかろうとするが、俺は『エリアスタン』で彼らを完全に無力化してしまう。

全身が麻痺《まひ》した彼らは、その場に倒れ込んでしまった。

「浄財を頂いていくぞ」

念のため、レッドクロウの連中が動けないのを確認してから、素早く部屋の奥にある金庫の扉を魔法剣で焼き切って、その中身を回収する。

ただ、残念ながら佐東組よりは金額が少ないかな？

業務内容的に、並の飲食店よりは売り上げがあるけど……といった感じであろうか？

でも、毎日この金額が……と思えば、悪いことは上手《うま》くやれば儲《もう》かるんだなと思う俺であった。

「他の拠点も探るか」

佐東組の幹部から聞いたレッドクロウの他の拠点にも襲撃をかけて現金を回収したが、これで佐東組と同じくらいか……。

毎日襲う……というのは現実的に不可能なので、地元ではこれでお終《しま》いかな。

悪党は、佐東市以外にも沢山いるのだから。

「これぞ正義だ！」

「おひゃえのひょおうなあひゅとう、みひゃひょこない（お前のような悪党、見たことない）」

最後に襲撃した拠点にいた若いメンバー君が怒っていたが、俺は聞く耳を持たない。

なぜなら俺は、悪党の戯言《たわごと》になど耳を貸さない正義の味方だからだ！

「合法ドラッグと言いつつ、違法な麻薬もあるようだな」

痺れているレッドクロウのメンバーたちが、違法に販売している大麻や麻薬を見つけられてしまったので喚《わめ》いているが、俺に悪党の言い訳は聞こえない。

そのまま電話の受話器を取り、警察に電話した。

「無能なクソマッポ！　俺たちレッドクロウを捕まえてみやがれ！　違法風俗、違法海外送金、麻薬の密輸に密売と大儲けだぜ！　俺たちは最強！　全国をレッドクロウが支配してやる！　悔しかったら捕まえてみな！」

警察に電話し、わざと挑発的な口調で襲撃した拠点の場所をすべて教えると、俺はすぐさま木佐貫から『飛翔』で逃亡した。

途中で鎧を脱ぎ、そこからタクシーに乗ってエリーゼが待つホテルへと向かう。

「お客さん、観光？」

「はい、妻と一緒に」

「それでラブホテル？」

「日本に来たら、一度行っておいた方がいいって聞きました」

「外国にはないんだ」

「日本にしかないと聞きました」

俺が日本語を話せると知った途端、饒舌《じょうぜつ》になったタクシーの運転手さんと話をしていると、パトカーのサイレンが大音響で聞こえてきた。

どうやら、俺の通報に反応してくれたようだ。

「日本は安全だって聞きますけど」

「どうしてこんなにパトカーが出動しているんだ？　木佐貫の方かな？」

「木佐貫？」

「最近、暴力団と若いギャングのような連中が揉《も》めていてね。ちょっと物騒だったんだ」

「そうなんですか」

「お客さんの国にも、そういう連中はいるのかな？」

「ギャングとか、マフィアとかいますよ」

それよりも怖い、導師や軍系貴族たちとかもね。

「どんな国でも、そういう連中っているんだね」

「光があれば影もありますね」

「お客さん、本当に日本語上手だね」

そんな世間話をしている間にタクシーは無事ホテルに到着し、その夜は久しぶりに夫婦二人の時間を過ごすのであった。

第四話　ヴェンデリンと信吾

「あなた、今日はどこで情報収集をするのですか？」

「適当に町中《まちなか》を歩いてみよう。元に戻る方法があまりに曖昧《あいまい》で漠然としすぎているから、とにかく色々と動いて些細《ささい》なヒントでも見つけたい」

「どこに、元に戻るヒントがあるかわからないですからね」


日本滞在三日目、今日も朝食は外でとろうと朝早くにラブホテルをチェックアウトした。

途中コンビニで新聞を購入して読むと、地方紙の第一面は、歓楽街木佐貫《きさぬき》においてハングレ組織レッドクロウが壊滅した記事が載っていた。

『謎の敵対者から襲撃を受け、彼らは痺《しび》れて動けなくなっていた。そして、違法行為の証拠がすべてわかりやすい場所に並べられていたことから、何者かが警察を利用してレッドクロウを壊滅させたのではという見方を捜査筋はしている。また、彼らが所持していた現金の大半が行方不明になっている。加えて逮捕されたレッドクロウの構成員たちは、『黒騎士が稲妻を落とした』などと意味不明な供述を繰り返しており、現在警察はレッドクロウを壊滅させたとされる黒騎士なる人物の行方を捜している。同時に、レッドクロウの活動の全容解明を急ぎ行うとの発表もあった』か。

黒騎士、見つかるといいね」

お金も予想以上に手に入ったし、もう引退だろうけど。

「（そろそろ、なにか理由をつけて一宮信吾《いちみやしんご》の家を訪ねてみようかな？）」

ヴェンデリンの人格が入っていれば元の世界に戻れるヒントがあるかもしれないし、入っていなくても入れ替わった人物同士が遭遇するというイレギュラーで時空かなにかに歪《ゆが》みが……なんて奇跡が起こるかもしれない。

エリーゼに疑念を抱かれないよう、頃合いを見て彼に会いに行かないと駄目だな。

とはいえ、もう一日くらい遊んでも構わないであろう。

「今日は、ここに行こうか？」

俺は町中にある地図を記した看板を見ながら、ある場所を指差した。

「水族館ですか？　ゾヌターク共和国にそういう施設があると、ルミさんから頂いた新聞で知りましたが、行っている時間がなかったのは残念でした。どういったところなのでしょうか？」

「色々な魚や水生生物が飼育されている施設らしい。ほら」

さらに俺は、地方紙に掲載されていた水族館の広告をエリーゼに見せた。

「とても楽しそうですね」

「だろう？　早速行ってみようよ。その前に朝食が先だけど」

「はい」

元の世界に戻る手段を探りつつ……とはいっても、実はヒントなどなかったりする。

とにかく今は、エリーゼにこの世界に慣れてもらう方が先だな。

元の世界に戻る前に、不審者扱いされて警察から追われる身になったら堪《たま》らないからだ。

決して、平成日本でもエリーゼとデートしてみたかったとか、そんな邪《よこしま》な理由で水族館に行くわけじゃないぞ。

「あともう一つ。この国には魔法がないみたいだから、俺もエリーゼも人前で魔法を使わずに過ごすことを意識しないと」

「そうですね。この世界の人たちは魔法がなくても沢山の便利な道具に囲まれているから、魔法が廃《すた》れてしまったのかもしれません」

文明の利器は魔道具じゃないけど、それを俺が詳しく説明するわけにもいかない。

昔の地球人類が魔法を使っていたのか正確には不明だけど、現代人の前で魔法を見せたら驚くなんてものじゃないだろうからな。

手品だといって誤魔化すのも限界があるだろうし。

「だから、もし目の前に怪我《けが》人がいても、駆け寄って治癒魔法で治療しない方がいい」

「そうですね……」

優しいエリーゼには辛《つら》い話だろうが、そうそう目の前に命に関わる怪我をした人が現れるわけはないし、転んで膝を擦りむいたくらいなら、現代医療に任せた方がいいのだから。

決して人前で魔法を使わず、日本にやってきた外国人観光客カップルのように振る舞う。

自然に行動できるよう、俺とエリーゼは色々な場所に出かけているというわけだ。

「今日の朝食はなにを食べようか？」

「あのお店がいいです」

エリーゼが示したのは、某ハンバーガーショップであった。

昨日の牛丼といい、エリーゼって実はジャンクフードが好きなのかな？

お嬢様育ちのエリーゼは、教会の重鎮にして祖父であるホーエンハイム枢機卿の手前、この手のジャンクフードを食べたことがなかったはず。

俺と婚約してからようやく食べられるようになったので、余計に好きになったのかも。

「こういうお店に入るのって、とても楽しいですね」

ジャンクフードもだけど、いわゆる庶民が気軽に利用する飲食店の雰囲気も好きなのかな？

王都でそういうお店にエリーゼが入ると、目立ってしまうからなぁ。

「エリーゼの好きなお店でいいよ」

「ありがとうございます、あなた」

早速お店に入り、朝なので朝食用のメニューを注文した。

またも店員さんが焦っていたが、俺たちが日本語を話せるとわかると安心したようだ。

新聞の日付からすると、まだインバウンドなんて叫ばれていた時代じゃないからな。

外国人観光客に慣れていないのだろう。

「マフィンサンドセット二つですね。ありがとうございました」

頼んだ品をトレーに載せて空いている席を探していると、とある四人組が目に留まった。

高校生であろう男二人と女二人。しかしダブルデートとはリア充を極めていやがる。

なんて羨《うらや》ましい奴らだと思いながら、さらに彼らを観察するとある事実に気がついた。

その中の男子一人に、えらく見覚えがあったのだ。

それもそのはず、その男子こそ本来の俺である一宮信吾その人だったのだから。

「なっ！」

「あなた、どうかしましたか？」

「ううん、なんでもない。あそこの席が空いているなって」

まさか事実を話すわけにもいかず、俺は四人組の隣の席が空いているとエリーゼに教えた。

「では、ここに座りましょう」

彼らの隣の席に座り距離を縮めると、信吾の方も驚きのあまり声をあげた。

どうやら俺に気がついたようだ。

成長しても元の自分の面影は残っているのだろう、その顔を忘れるわけがないか。

「信吾、どうかしたの？」

「一宮君、知り合いでもいた？」

女子二人に心配される信吾。

そこには、前世の俺では考えられないリア充が存在した。

というか、俺が高校生の頃にはそんなことをした経験がないのだが……。

夏休みに友人たちと出かけるにしても、そこは男子率百パーセントが当たり前だったじゃないか。

女子なんて、一人も交じっていた経験がないぞ！

「エリーゼ、ちょっとトイレに行ってくるね」

「はい」

向こうも俺を見て驚いているってことは、そういうことだよな。

ならば話をしなければいけないが、いきなり顔見知りでもない外国人に話しかけられたら向こうも困ってしまうはず。

ここはトイレに行くフリをしつつ、信吾を上手《うま》く誘い出すのがベストだろう。

「一宮君？　座らないの？」

「僕、ちょっとトイレ」

「信吾、大の方か？」

「江木《えぎ》ってば、デリカシーの欠片《かけら》もないのね……」

スポーツマンぽい男子の冗談に、小さくて可愛《かわい》い女の子が文句を言った。

それにしてもあの江木って男子、雰囲気がエルに似ているな。

「ちょっとお腹の調子が悪い……のかな？」

「大丈夫？　一宮君」

黒髪のクール系美少女までもが信吾の心配をするとは……。

いったい、俺……じゃない、奴の身になにがあったのだ？

「トイレ、トイレ」

やはり信吾は、俺の意図に気がついてくれたようだ。

俺の後について、トイレに入ってきた。

トイレの中には運よく他に誰もおらず、時間も惜しい俺は彼に声をかけた。

「ヴェンデリンかな？」

「信吾か？」

信吾の方も……いや、中身は本当のヴェンデリンか……いちいち言い換えるのも面倒だし、俺もヴェンデリンで十年以上も生活して慣れている。

ここは、彼を信吾と呼ぶことにしよう。

「なあ、一宮信吾」

「やはり……君はなぜここにいるんだ？　バウマイスター騎士爵領はどうなっている？」

全部説明するには時間がかかる。

あまり長時間トイレに籠《こも》っているとお互いの同行者が不審に思う可能性もまったくないとは言えず、今は無事に出会えただけでよしとしよう。

「積もる話がありすぎる。帰宅後でいいかな？　家に招待……元は君の家か……」

「もう入れ替わって何年経《た》ったと思っているんだ。俺はヴェンデリンでお前は信吾。違うか？」

今さら元に戻れるとは思わないし、もし戻れても今さら一宮信吾として生活できるか不安もある。

なにより元に戻るなど不可能だ。

もう俺はヴェンデリンであり、目の前にいる人物こそが一宮信吾なのだ。

「長時間ファストフード店のトイレに籠っていても意味はない。お互いに同行者もいるのだし」

「そうだ。榛名《はるな》と拓真《たくま》と黒木《くろき》さんがいたんだ！」

「俺もエリーゼがいるから」

それにしても、榛名と黒木さん？　拓真というのはあの男子だと思うが、俺が高校生の頃にあんな連中いたかな？

俺がよくつるんでいたのは、田代《たしろ》とか石山《いしやま》とか桑名《くわな》とか……勿論《もちろん》、全員男子だ。

文句あるか？

「ダブルデートか？」

「榛名と拓真は幼馴染《おさななじ》みだし、黒木さんは同じクラスの友人だけど」

今、信吾から衝撃の事実を聞いた。

男子はともかく、女子の幼馴染み？　女子のクラスメイトとお出かけ？

信吾、お前はいったいどうなってしまったというんだ！

「俺、高校生の時に彼女たちとつるんでいないけど……」

「えっ？　それはどういう意味なの？」

俺と信吾、同じような少年時代を過ごしていると思ったのに、こうも結果が違うなんて……。

同じ体だから、同じ遺伝子のはずなんだが……軽く転生時の状況を話しておくか。

「え、五歳の僕と入れ替わった時、君は二十五歳だったの？」

「そうだ。俺はしがない商社マンで、毎日残業でヒイコラ言っていた」

「僕は、君が赤ん坊の頃に入れ替わったんだ」

ヴェンデリンが、一宮信吾としてすごした期間にも差があるな。

となると、ただの入れ替わりとも違うのか。

「おっと、これ以上時間をかけていられないな」

なぜなら……。

「信吾、随分と長いクソだな……って、外国人？」

トイレに拓真と呼ばれていた男子が入ってきて、俺と信吾が話をしているのを見て驚いたようだ。

「おはようございます。ちょっと、信吾に日本のこと聞いていたんだ」

「おおっ！　日本語上手ですね」

「故郷に住んでいた日本人から習ったのさ。新学期の前に、念願の日本旅行へ来たってわけ」

「欧米の新学期って、確か九月からだったよな」

「そうだよ。今は夏休み」

勿論大嘘《おおうそ》だが、外国から来た、日本を初めて観光する外国人のフリをしていた方が疑われないで済む。

「信吾なんて名前で呼ばれちゃって。いきなり仲いいんだな」

「拓真、外国の人は名前で呼ぶことが多いんじゃないのか？」

「らしいな。ええと……あなたの名前は？」

「ヴェンデリン・フォン・ベンノ・バウマイスター。親しい人はヴェルと呼ぶことが多いかな」

「俺は江木拓真。拓真って呼んでくれ」

江木拓真か……いまいち聞き覚えがないが、信吾はどうやって彼と幼馴染みの関係になったんだ？

まあ、それはあとで聞けばいいか。

それにしても、本当に拓真はエルに雰囲気が似ているな。

「ヴェルは、どこかに出かける前の腹ごしらえか？」

「水族館に行こうと思って」

「ちょうどいいな。実は俺たちもそこに行く予定なんだ」

男女四人で水族館か。

「ダブルデート？」

「いや、そんな関係じゃないよ。俺と信吾と赤井は幼馴染みでよく一緒に出かけるからな。黒木さんは……信吾に興味がありそうだけど」

「おいおい、からかうなよ拓真。黒木さんが僕なんて相手にすると思うかい？」

「さあな？」

あんなに可愛い幼馴染みがいて、あれほどの美少女に惚《ほ》れられているかもしれないだと？

一宮信吾、本当にお前はいったいどうしてしまったんだ！

同じ体なのに、中身が違うだけでこうも結果が……。

おっと、今はこんなことで動揺している場合じゃない。

そうだ！　急ぎエリーゼの元に戻らないと！

「連れがいるから、俺は席に戻るよ」

「あの金髪のすげえ美少女だろう？　なあ、あの人って、ヴェルの彼女？」

彼女って設定でもいいんだが、エリーゼが頑として妻だと言い張る可能性が高いな。

まぁ、海外だと既婚の大学生は普通にいると聞くしな。

ここは事実を伝えるとしよう。

「俺の奥さんだけど」

「「なんだとぉ――――！」」

そこで、信吾も一緒に驚くのか？

お前がいた世界では、二十歳前で結婚なんて別に珍しくないじゃないか。

「あれほどの金髪巨乳美女が奥さん！　ヴェル、お前は凄《すご》い！」

なぜか俺は拓真に尊敬の眼差《まなざ》しを向けられたが、お前は信吾以上にモテそうな気がする。

「エリーゼのところに戻るよ。とはいっても、隣の席か」

三人で席に戻ると、エリーゼのみならず、女子二人も驚いていた。

「信吾、この人と知り合いだったの？」

「違うって榛名。たまたま同じ水族館に行くって話を聞いてね。案内することになったわけ」

「へえ、信吾にしては積極的ね」

「異文化コミュニケーションってことで。これからは国際化の時代だから」

信吾は、上手く榛名という女子からの追及をかわした。

「本当かしら？」

赤井《あかい》榛名という名前だと紹介を受けた女子は、エリーゼの……胸を見ていた。

赤井さんも胸は大きいが、エリーゼには少し負ける。

『信吾がエリーゼに興味を持ったのでは？』と疑っているのであろう。

その気持ちはわかる。

日本男子にとって、金髪巨乳美人、美少女という枠は一大勢力だからな。

「榛名、エリーゼさんはヴェルの奥さんだそうだ」

「えっ！　あなた、もう結婚しているの？」

エリーゼが既婚者だと聞き、赤井さんはえらく驚いていた。

「はい」

と、笑顔で答えるエリーゼ。

「エリーゼさんって、今何歳？」

「二十歳です」

「えっ？　私たちとそんなに変わらないと思ってた」

「エリーゼさんって落ち着いているけど、お肌が白くて綺麗《きれい》だものね」

黒木さんは、エリーゼの肌の綺麗さを羨ましがっている。

それと転移直後は変化がなかったんだけど、徐々に俺もエリーゼも若返ってきているような……。

それなのに、いつ俺たちの体が変化したのか、全然思い出せないのだ。

今信吾と顔を合わせた時に思ったのだが、俺と信吾が同じ年で顔を合わせるよう、なにか大きな力が働いたような気がしてならない。

元商社のしがないサラリーマンが、異世界の貴族の子供と入れ替わってしまったんだ。

前世の俺ならともかく、今ではそういう現象を否定しなくなっていた。

「(今の信吾と俺の肉体年齢は、どういうわけか同じ年ってことなのか)」

「二人って学生結婚なの？」

「そうなんだ。俺たちの地方の風習みたいなものなのさ」

エリーゼの代わりに俺が、住んでいる場所の風習で早く結婚するのだと赤井さんに説明した。

「日本ではあまり馴染みのないヨーロッパの小国だからね。しかも古い国だから」

日本人が、ヨーロッパにあるすべての国を把握しているはずがない。

その辺を利用して、上手く誤魔化すしかないな。

「お二人は、どうやって知り合ったのかしら？」

赤井さんに続き、黒木さんという女子の方も興味津々のようだ。

エリーゼに俺との馴れ初《なそ》めを聞いてきた。

「お爺《じい》様が決めた許嫁《いいなずけ》ですけど……」

「許嫁だなんて、昔の日本みたいね」

今のこの時代に許嫁と結婚すること自体が、大多数の日本人には珍しく思われるのかもしれない。一部の上流階級などを除いてだが。

クール系美少女である黒木さんは驚きを隠せないでいた。

「俺の祖父《じい》ちゃんは、こんな綺麗な嫁さんを紹介してくれないけどな」

拓真、俺もまだ生きているはずの田舎のお祖父さんから、可愛い女の子なんて紹介してもらったことはないから安心しろ。

「この国では、旦那様とどうやって知り合うのですか？」

「今だと恋愛結婚が多くて、あとはお見合いも少しはあるのかな？」

「そうなのですか。でも旦那様とは十二歳の頃からずっと一緒だったので、いきなり結婚したわけではありませんよ」

俺がホーエンハイム枢機卿の紹介でエリーゼと知り合ったのは十二歳の時。

そこから結婚するまで四年近くもつき合っていたようなものだから、多少は恋愛もしたのかな？

ただ毎日、なんとなく過ごしていたような気もするけど。

「まあまあ、あまりエリーゼさんを質問攻めにするなって。文化の違いってのもあるんだから」

ここで信吾が、上手くフォローしてくれた。

これ以上色々と聞かれると、ボロが出る可能性もあるからな。

「ああ……俺もヴェルの祖国に行って、エリーゼさんのような金髪美女と結婚したい！」

拓真は、自分に正直な人間のようだ。

自分もエリーゼみたいな女性と結婚したいと、一人吠《ほ》えていた。

「拓真、いきなり妙な外国人が結婚してくれと言ってきたら、ヴェルの故郷の人たちじゃなくても困るだろう、普通」

「そうだった！」

「それよりも、早く食べて水族館に行かないか？」

「それもそうね。今日はそのために外出したんだから」

「早く行きましょう」

赤井さんと黒木さんも賛成し、俺たちはファーストフード店の朝食を食べたあと、最寄りの駅に向かう。

ここから電車で水族館へと向かうのだ。

「このような便利な道具が、小さな駅にもあるんですね」

エリーゼは、ローカル路線の駅にまで自動改札機が設置されていることにえらく感動していた。

ゾヌターク共和国にも魔道具の自動改札機が設置されていたが、人が多いところだけだったのを思い出す。

「エリーゼさんの故郷って……」

赤井さんは、エリーゼに田舎に住んでいるのかと聞きにくかったのであろうか、語尾が詰まってしまったようだ。

「決して都会じゃないかな。海外も初めてだし」

代わりに俺がフォローした。

「ヴェンデリンさんも日本語上手ですね」

「日本人に教えてもらったんだ」

本当は俺が日本人なのと、どういうわけか向こうの世界の言語が日本語だからなのだけど。

とにかく、せっかく信吾と合流できたのだから、ボロを出さないように気をつけないと。


「水族館に到着したぞ」

「ここが水族館ですか」

「エリーゼさんの故郷にはないの？」

「はい」

「そうなんだ……」

「拓真、俺の祖国は山の中にあるからさぁ」

「海がない国なのかぁ」

水族館までは三分ほど、わずか一駅で到着した。

『佐東《さとう》水族館前駅』を降りると、目の前に水族館の入り口がある。

この光景には見覚えがあった。

佐東市にある小学校は、必ず一回はここに遠足に来るからだ。

「早速、入場券を買って入るか」

券売機で入場券を人数分購入し、入り口のゲートを潜《くぐ》って水族館の中へと入る。

早速、色々な水槽が見え、みんなそれぞれに見学した。

「信吾、小学校の頃と入っている魚がほとんど変わらないわね」

「ここら辺はそうかな？　でも新しい水槽もあるじゃないか」

信吾と赤井さんは遠足でここに来ていたようだ。

俺も来ているはずなんだが、かなり昔のことなのでいまいち記憶が……。

「水族館って、小学校の遠足以来だよな」

「江木が水族館好きには見えないし、女の子を誘ってデートとかもなさそう」

「赤井、俺にだってデートの経験くらいはあるぞ。水族館じゃないけどな」

「えっ！　そうなの？」

「ふふん、俺はサッカー部でモテる方だからな」

「私、噂《うわさ》に聞いたわよ。江木君と石井《いしい》さんが映画を一緒に見ていたって」

「黒木さんに知られているとはな。まあ、そういうことだ」

拓真の奴、女の子とデートしていたのがバレても嬉《うれ》しそうじゃないか。

まあ、隠すことじゃないけどさ。

「一度だけで、あとは進展がなさそう」

「なぁ！　赤井、お前はスパイかなにかか！」

間違いなく赤井さんの推論だと思うけど、本当に拓真とその石井さんとやらがつき合っていたら、今日の水族館よりもそっちを優先して当然のはずだ。

「石井さんは、ちょっと俺の好みじゃないからな」

「江木って、女の子への条件が厳しそう」

「赤井は、信吾と一緒に出かけられれば嬉しいんじゃないの？　小学生の頃から、定期的に二人でどこかに出かけているよな」

「本当なの？　赤井さん」

拓真の発言を受け、黒木さんが赤井さんに詰め寄った。

本人はまったく気がついていないようだが、黒木さんも信吾のことが好きなのか。

小さくて可愛いながらも胸は大きい幼馴染みの赤井さんに、背が高めでスレンダーなクール系美少女の黒木さん……信吾、お前はなぜそんなにモテるのだ？

俺が高校生の頃……みんな友情に厚かったさ！

まるで昔の週刊連載漫画の作品みたいに。

「信吾とはたまたま一緒に出かけただけよ。幼馴染みだし、予定がたまたま合ったから。本当にそれだけよ」

「そうだよな」

「……そうね……」

おい、信吾！　お前はアホか！　赤井さんは恥ずかしいからそう言っているだけで、本当はお前とデートしたんだって思っているぞ。

ああ、それがわかる俺はちょっとは成長したんだな。

「幼馴染みだし、小学生や中学生なら男女が一緒に遊びに出かけることもあるわよね。うん、きっとそう」

「黒木さん、どうしていちいち再確認するのかしら？」

「特に意図はないわよ」

黒木さんは赤井さんの追及をかわしながら、信吾に意味あり気な笑みを浮かべた。

やはり彼女は、信吾のことが好きなのが確実なようだ。

というか、前世の俺と同じ外見のはずなのに、なにがどう違うというのだ？

運か？

「ところで、エリーゼさんとヴェルはデートとかしている？」

「はい。今もしています」

エリーゼは拓真の問いに答えながら、嬉しそうに俺と腕を組んだ。

相変わらず、いい胸の感触だな。

「婚約が決まってからは定期的にデートしてたな。一緒に住んでいたし」

「なんだとぉ――――！」

「えっ？　同棲《どうせい》していたの？」

「同棲といえば同棲か？」

実はルイーゼとイーナもいたし。それに屋敷にはメイドや使用人たちもいたからな。

拓真が考える同棲とは違うと思う。

「ここにデートのプロがいるぞ！」

いやだから、デートのプロってなんだよ？

俺は、そんなもののプロフェッショナルじゃないぞ。

「ヴェンデリンさんが思う、上手くいくデートのコツってなにかしら？」

黒木さん、俺に難しいことを聞かないでほしい。

そういうことは、もっとリア充に聞かないと。

「お互いに楽しければ、どこに行くとか、なにを食べるとか、なにを買うとかはあまり関係ないような……」

俺の意見なんて参考になるのか？

なにも言わないわけにはいかないので、適当に言ってみたけど。

「おおっ！　完全に悟っているじゃないか！」

拓真、悟っているというか、自然にそう思っただけだ。

「デートの話よりも、魚見ようぜ」

これ以上追及されるのも恥ずかしいので、俺は話を切り上げてエリーゼと各水槽を見て回ることにした。

「あなた、大きいけど可愛いお魚ですね」

エリーゼはマンボウが気に入ったようで、楽しそうに泳ぐのを見ている。

「マンボウか……。こういう魚っていたかな？」

「どうでしょうか？」

王都の鮮魚店に、マンボウは売っていなかった……はず。

もしかすると、地球特有の魚なのかもしれない。

「綺麗ですねぇ」

マンボウを見終わったエリーゼは、チョウチョウウオ、クマノミ、スズメダイ、ベラ、色とりどりのエビなど、綺麗な海水魚を見て目を輝かせている。

今日は、ここに来てよかったな。

久々の水族館だが、やはりデートだと楽しいものだ。

一人だと、かえって空《むな》しくなるかもしれないけど。

「一宮君、いい水族館ね」

「そうか、黒木さんは初めてなのか」

「私は中学三年生の時に引っ越してきたから、受験で忙しくてあまり佐東市のスポットを巡っていないの」

黒木さんは、信吾と二人で話をしながら水槽を眺めている。

「江木にそっくりなのがいるわよ。スベスベマンジュウガニ」

「せめて魚類にしろ！　というか全然似てねえし！」

もう一方の赤井さんは、拓真と一緒に水槽を見ているが、信吾と黒木さんが気になるようで、時おり信吾の方に視線を送っていた。

「まさに三角関係」

「そうですね、あなた」

「えっ？　エリーゼはどうしてそんなに嬉しそうなの？」

水槽を泳ぐ魚に夢中になっているのかと思えば、ちゃっかりと信吾を巡る女子二人の様子に気がついていたエリーゼ。

「シンゴさんが、どちらを選ぶか気になるじゃないですか」

「……」

普段は真面目な神官であるエリーゼも、恋愛に興味がある普通の女の子というわけか。

最近、イーナからよくそういう本を借りていたからなぁ……。

「シンゴさんは、どちらを正妻にするのでしょうか？」

そしてやはり、この世界の常識がよくわかっていなかった。

エリーゼは、赤井さんと黒木さんが正妻争いをしていると思っていたのだ。

「あのね……エリーゼ」

俺はそっとエリーゼに、この国が一夫一婦制であることを教える。

元から知っていたのを悟られないよう、ちょっと調べておいた風を装って。

「それは羨ましいと思いますが、もし子供が生まれなかったらどうするのでしょうか？」

「家よりも個人が優先されるみたいで、子供がいなくても気にしない人もいるようだね。未婚の人も多いみたいだし」

「(この世界の人たちは、文明レベルだけでなく価値観も魔族に似ていますね。関係があるのでしょうか？)」

「(それは調べないとわからないなぁ)」

エリーゼは鋭いので、現代日本と魔族の国がよく似ていることに気がつき、なにか関係性があるのではないかと推論を立てていた。

実は全然関係ないけど、即答すると俺が怪しまれるかもしれないので、調べないとわからない、と答えておく。

「(そういえば、魔族の国も一夫一婦制が基本でしたね)シンゴさんもそういう考えのもと、どちらかを選ぶのでしょうか？　それとも……」

まったく違う価値観と遭遇し、それが魔族の国によく似ていると気がついたエリーゼだが、同時に信吾を巡る三角関係に興味津々のようだ。

相変わらず魚を楽しそうに見ていたが、時おり三人を覗《のぞ》くことを決してやめなかった。

エリーゼも、普通の女性であることを再確認できた瞬間であった。

そして肝心の信吾は、二人から好かれていることにまるで気がついていない。

赤井さんは幼馴染みだからそういう気がないとしても、黒木さんはあれだけ綺麗な人だからな。

現実味がないのかもしれないが……。


「ヴェル、エリーゼさん。もう少しでイルカとアシカのショーだってよ。見るだろう？」

「はい、楽しそうですね」

みんなで野外にあるショースペースに移動して席に座る。

「信吾、久しぶりだね」

「小学校以来なのか」

「私は、イルカのショーって初めてなの」

「ここのイルカショーは、結構人気があるみたいだよ」

信吾は、赤井さんと黒木さんに挟まれて座っていた。

そうしないと色々と面倒なことになりそうな気がしたので、俺と拓真が段取りしたのだ。

あと、エリーゼの目がちょっと嬉しそうなのは、俺は見ていないことにしておく。

「それでは、イルカのショーからです！」

マイクを持った司会のお姉さんが、ショーの開催を告げた。

早速数頭のイルカが、ハイジャンプをしたり、プールの上に浮かべてある輪から飛び出たり、逆に飛び込んだり。

続けて、空中にぶら下がったボールを嘴《くちばし》でつついたり、尾で叩《はた》いたりと。

イルカが曲芸を成功させる度に、観客から大きな歓声と拍手が沸き起こった。

「あなた、凄いですね」

「よく芸を仕込むものだよなぁ……イルカは頭がいいって聞くけど」

俺とエリーゼは、イルカに惜しみない拍手をした。

イルカの芸が終わると、今度はアシカやトドが芸を見せる。

「あなた、可愛いですね」

鼻先でボールをお手玉するアシカに、頭を下げて挨拶をしたり手を振るトドを見てエリーゼは大喜びだ。

リンガイア大陸には存在しない――ただ単に遭遇していないだけか？――ものだから、余計に楽しいのであろう。

俺は初めてではないが、小学生の頃よりも大分、芸の種類が増えたように思える。

「とても楽しかったですね、また来たいです」

水族館を堪能した俺たちは少し遅めの昼食をとることにするが、お店は信吾たちに任せた。

「ファミレスでいいよな？」

「信吾、ヴェルやエリーゼさんが喜びそうな和風のお店の方がよくないか？」

「そういう店は高いからさ」

「俺たちはどこでもいいよ。故郷にファミレスなんてないからさ」

魔族の国にはあったけど、リンガイア大陸にファミレスはないので嘘はついていない。

「なるほど！　ファミレスも観光名所ってか」

「そういうこと」

六人でファミレスに入り、俺はカツ御膳を注文した。

和風なメニューなら、ファミレスにもあるからな。

お金は浄財が沢山あるけど、高校生と一緒なので無理に高いお店に行くことはない。

エリーゼはゾヌターク共和国のお店で慣れていたので、素早くドリアを注文していた。

まったく知らない土地で他人に怪しまれないように行動するのは大変だと思うのだが、その辺もエリーゼは上手くやっていると思う。

元々完璧超人で、俺よりも頭が良くて器用なのだから当然か。

「(飲み物が飲み放題……。これも魔族の国にあったレストランと同じですね)」

王国では魔族の国の仕組みを聞きかじったり、俺のアイデアを取り込んで手探りで始めている程度なので、まだまだといった感じだ。

「へぇ、エリーゼさんの故郷にはファミレスはないんだ」

「はい、普通のレストランしかありませんね。でも飲み放題で同じ値段だと、お店が儲《もう》からないのでは？」

「そんなに飲めるものじゃないからよ」

「そうね、せいぜい二、三杯しか飲めないものね」

エリーゼの疑問に赤井さんと黒木さんが答えた。

その他にも、ドリンクバーは自分で中身を注ぎに行くから人件費がかからないという理由もあって、実はとても儲かる……これはわざわざ言う必要ないか。

そして鋭いエリーゼは、魔族の国と日本のファミレスにドリンクバーがある理由が同じことに気がついたはずだ。

残念ながら両者に関連性はないけど。

「あっ、そういうことですか。伯父様みたいな人ばかりがお客さんじゃないですからね」

導師とヴィルマなら、お店の人が泣くほどドリンクを飲んでしまう……この話も、魔族の国のファミレスでしたのを思い出した。

ちなみに食べ放題ではもっと被害が拡大するのだけど、俺たちはそこまで食べないからな。

「エリーゼさんの伯父様かぁ……」

「格好良さそうね。それでいてワイルドなのもいいと思う」

赤井さんと黒木さんが想像しているエリーゼの伯父さん像は、ほぼ百パーセント実物とは違うと、俺は声を大にして教えてあげたくなった。

女子高生の夢を壊すみたいだし、二人が導師と顔を合わせる可能性もないから、なにも言わなかったけど。

「ところでお二人は、いつまで日本に？」

「夏休みが終わるまでかな」

欧州の田舎から来ている学生結婚した夫婦という設定なので、俺は赤井さんに長くても夏休みが終わるまでだと答えた。

欧米は、九月から新学期だからだ。

実際のところは、いつまで日本にいるのかわからない。

まさしく神のみぞ知るだ。

「長期間外国に滞在かぁ……実はヴェルって金持ち？」

「そういえば、名前にフォンがあるから貴族様？」

今の日本には貴族なんていないのに、黒木さんは鋭いな。

「昔はね。今はただの古い家だから」

今は貴族とは名ばかり、それでも伝統や風習が色濃く残る田舎で、だから息抜きに海外を旅行しているのだとみんなに説明した。

「今の時代にそういうのがあるのか」

「江木君、日本の華族制度はなくなったけど、今でも元華族同士でつき合いがあったりするのよ」

元華族で名門の人たちが、定期的に集まったり結婚したりしているのは俺も聞いたことがあった。

「へえ、そうなんだ」

「伝統に拘《こだわ》る人も多いってことね」

昼食が終わり、みんなで海沿いの公園を散歩しながらアイスクリームを食べたり、帰りに買い物をしたりしながら夕方まで時間を潰《つぶ》した。

エリーゼは、赤井さんや黒木さんと楽しそうに話をしている。

ボロを出さないよう、上手く話題を誘導している点はさすがは大貴族の娘だと感心した。

「今日は楽しかったわね。じゃあ、私はこれで」

黒木さんは、門限があるというので俺たちと駅で別れた。

随分と早いような気がするが、彼女はその見た目どおりお嬢様なのであろう。

「悪い、俺も家に親戚が来ていてよ」

拓真は信吾の家までつき合うかと思ったが、別件で用事があるみたいだ。

信吾の家の近くで別れた。

「私は先に家に寄ってから、信吾の家に行くね。信吾、ヴェンデリンさん。エリーゼさんだけに料理させせないでね」

赤井さんは、すぐ近くの自宅に寄ってから信吾の家に来ると言って一旦《いったん》別れた。

家が近い異性の幼馴染み……信吾には存在して、俺には存在しない。

う――――む、解せぬ。

「あの、本当にシンゴさんのお家にお邪魔してよろしいのですか？」

エリーゼからすれば、今日知り合ったばかりの外国人をいきなり自宅に招待する信吾に違和感を覚えたのであろう。

向こうの世界は日本よりも治安が悪いから、まず考えられないことだ。

だが、その点はまったく心配ない。

なぜなら、俺は信吾で、彼はヴェンデリンなのだから。

俺たちは、早く二人きりで話したいことが沢山あったのだ。

「今日一日、エリーゼさんたちを見て僕が大丈夫だと判断したからね。ちょうど家族は誰もいないってのもある」

「そうなのか」

唯一心配したのは、いきなり奇妙な外国人カップルを客として招き入れることに、信吾の家族がどう反応するかであった。

だが、家にいないのならあまり問題でもないのか。

「信吾の弟の洋司《ようじ》はバスケ部の合宿、お父さんは出張中で、お母さんもお祖父さんが入院したから田舎に行っているのよね？」

「榛名、もう自宅から戻ってきたの？　早くない？」

信吾がそう言うのも無理はない。

彼の家に辿《たど》り着く前に、再び赤井さんが合流したからだ。

「途中で偶然お母さんに会ったから、信吾の家で夕食を食べるって伝えられたの」

赤井さん、信吾の家の事情をよくご存じで。

それにしても、俺が高校生の頃に母方の祖父が入院なんてしたかな？

同じ時間の流れのように見えて、微妙に違う点もあるのか。

「今夜は私が食事を作るからね」

「あの、私もお手伝いしますから」

「エリーゼさんって、普段どのくらい食事を作るの？」

「毎日ではないですけど、定期的には作ります」

「さすがは、人妻！」

普段は調理人が作ることが多いけど、エリーゼたちも腕を鈍らせたくないと言って、定期的に食事の支度はしていた。

エリーゼは、料理が上手だからな。

「愛する旦那様に手料理を……。いいなぁ……」

「ハルナさんも作っているではありませんか」

「私？　信吾の食事は、信吾のお母さんに頼まれたからよ。本当にそれだけだから」

赤井さんがムキになってエリーゼに反論するけど、まったく説得力がなかった。

平成日本で料理なんてできなくてもなにも困らないから、信吾なんて放置しておけばいいのに。

「榛名、負担になっているのなら、別に僕はコンビニの弁当でもいいけど」

「あんたが気にすることじゃないわよ！　私は信吾のお母さんに頼まれているんだから……」

「じゃあ、今度母さんに言っておこうか？　榛名に負担をかけるなって」

「別に、それほど負担ってわけじゃあ……」

信吾、お前……ビックリするくらい鈍いな……。

そっとエリーゼを見ると、彼女も呆《あき》れていた。

間違いなく、赤井さんはお母さんに頼まれたから料理をしているんじゃないと思うぞ。

「ハルナさん、この国のお料理を教えてください」

「いいわよ」

ここで、エリーゼが助け船を出した。

エリーゼに日本の料理を教えるという大義名分を、赤井さんに上手に示したのだ。

「エリーゼさん、一緒に料理をしましょう」

「はい」

それからすぐ、俺たちは一宮家に到着するが、俺の記憶のままの、どこにでもある普通の一軒家であった。

家に明かりはなく、本当に家族はいないようで、突然俺たちが訪ねても問題なさそうだ。

「靴を脱ぐのですね」

「そうか、ヨーロッパは土足だものね」

エリーゼと赤井さんはすぐに台所に入り冷蔵庫の中を確認すると、買い物は必要ないと判断したようで、早速料理に取りかかる。

「エリーゼさん、大丈夫？」

「はい。ちょっと普段使っているお台所とは違いますけど」

とは言うが、ガスコンロと魔導コンロの差はあるものの、他の調理器具はそう大きな差があるわけでもない。

エリーゼは、手際よくジャガイモの皮を剥《む》き始めた。

「あら上手。今日は肉じゃがを作るわね」

「それなら作ったことがあります」

「えっ？　そうなの？」

元々俺が自分で作っていたし、エリーゼにも作り方を教えていたからだ。

「日本の人がいたんだものね。その人から教わったのか」

「はい」

エリーゼは、上手く誤魔化してくれたようだ。

本当は俺が考案したことにしていたのだが、ちょっとおかしいと思われたかな？

「信吾とヴェンデリンさんは邪魔ね……今日は私たちで作るから、明日、なにか作りなさい」

「その方がいいね」

勝手知ったる一宮家の台所に四人でウロウロしていても無駄だし、今は一秒でも早く信吾と話をしたかった。

「じゃあ、明日はなにを作るか相談しようかな」

「そうだね、僕たちは料理に慣れていないからね」

赤井さんに追い出されたのをいいことに、俺と信吾は駆け足で二階にある信吾の部屋へと向かうのであった。

第五話　ヴェンデリンは一宮信吾のリア充ぶりに嫉妬する（おまいう）

「さて……」

「いよいよか……」


出会ってからずっと、他の人たちの目もあって込み入った話をするわけにはいかなかった。

今ようやく、その時間を持てたわけだ。

この時間を無駄にすまいと、俺は急ぎ『沈黙』の魔法をかける。

これなら、もしエリーゼと赤井《あかい》さんが聞き耳を立てたとしてもなにも聞こえないはず。

信吾《しんご》は、俺が魔法をかけたことにも気がついていないようだが……。

「すまん！」

「ごめんなさい！」

ようやく話し合いが始まるが、その第一声はお互いの謝罪だった。

「えっ？　どうして信吾が謝るんだ？」

「だって君、バウマイスター騎士爵領でほぼ人生が詰んでいたじゃないか。僕はこの便利な世界で普通に……いや、向こうの世界とは比較にならないほど豊かに楽しく暮らせているから……」

そういう意味か。

確かに昔のバウマイスター騎士爵領は、日本の限界集落にダブルスコアで負けるほど不便で貧しい場所だったからなぁ。

さらにヴェンデリンは八男だった。

信吾は、俺が悲惨な人生を送っているのではないかと心配していたようだ。

「君こそ、どうして謝るの？」

「それは……」

俺が信吾に申し訳なく思ったのは、ヴェンデリンに魔法の才能があったからだ。

確かに日本は便利な国だ。

それは、向こうの世界で生活し始めてから大いに実感したことだ。

だが、しがない商社マンでしかなかった俺が、向こうの世界では高名な魔法使いになり、辺境伯の爵位と領地まで与えられている。

もしヴェンデリンと入れ替わらなかったら、それらのすべては信吾のものだったはず。

信吾？

中身はヴェンデリンか……やっぱりややこしいな。

「いやだって、今の俺は辺境伯だぞ。広大な領地も持っているし」

大変なのは大変だけど、恵まれた境遇ではある。

「えっ？　あの状況からどうやって辺境伯になったの？　もしかして、なにか禁じ手でも？」

「禁じ手ってなんだよ？　俺は魔法使いだからさ」

「えっ？　どうして君が魔法使いに？」

「いや、魔法使いの才能があったからじゃないか。信吾もそうだろう？」

「ないない！　僕にそんな才能はなかったから！　ないからこそ、幼心に真面目に勉強して王都に行って下級役人の試験に合格しないとなって思ってたんだ。エーリッヒ兄さんも同じことを言っていたし」

元のヴェンデリンには魔法の才能がなかった？

そうか。この世界に飛ばされた俺がまだ魔法を使えるのだから、もし元のヴェンデリンに魔法使いの才能があれば、信吾が今使えても不思議ではないのか。

いや、俺とエリーゼはこの世界に飛ばされた異物だから魔法を使えるのか？

「僕だって、ちゃんと水晶に手をかざして魔法の才能の有無は確認している。でもまったく駄目だったんだ」

「あれ？　俺は普通に使えたけど……」

ヴェンデリンの体には、元々魔法の才能がなかった。

それなのに俺と入れ替わった瞬間、魔法を使えるようになったということか。

不思議な現象である。

「まずは、君のこれまでの人生を教えてよ」

「大まかにな」

俺は自分がこれまでに辿《たど》った人生の足取りを、信吾に掻《か》い摘《つま》んで教える。

「はあ？　竜を何匹も倒した？　奥さんが沢山？　辺境伯様で領地？　色々とおかしくない？」

「いや、魔法の才能があったから」

「僕には無理だったよ。魔法が使えないから、エーリッヒ兄さんみたいに王都で下級役人として細々と堅実に暮らすことを目指していたんだから」

信吾は――元々ヴェンデリンか――魔法を使えなかった。

だから、こっちの世界の方が都合がよかったわけか。

「信吾の方はどうなんだ？　というか、時間の流れに大きなズレがあるようだが、俺が高校生の頃に赤井さんや拓真《たくま》とは交流がなかったぞ」

いまいち記憶が薄いのだが、そんな同級生がいたような記憶が……あるような、ないような？

「俺がつるんでいた連中と違う」

当然、男子ばかりだが、彼らの名前を教えると信吾も彼らの名前くらいは知っていた。

「そこそこ話はしていたよ。中学校までは一緒だった」

「あれ？　高校でも一緒だったぞ。信吾は今どこの高校に行っているんだ？」

「えっ、佐東《さとう》第一高校だけど」

「なんだとぉ――――！」

佐東市で一番の進学校じゃないか。

残念ながら俺では成績が届かず、もう一つランクが下の高校に通っていたんだ。

それでも、自分なりに結構頑張って入学したと思っていたのに……。

「お前、実は頭がいいな？」

「そうかな？」

いいや、きっとそうだ。

そもそも、頭が悪い奴が市内一の進学校に通えるはずがない。

「しかも、赤井さんのような存在もいる！」

あんなに可愛《かわい》い幼馴染《おさななじ》みがいるとは。

信吾、お前はどうしてそんなにリア充なんだ！

「黒木《くろき》さんもいるし。俺が高校の頃は男子だけでプール行ったり、特に目的もなく町をぶらついたりしてたぞ」

木佐貫《きさぬき》にある風俗店の宣伝看板を見て、みんなでいつか入ってみたいなと話し合ったり。

どうせ高校生だから入れてもらえないし、お金もなかったし、先生に補導されるのも嫌だったしで、結局あの町には行かなかったけど。

当然彼女なんていなかったし、俺は男友達と華のない青春を送っていたってのに……。

「男女四人でお出かけなどなかった！　さては信吾、貴様は許されざるべきリア充だな？　どんな魔法を使ったんだ？」

「君の方が凄《すご》いじゃないか！　しかも奥さんがエリーゼさんを筆頭に十名以上とか、君の方が凄いよ！」

「いいや！　魔法もないのに、モテ高校生道を驀進《ばくしん》している信吾の方がリア充だ！」

「僕は別にモテてないよ！　君の方が凄いじゃないか！　なんだよ、魔法の師匠とか！　魔法が使えない僕にはあり得ない話じゃないか！」

それから数分間、俺と信吾による低レベルな言い争いが続くのであった。

『沈黙』をかけておいてよかったと思う。

「はあ……無駄な言い争いで疲れたな」

「そうだね。でもこの会話、下の階に漏れていないかな？」

「それは『沈黙』を使っているから大丈夫」

「魔法か……」

俺と信吾。

どちらがリア充かなんて、そんなことはどうでもいいのだ。

俺とエリーゼは一秒でも早く元の世界に戻りたいので、なるべく多くの情報を集めて、そのヒントを得たかった。

ブレンメルタール侯爵が起こした事件も完全に終わっていなかったし、なにより俺はようやく育休を取れたんだ。

みんながいるとはいえ、早く元の世界に戻って可愛いフリードリヒたちの面倒を見なければ。

「でも、どうやって戻るのか見当もつかないね」

「それなんだよなぁ」

この世界に、元の世界に戻れる鍵となる魔法的なものが存在しないのが痛い。

時間があれば絶えず魔法で探っているのだけど、とにかく目標が漠然としており、俺が『探知』できる範囲にも限界があった。

もし元に戻れるヒントが遠い場所にあった場合、俺たちは佐東市から旅立たなければならないのだ。

「君がこの世界でも魔法が使えるってことは、元の世界に戻るためのなんらかのヒントを見つけられるってことじゃないかな？　この世界にはない魔法的なものが見つかれば、それがヒントである可能性が高い」

「この世界にない魔法的なものか……。この近辺では感じないけど……」

正直、今のところはヒントがある場所の見当もつかず、残念ながら時間がかかりそうだ。

子供たち！

それでもお父さんとお母さんは、必ずそちらの世界に戻るからな！

「今はこの世界に慣れながら、この近辺で情報を集めるしかないと思うよ」

日本での夏休みを楽しむ外国人カップルのフリを続けつつ、今はこの世界に馴染む方が先か。

「それしかないか……」

「ところで失礼な質問だけど、先立つものは大丈夫なの？」

「それは大丈夫だ」

暴力団とハングレ集団の方々が浄財を恵んでくれたから、しばらくは遊んで暮らせるさ。

でも、正式な身分証がないのは辛《つら》いな。

これがあれば、魔法の袋に仕舞っている金銀宝石を売ってお金にできるのだから。

「君がどうやって日本円を入手したのかは、聞かないでおくよ」

信吾め。

どうやら俺の金の稼ぎ方に気がついたようだな。

彼は頭がいいからな。

「新聞にハングレ組織が壊滅したっていう記事が出ていたけど。資金洗浄目的の海外への違法送金、違法薬物取引、脅迫、暴行、他にも色々な犯罪の証拠が、体が麻痺《まひ》して倒れていた組織の構成員たちと一緒に見つかって、警察は楽して大捕り物だったって記事には書いてあったね。でも、その場にあった現金はまったく見つかっていないとか」

「浄財だ」

「……浄財ねぇ……。魔法って凄いものだね」

「証拠は残していないぞ」

指紋などは残していないし、顔も一切見られていない。

彼らを襲撃する際に装着した漆黒の鎧《よろい》は今は魔法の袋の中で、他人には取り出せないから証拠にはならないはずだ。

悪事を働いていた彼らを、正義の黒騎士が成敗した。

それでいいじゃないか。

「そういえば、宿はどうしているの？」

「身分証がないから、それを問われない古いラブホテルに泊まっている」

「そうなんだ……って、エリーゼさんと同じ部屋で？」

「おかしいか？　つき合ってもいない男女なら問題あるが、俺たちは夫婦だからな」

色々とあって疲れていたからそのまま普通に寝ているけど、別におかしなことはない。

「なんて羨《うらや》ましい……じゃなかった！　じゃあ、家族が戻ってくるまでは家に泊めてあげるよ」

「そこまでしてもらうのも悪いかなぁ……」

「はっはっはっ！　なにを仰《おっしゃ》るかと思えば。僕とヴェルの仲じゃないか」

「信吾がそう言ってくれるのなら」

せっかくの厚意だからな。喜んで泊めてもらおうじゃないか。

でも、なんか引っかかるんだよな……。

「（君ばかり、あんなに綺麗《きれい》な奥さんと一緒に……許せん！）」

「えっ？　なにか言ったか？」

「ううん、別に」

「あっそうだ！　無料で泊めてもらうわけにはいかないから、これは宿代ね」

正直なところ、日本での生活がいつまで続くかわからない。

日本円はとっておきたいので、金の粒や宝石を信吾に渡した。

これは、バウマイスター辺境伯領内の鉱山などで採取したものだ。

「いやいや、こんな貴重品受け取れないから」

「現状、換金できないから無価値に等しいんだよね」

「君は、向こうの世界でどんな生活を送っているんだ？」

「苦労も多いよ。変な貴族が多いから」

「僕は、そういう人たちと出会う前にこの世界に飛ばされたから、いまいちわからないけど……。

バウマイスター騎士爵家に貴族らしい人なんて一人もいなかったからね」

そういえば信吾は、バウマイスター騎士爵家の人たち以外の貴族と会ったことがなかったんだ。

信吾はなかなか謝礼を受け取らなかったが、俺は半ば強引に彼に渡してしまった。

「それで、元の世界に戻れるヒントがありそうな場所の候補はあるの？」

「全然ない。だから常に臨機応変に、それでいて積極的に行動し、それに辿り着くチャンスを増やさないと。ようは宝クジが当たるまで買い続けるという理屈と同じだ」

「つまり、しばらくは遊ぶってことだね？」

「だって、他に手の打ちようがないもの」

足元を固めないうちに遠出をしても上手《うま》くいかないような気がするので、今は佐東市を中心に動くしかない。

「そうだよねぇ……僕にもヒントなんて思いつかないし……あっても、僕は元の世界には戻りたくないね」

それはそうだろう。

信吾は、現代日本での生活を気に入っているのだから。

「情報交換はこれで終わり……と」

「信吾、ヴェンデリンさん！　ご飯よぉ——————！」

俺が『沈黙』の魔法を解除すると、一階から赤井さんの声が聞こえてきた。

ここで夕食とは、とてもいいタイミングだな。

二人で一階に下りると、すでにテーブルの上には夕食が並んでいた。

肉じゃが、野菜炒め、味噌《みそ》汁、ご飯という栄養バランスに配慮した内容で、赤井さんも料理に慣れているようだ。

「エリーゼさんも手際がいいわね」

「料理をする機会が多いですから」

子供の頃から教会の炊き出し、貧民街に配るお菓子の製造などで活躍し、結婚してからも定期的に料理を作ってくれるから、エリーゼの手際はよかった。

これも彼女の祖父である、ホーエンハイム枢機卿の教育の賜物《たまもの》……。


『ヴェンデリン君、今日は私がエリーゼの代わりに作ってあげる』

『お母様は、料理は禁止です！　この前も、気まぐれで作った料理でお父様とお兄様がお腹を壊したではありませんか！』

『今回は上手くいくと思うのよ』

『そういう発言は、普段ちゃんと料理の練習をしている人が使っていい言葉です！』

『や――――ん、エリーゼちゃんが苛《いじ》めるぅ――――。ヴェンデリン君、助けてぇ――――』

『苛めていません！　事実を指摘しただけです！　ヴェンデリン様に抱きつかないでください！』


エリーゼとは違い、その母親であるニーナ様は壊滅的に料理が下手だったけど。

彼女は教会の炊き出しに顔を出すようなことはしないし、普段も滅多に料理などしない。

元々大貴族の娘だから必要ないのだが、たまに気まぐれで料理をして夫と息子に迷惑をかけていた。

エリーゼは、そんな彼女を反面教師にしたのかもしれない。

「ヴェンデリン様も喜んで食べてくださいますから」

「そっか、旦那様のためかぁ……って、ヴェンデリン様!?」

「おかしいですか？」

「古風なのね……」

昭和ならいざしらず平成の世にあって、夫を様づけで呼ぶ人なんてそうそういないはず。

エリーゼも気をつけているはずだが、完全に習慣になっているものを変えるのは難しい。

「ヴェルとエリーゼさんの国は、まだそういう風習が残っているんだよ」

すかさず、信吾がフォローを入れてくれた。

「世界って広いのねぇ……。あっでも、時代錯誤って言われるかもしれないけど、そういうのっていいかも。信吾様、夕食の支度ができていますよ」

「榛名《はるな》、からかわないでくれよ」

赤井さんもエリーゼを真似して『信吾様』と呼んでみたが、そっけない信吾の反応に彼女は残念そうな表情を浮かべていた。

赤井さんは信吾が好きだから本気で言っているはずなんだし、二人の周囲の人たちは気がついているのに、肝心の本人が鈍すぎるってどうなんだろう？

本当に好きでなければ、高校生にもなった幼馴染みの家に料理なんて作りに来るはずがないのだから。

「うちの母さん、料理が大雑把《おおざっぱ》だから、榛名のおかげで助かっているよ」

だめだ、やはり赤井さんの気持ちに気がついていない。

ちゃんとした料理が食べられてよかった、くらいの感覚なのであろう。

それにしても、なんという鈍さであろうか？

あと、母親の料理が大雑把なのは、俺がいた時と同じなのか。

不味《まず》くはないのだがレパートリーが極端に少なくて、カレーを数日分纏《まと》めて作るとかするからな。

俺が食に興味を持つようになったのはその反動かもしれない。

遺伝とは恐ろしいもので、料理の腕前が微妙な部分も引き継いでしまったけど。

「ヴェンデリンさん、ご飯のおかわりいりますか？」

「お願いするよ、赤井さん」

やはり、品種改良や栽培方法の差なのか、お米は日本のものが圧倒的に美味《おい》しいな。

「信吾、明日はどうする？」

「拓真が海に行こうって言っていたじゃないか。その準備で買い物とか？　ほら、ヴェルとエリーゼさんは水着を持っていないだろうから」

実は魔法の袋に水着も入っていたが、向こうの世界で現代風の水着を着るのはバウマイスター辺境伯領内にあるプライベートビーチのみなので、昔風の露出の少ない水着しか持っていなかったのだ。

アレを着ると逆に目立ってしまうので、ここは郷《ごう》に入《い》っては郷に従えで、現代風の水着を買う必要があった。

「海水浴はいいわね。江木《えぎ》のバカが、海水浴場の近くにあるキャンプ場でキャンプをしないかって言うのよ。アルバイトもしていないのに、そんなお金ないって」

「海水浴だけでいいだろう」

「そうよね」

「キャンプねぇ……」

「ヴェルとエリーゼさんは、キャンプの経験はあるのかな？」

「まあそれなりに」

それなりどころか、冒険者として活動している時は基本キャンプであった。

キャンプというか野営と言った方が正しいのだけど。

それにしても、地元のキャンプ場か……前世では、地元にありながら一度も利用したことがなかったのを思い出す。

「意外とコテージの使用料が高いのよ、道具のレンタル代とかも。食材は自分たちで購入して持参すれば少し節約できるけど。お風呂も近くに温泉があって、そこの日帰り入浴を利用すると高くなるわね」

キャンプとはいっても、半分旅行みたいなものか。

どのくらいかかるのかわからないけど、普通の宿に泊まるよりは安いはずだ。

「コテージの宿泊費は俺が出すよ。信吾の家にお世話になっているからね。拓真と黒木さんも呼べばいいんじゃないかな」

そのくらいなら出しても構わないであろう。何日か信吾の家に世話になるから、そのお礼だと思ってもらえれば。

「ありがとうございます、ヴェンデリンさん、エリーゼさん。江木は喜んで来ると思うけど、黒木さんはどうかしら？」

「黒木さん、お嬢様だからなぁ……」

高校生なのに男女で旅行に行くなんて親に言ったら、反対されるかもしれないのか。

「なんか悪いな」

「お礼なんだから気にしないで」

ついでにいうと、キャンプ場や海で『探知』を使って少しでもヒントを得たいというのもあった。

あまりにヒントがないので、藁《わら》にも縋《すが》る思いなのだ。

「本当、申し訳ないです。食材の購入は任せてください。バーベキューとかカレーに固定されてしまいますけど」

信吾たちの夏休みに便乗するように海水浴とキャンプが決まり、次の日にその買い物に出かけることになった。

＊＊＊

「ヴェンデリンさん、ありがとうございます。私も参加しますね」

海水浴とキャンプに参加することとなった黒木さんが、買い物にもやってきた。

「親御さんの許可は大丈夫なのかな？」

「それは問題ないです」

俺たちがいるにしても、信吾と親密になれるチャンスは逃さないってことか。

「今日は食材と……」

「食材となんだ？」

「水着を購入したいわね。エリーゼさんは水着を持っているの？」

「いいえ。あいにくと持っていません」

本当は十九世紀のような水着があって、エリーゼはそれでいいんじゃないかと言っていたけど、それだとかえって目立ってしまうと説明したら、新しい水着の購入に納得してくれた。

特に反対などはしなかったので、この世界のファッションを楽しみたいのだろう。

ここには、ホーエンハイム枢機卿の目もないからな。

「なら、是非新しい水着は購入した方がいいな。黒木さんも、これを機会に新調した方がいい」

「江木ぃ……下心がミエミエなんですけど……」

当然海水浴とキャンプに参加予定の拓真の発言に、赤井さんが情け容赦のないツッコミを入れる。

「違うって、赤井と黒木さんはエリーゼさんにつき合ってあげないと」

「あっ、それもそうか。じゃあ、ついでに新調しておこうかしら。去年まで着ていた水着は小さくてきついから」

エリーゼには少し負けるが、赤井さんも胸が大きいからな。

高校一年生にしては驚異的であり、成長速度に去年の水着もついていけなかったのであろう。

「私も新調するわ」

「じゃあ、僕たちは食材とか必要なものを買いに行くよ。一時間後にここに集合ってことで」

「わかったわ、信吾」

こうして、男子グループと女子グループに分かれることになった。

俺たちはスーパーで、キャンプで使う食材などを購入する。

「俺、料理は全然できないんだが……」

「安心しろ、拓真。誰もお前の料理の腕前になんて期待していないから」

「だぁ――――っ！　信吾は人のことが言えるのかよ！」

高校生当時の俺って、まったく料理をした記憶がない。

カップラーメンに湯を注ぎ、レトルト食品をレンジでチンした程度だ。

こうなったら女性陣に期待するしかなく、俺は彼女たちの補佐で貢献しようと思う。

「ヴェンデリンは外国人だから、とにかく大量に肉を焼くのか？」

拓真……お前の外国人観って……しかもそれはアメリカ人だし……でも、肉が多いのは確かだな。

「大体定番の食品を購入しておけばいいさ。あとは、キャンプといえばカレー？」

「カレーも定番だな」

拓真も信吾の意見に賛同し、陳列棚からカレールーを取って籠《かご》に入れた。

「それにしても、あの三人、どんな水着を買うんだろうな？」

拓真の欲望丸出しの発言であったが、俺も心の中では気になっていた。

きっと信吾も同じだと思う。

＊＊＊

「エリーゼさん、あまり水着の選択肢がないわね」

「残念です……」

どうせ江木あたりは、私たちがどんな水着を買うのかいやらしい想像でもしていると思うけど、ここは心機一転、スクール水着以外の水着姿を信吾に見せておきますか。

黒木さん、スレンダーだけどスタイルがもの凄くいい。

試着している純白のビキニと腰に巻いているパレオがとてもよく似合っている。

カップルで水着を選びに来た男性が注視しすぎて、彼女らしき女性に叱《しか》られていた。

黒木さん、噂《うわさ》ではモデル事務所からスカウトされたことがあるっていうからなぁ……。

このところの言動を考えると、あきらかに信吾のことが好きそうだし……。

でも、私は幼稚園の頃から信吾が好きなのよ。先を越されて堪《たま》るものですか！

と思って気合を入れたのだけど、私の売りである胸の大きさではエリーゼさんの勝利であった。

店員さんに胸が大きすぎて選べる水着の種類が少ないと言われてガッカリしているけど、グラビアアイドルも真っ青なスタイルのよさで肌も綺麗で白い。

しかも外国人、それも日本人男性が好きそうな金髪さんで、アメジスト色の瞳もまるで吸い込まれるよう。

黒木さんと並んで試着しているのもあって、店内にいる人たちの注目を集めていた。

エリーゼさん、私よりも背が高いのにウエストが細いから、私が勝てる部分ってあるのかしら？

って、ここで怯《ひる》んでどうするのよ！

エリーゼさんは、ヴェンデリンさんの奥さんなんだから、ライバルじゃない！

私は、黒木さんだけに勝てばいいのよ！

となると、やはり胸ね！

この前信吾に、胸の成長が早くて可愛い下着がないって言ったら、信吾は恥ずかしそうにしていたから、きっと胸の大きな女の子が好きなはず。

となると……やはりビキニね！

色も目立つように赤にしよう。

条件に合う水着を選んで試着を終えると、なぜかエリーゼさんが困惑した表情で話しかけてきた。

「どうしたの？　エリーゼさん」

「ハルナさん、選べる水着が……」

エリーゼさん、私よりも胸が大きいから選べる水着が少ないのね。

「これでいいじゃない」

水色のビキニ、随分と布地が小さくて店内でも注目を浴びているけど、神々しいまでに似合っているわね。

「布地が少ないような気がするのですが……」

「このくらい、欧米じゃ普通なんじゃないの？」

欧米の女性って、砂浜でトップレスになっている人が多いイメージがあるんだけどなぁ。

エリーゼさん、恥ずかしいのかしら？

「ビキニは着たことがないの？」

「ないこともないですけど……」

「愛《いと》しの旦那様にしか見せたことがないと」

「他にも人はいましたが、身内か女性ばかりだったので……」

話に加わってきた黒木さんの質問に真っ赤な顔で答えるエリーゼさん、可愛いなぁ。

「『旅の恥はかき捨て』、『郷に入っては郷に従え』とも言うし、似合っているから大丈夫よ」

「そうでしょうか？」

「三人ともビキニだからいいじゃない」

私と黒木さんは、普通のビキニだけどね。

結局、他にエリーゼさんが着られて似合いそうな水着もなく、彼女はそれを購入した。

エリーゼさんが注目を浴びてしまうかもしれないけど、彼女はヴェンデリンさんの奥さんだから問題なし。

私のライバルは黒木さんよ。

今回のキャンプでどうにかして、信吾を振り向かせなければ。

第六話　謎のドラゴン

「ダンテ！　ヴェリヤが負傷したぞ！」

「わかった！　急ぎ治療しよう！」

「クソ！　冒険者ギルドの連中！　あとで割り増し手当てを請求してやる！」

「無事に冒険者ギルドに請求できるよう、まずは生き残らないとな！」

特殊な竜との戦闘で、パーティの仲間が負傷した。

俺は急ぎ治癒魔法を『爆縮』してから、負傷したヴェリヤに向けて飛ばす。

「ダンテ、すまない」

「気にするな」

今、パーティメンバーが一人でも欠ければ、さらに生存率が下がる。

それに、俺が冒険者になって間もない頃からの仲間だから見捨てるという選択肢はない。

それにしても、こんな竜は初めてだ。

最初は、普通の指名依頼だと思ったんだ。

魔物の領域で未知の地下遺跡が発見され、そこを探ってほしいと冒険者ギルドから依頼があった。

早速その地下遺跡の探索を開始したが、古代魔法文明時代よりもさらに昔、ひょっとしたら二万年以上昔の遺跡ではないかと、パーティメンバーでその手の知識があるザラットが教えてくれた。

となると、地下遺跡の風化が激しいため、魔物が入り込んでいるかもしれない。

油断しないよう探索を進めると、最深部一番奥にある巨大な部屋で奴は待ち構えていた。


『竜だと！　聞いてないぞ！』

『しかし小さい竜だな』

『本当に竜なのか？　外見だけ似た他の魔物という可能性は？』

『それはないようだ』


この魔物の領域のボスは水属性の属性竜『アクアマリン』なので、こいつがボスのはずがない。

大きさは全長二メートルほどしかなく、あまり強そうには見えない。

竜の強さはその大きさに比例するので、こいつはワイバーンよりも弱い可能性が高い。

ただ、こんなに小さな竜は初めて見た。

幼竜というわけでもなさそうで、俺たちを見つけると威嚇するように咆哮《ほうこう》したが、正直可愛《かわい》らしいものだ。

この上級魔法使い『爆縮』のダンテが率いるベテランパーティにかかれば――そういえば最近、バウマイスター辺境伯やブランタークアームストロング導師、爆炎のキンブリーの活躍が目立つな――いや、やつらは問題児だから除外だな。とにかく、俺だってそう捨てたものじゃない。

得意とする魔法を一旦《いったん》米粒大にまで圧縮してから飛ばし、目標の至近で爆発させることによって消費魔力以上の威力を発揮する『爆縮』。

極限まで圧縮した魔法が発動した際、通常の魔法以上のマナが収束され、起爆する。

その結果、どんな魔法でも威力が上がるというものだ。

俺は自然とこの現象に気がつき、元から上級魔法使いであったこともあって、これまで『爆縮』を使い大きな成果をあげてきた。

そんな俺にかかれば、いくら竜とて……。

「バカな！」

ところが、俺の予想は大きく外れた。

基本的に避《よ》けるのが困難な俺の『爆縮』を、小さな竜はすべて避けてしまうのだ。

体が小さい分、この竜は異常に素早かった。

「クソッ！」

小さくても、やはり竜は竜であった。

攻撃に加わったパーティメンバーたちの、剣、槍《やり》、弓矢などによる攻撃をすべてかわしてしまう。

それどころか、俺と一番つき合いが長い槍使いのヴェリヤが重傷を負ってしまった。

俺は、こいつが大怪我《けが》をするところなんて初めて見た。

竜は小さい分、攻撃力は低いようだが、まさか機動力でヴェリヤの後ろを取って攻撃するなんてな。

もしワイバーンの一撃ならヴェリヤは死んでいたはずで、それはラッキーだったと思うしかない。

とにかくあの竜は侮れない。

「ダンテ、ちょっとまずくないか？」

「さすがにヤバい気がしてきた。ヴェリヤは回復したが、とはいえ今日はもう戦えないからな」

俺たちの攻撃を余裕でかわし、反撃してヴェリヤを負傷させた竜は、広大な一室の真ん中に鎮座する石碑の前で、こちらをうかがうように見ていた。

「人をバカにしたような目だな」

「強いからだろうな」

強いというか、あの竜は非常に討伐が困難という方が正しい。

とにかく攻撃を当てにくく、討伐の厄介さでいえば属性竜以上かもしれない。

「ダンテ、奴がなにか始めるみたいだぞ」

こちらをうかがっているように見えた竜の背中から、いくつもの突起が出現した。

それは次第に大きくなっていき、五十センチほどに成長すると本体から分離して地面に落下した。

落下した分離物はまるで生き物のように動き出し、徐々に変形してなにかの形を作っていく。

「小さな竜じゃないのか？」

「ダンテ、分裂する竜なんて初めてだぞ」

「俺もだ」

分裂した突起物は、五十センチほどの小さな竜へと変身。

竜は背中から次々と突起物を切り離し、小さな竜はあっという間に五十体ほどまで増えた。

「まずい！　全員、俺から離れるな！」

急ぎ強固な『魔法障壁』を張ると、その直後にすべての小さな竜がブレスを吐いた。

一匹では大した威力ではなくても、あれだけの数だ。

ブレスの集中砲火を浴びているのと同じであり、属性竜のブレスを防いでいるのと差がないほど魔力を消費していく。

「ダンテ、このままだとジリ貧だぞ」

「仕方がない。撤退だ」

「そうだな」

「俺はもう戦えないし、ダンテの意見に賛成する」

俺の撤退案に、パーティメンバーは全員賛成した。

こいつらは、俺が選んだプロ中のプロだ。

引き際を誤るような未熟者はいないし、これ以上ここで戦っても意味がないことくらい百も承知であった。

「しかし、この状況では退《ひ》くのも困難じゃないか?」

弓使いのザラットが撤退するにあたっての懸念を口にするが、ここは仕方がない。

大量の魔力を使ってでも、とにかくこの竜から逃げ出さなければ。

「『広域包囲爆縮陣』を使う。みんな、目を瞑《つむ》っておけよ」

「そのくらいしないと逃げ出せないか」

『広域包囲爆縮陣』とは、目標を囲むよう均等に『爆縮』魔法の粒を配置し、一斉に起爆させてさらに威力を上げる方法だ。

一度に数十個の『爆縮』の粒を適切な位置に配置し一斉に爆発させるため、位置を動かせない。

加えて今回は、逃走の成功率を上げるため、『ライト』も混ぜて竜の目を潰《つぶ》す。

一度に複数の『爆縮』粒を生成するのは難しく、魔力消費量も増えてしまうのだ。

これは最後の手段なので、あとは極力戦闘をしないで魔物の領域を脱出しないといけない。

「じゃあ、始めるぞ」

「「「了解！」」」

これ以上時間をかけていられない。

俺は強固な『魔法障壁』を維持しつつ、後方に開けた小さな穴から数十個の『爆縮』の粒を外に出して竜たちの周囲に配置していく。

幸い、竜たちは爆発しない『爆縮』粒に興味を持たなかったようだ。

一秒でも早く、俺たちをブレスで焼き払う方が大切なのであろう。

「着火する！」

ブレスを吐く小さな竜たちを囲うように配置した『爆縮』粒を一斉に起爆させると、『火炎』と『ライト』が部屋中に炸裂《さくれつ》して竜たちの視界を奪っていく。

いくら最強の生物である竜といえど、生き物である以上、目潰しは有効だからな。

「逃げるぞ！」

竜たちのブレスが止まったので、俺たちは迷わず一目散に部屋から逃げ出す。

そのまま地下遺跡を最短ルートで抜け出し、魔物の領域でも極力戦闘を行わないで無事に脱出に成功した。

「おい！　死ぬところだったぞ！」

「はあ？　『爆縮』のダンテが死ぬ？　そんなバカな……」

「厄介な竜がいたんだよ！」

無事、魔物の領域から出た俺たちは、その足で王都にある冒険者ギルド本部に赴《おもむ》き苦情を述べた。

受付の若造は俺たちが死ぬなんてあり得ないと抜かしやがったが、お前らは過去に一度、戦力想定を誤ってバウマイスター辺境伯たちを殺しかけただろうが。

俺が地下遺跡最深部の部屋で見つけた特殊な竜について話をしていると、すぐにギルドのお偉いさんが出てきた。

「分裂する竜とな？」

「ああ、よくもああも分裂してくれたものさ」

全長二メートルほどしかない竜から、五十体以上の小さな竜が分裂したからな。

常識的に考えれば、まずあり得ない話だ。

物理的に考えて、五十体以上の小さな竜が全長わずか二メートルほどの竜の体内に入るはずがないのだから。

「繁殖なのでしょうか？」

「それはおかしいだろう」

俺は、受付の若造の意見を即座に否定した。

滅多に繁殖しない上位の竜も含めて、竜は基本的に卵で孵《かえ》る生き物だ。

背中から盛り上がったコブが分離、変形して増殖なんてまずあり得ない。

「それに繁殖なら、成長に時間がかかる。となると、その竜が分裂した竜も合わせて一体で、小さな竜たちは本体の分身ということになる。謎の地下遺跡で最深部の部屋を守る小さな竜は、もし名付けるなら『分裂ドラゴン』とでも命名すべきか」

冒険者ギルド幹部の爺《じい》さんが、俺たちが見つけた竜に命名した。

あの小さな竜たちも含め、一体の竜というわけか。

不思議な話ではあるが、竜や魔物の類《たぐい》は人間とは違う。

人間の常識では推し量れない生き物である以上、そういうこともあるというわけだ。

「初めて見る竜だな」

「問題は、お前さんが戦ってしまったばかりにその竜が地下遺跡を出ていないかという点だな。『爆縮』のダンテにしては、思わぬ不覚を取ったではないか」

「死ぬよりはマシなんでね。別に評価を下げてくれてもいいぜ」

指名依頼なんて面倒なだけで、金にもならん。

それなら、最近ホットスポットになっている魔の森で巨大フルーツを集めたり、サーベルタイガーでも狩った方が実入りはいいのだから。

「冗談だ。お主は必殺技を使って離脱したのであろう？　小さな竜の残骸くらい回収できぬかな？」

「またあそこに行けってのかよ。もし俺たちが死んだらどうするんだ？」

こう言ってはなんだが、俺の代わりなんてそうそういないからな。

無駄に死なせるのはやめた方がいいと思うぞ。

「他に頼れる者もいないのでな。こういう時に指名されやすいバウマイスター辺境伯とその妻たちは、ここよりはるか南の島で休暇中だ。呼ぶのは難しい」

「さすがのバウマイスター辺境伯も、こき使われすぎで疲れたか」

バウマイスター辺境伯の周辺には、実力のある魔法使いが多いからな。

今回のような事件があると呼ばれやすくはあるのだが、竜退治、御家《おいえ》騒動、広大な領地の開発、帝国内乱への参加、魔族との戦いと、ここ数年ずっと働かされていたから、ついにギブアップしたのかもしれないな。

もし俺がバウマイスター辺境伯なら、もっと早く休みを取っていたはずだ。

「噂《うわさ》では、イクキュウなるものを陛下に直《じか》談判し、それを認められたらしい。大貴族が子供の面倒を見るために休むなんて前代未聞だと、王宮雀《すずめ》たちが騒いでおったな」

「歴史に残る功績を立て続けに挙げるような奴は、どこか変わり者なんだろうぜ」

とはいえ、自分の子供の面倒を見ているだけだから、他の癖がある上級魔法使いたちに比べたら大人しいものだが。

「他にも数名、中級だが魔法使いをつける。様子だけでも見に行ってくれないか？　報酬も弾む」

「わかったよ」

結局、冒険者ギルドからの依頼を断り切れず、俺たちは三名の中級魔法使いを連れて再び例の地下遺跡へと向かった。

「地下遺跡内をその竜が移動した形跡はないですね。もしかすると、最深部の部屋から出られないのかもしれません」

追加で参加した中級魔法使いの一人は、考古学者でもある眼鏡をかけた若い男だった。

彼は地下遺跡の状態を調べながら、自分の意見を述べる。

「あの部屋から出られない？」

「はい。この地下遺跡は古代魔法文明よりもさらに倍近い二万年前の遺跡です。その時代にも魔導技術がありましたが、古代魔法文明時代に比べると大分毛色が違うようなので。その竜も二万年前の魔法使いが、なんらかの魔法で改良した守護者かもしれませんね」

「守護者？　なにを守っているんだ？」

最深部の部屋で、俺たちは中心部にある素気《そっけ》ない石碑しか見つけられなかった。

そんな稀少《きしょう》な竜を置くほど、あの地下遺跡に価値があるとは思えないのだが……。

「我々には理解できなくても、なにか重要なものかもしれません。それを確認できたらいいなと思う次第でして」

「学者の性《さが》か……危険そうならすぐに撤退するがな」

俺たちは確認のため仕方なく来ているのだし、あの竜と戦うのは二度とゴメンだ。

あいつがいることだけを確認してとっとと逃げ出そう。

そう思いながら、再び地下遺跡の最深部まで到着したのだが……。

「いないだと！」

「まさか！　昨日あれだけの死闘を演じたんだぞ！」

例の部屋にまったく魔力反応がないので入ってみると、部屋を守っていたはずの竜がいなかった。

小形なのでどこかに隠れているのではと思ったが、この部屋には中心部にある石碑以外なにも置かれておらず、隠れる場所など存在しない。

「まさか、昨日の死闘は夢だったのか？」

「激しい戦闘の跡は残っていますね。それと、これは分裂した小さな竜の残骸でしょう」

考古学者の魔法使いが冷静に室内を見分し、昨日の戦闘の痕跡を発見した。

やはり、職業病というやつかもしれないな。

言われてみれば、床や天井の石が『火炎爆縮』によって焦げており、ほとんど炭化していたが、分裂した小形竜の焼死体もあちこちに散乱していた。

「よかったじゃないか、倒せていて。やっぱり、ダンテの『広域包囲爆縮陣』は凄《すご》いよな」

「……」

「どうかしたのか？　ダンテ」

「いや、なんでもない……」

ヴェリヤは、俺の『広域包囲爆縮陣』であの竜が死んだと思っているようだが、俺は倒せているとは思わなかった。

分裂した小形の竜はともかく、あの悪知恵の働く本体がそう簡単に倒されるとは思えなかったからだ。

「この地下遺跡から出て、魔物の領域を彷徨《さまよ》っているのでしょうか？」

「だとしたら危険だな。冒険者ギルド経由で注意を喚起しておかないと」

中途半端に戦ってその竜を地下遺跡の外に出したと、他の冒険者たちから非難されるかもしれないが、そんなことは知るか。

魔物の領域ではなにがあってもおかしくはない。

それを覚悟できない奴は、冒険者になるべきではないのだから。

「とにかく、例の竜はこの地下遺跡にはいなくなったということだ」

俺たちはほとんど炭化した小形竜の死体を回収し、ギルドへと戻った。

残念ながら炭化した小形竜の死体は金にならなかったが、幸いなことに例の竜は地下遺跡の外に出ていないことが判明した。

俺の『広域包囲爆縮陣』により倒されたという見解をギルドが公式発表し、見事、俺たちにはドラゴンバスターの称号が与えられることになったのだが……。

「どうかしたのか？　ダンテ」

「いや、ちょっと腑《ふ》に落ちなくてな……」

「俺も同じだが、竜はいなくなってしまったからな」

ザラットの言うとおりなんだが、本当に俺たちは、あの竜を討伐したのであろうか？

それにしても、竜を守護者に置くあの地下遺跡はいったいなんだったのか。

のちに他の冒険者や考古学者も調査に入ったが、目につくものは最深部にある部屋の中央に置かれた石碑のみ。

竜が守っているくらいだから調査は念入りに行われたが、小さなガラス玉が埋め込まれているだけでなにも見つからず、すぐに冒険者たちは興味を失ってしまった。

ただ、俺には一つだけ気になっていたことがあった。

誰にも言っていないのだが、二度目に地下遺跡の最深部に入った時、部屋の中央に鎮座している石碑に埋め込まれていたガラス玉のようなもの、わずかではあるが、光っていたような……。

微妙に魔力の反応があったような気もするし、もしかしたら本体の小形の竜は石碑のガラス玉によって、どこか別の場所に飛ばされてしまったのではないかと。

残念ながらその石碑のガラス玉は、学者たちの調査でもただのガラスであることが判明し、本体の小形の竜がどこかに飛ばされたという説は否定されてしまった。

だがそれでも俺は、あのガラス玉が怪しいという気持ちを否定できないままでいた。

本当にあのガラス玉は、わずかにだが光っていたはず……。

「ダンテ、もう気にするな」

「そうだな」

パーティメンバーで一番知識のあるザラットでもわからないことが、俺にわかるはずもない。

それに、売れっ子冒険者である俺たちは、いつまでも金にならない地下遺跡に関わっている暇などないのだ。

依頼はかなり先まで埋まっており、すぐに俺の記憶から小形竜のことは消え去ってしまったのであった。

第七話　バケーション、ミスコン、謎の人物、竜

「海だぁ！」

「海だぞぉ！」

「海はいいよなぁ……」


準備を終えた俺たちは、翌日から水族館の近くにある海水浴場へと遊びに出かけた。

海水浴を楽しみつつ、海岸近くにあるコテージを借りてバーベキューとキャンプを楽しむ予定である。

魔法の袋は使えないので荷物は重かったが、久々の日本の海はいいものだ。

女性陣の水着もいい。

三人ともビキニなのは、もっといい。

信吾《しんご》もそうだが、拓真《たくま》も大いに喜んでいた。

俺も楽しんでいたが、ちょっと海が汚いのは難点だな。

環境破壊がほとんどないリンガイア大陸と比べるのは酷なのかもしれないけど。

「いやあ、海に来てよかったと素直に思えるな」

「拓真は、三人の水着目当てか？」

「悪いか！　信吾だってそうだろうが。それにしても……なあ、ヴェルよ」

「ああ」

白のビキニにパレオがよく似合う黒木《くろき》さん、真っ赤なビキニの赤井《あかい》さん。

そしてエリーゼは、随分と布地が少ない水色のビキニだな。

「エリーゼ、似合っているけど……」

エリーゼは恥ずかしいのではないかと、ちょっと心配してしまったのだ。

「選べる水着が少なくて……」

そういえば、バウマイスター辺境伯領内で海水浴をした時に着ていた水着は、オーダーで作ってもらったからな。

胸が欧米人レベルのエリーゼには、日本の店舗で販売している既製品だと選択肢が少ない。

特に今は、俺がサラリーマンをしていた時代の九年前だ。

胸が大きい人用の水着はそれほど売っていなかったはず。

「周囲から注目されているような気がします……」

金髪美女で巨乳だからな。

シャイな日本人でナンパを試みる人はいないみたいだが、大いに注目を集めているようだ。

「すげぇ……」

「もう！　清隆《きよたか》は私と海水浴に来たんでしょうが！」

鼻の下を伸ばしてずっとエリーゼを眺めていた若い男性が、一緒に来ていた彼女らしき女性に怒られていた。

よく見ると、他にも何組かそういうカップルが……男性の本能だな。

「あなた、恥ずかしいです」

「俺はよく似合っていると思うし、エリーゼが俺の奥さんなのは鼻が高いな。堂々としていた方がいいよ」

「そうでしょうか？」

「えっ！　あの金髪美人さん、人妻なのか？」

「しかも日本語が上手《うま》い。留学生なのかな？」

「旦那さんも外国人だな」

「当たり前じゃないの」

エリーゼが人妻であり、俺が夫だとわかると、エリーゼに注目する男は一気に減ってしまった。

フリーでなければ、チャンスもないというわけか。

「こういう時、同じ日本人というだけで注目を浴びなくていいわね」

「そうね。私、いつも胸を見られるから」

黒木さんと赤井さんも男性からの注目を浴びるタイプであり、今日はエリーゼがいて好都合だったらしい。

それにしても、二人とも信吾に気があるアピールが凄《すご》いな。

信吾は当事の俺と同じ容姿のはずだが、俺はまったく女性にモテた記憶がない。

海水浴とは、男同士で友情を深めに行く場所だったのだから。

スイカ割りと花火が楽しみなくらい？

ナンパ……は、度胸がなくてねぇ……。

「信吾、似合う？」

「一宮《いちみや》君、新しい水着にしたのよ。どうかしら？」

「二人とも、よく似合ってるね」

そして、二人から惚《ほ》れられている事実に気がつかない信吾。

あれ？

もしかすると俺も高校時代、誰か女子に惚れられていたけど、それに気がつかなかった？

……んなわけないか。考えるだけ空《むな》しいからよそう。

「うーーーん、そしてロンリーボーイな俺」

どういうわけか、拓真はどちらからも関心を持たれていないようだ。

どちらかというと、信吾よりも拓真の方が女性にモテるタイプなんだがな。

背が高くて体も筋肉質、顔だって悪くないのだから。

「あれ？　ヴェル、意外とムキムキだな」

「羨《うらや》ましいな。僕は細いから」

俺も信吾と同じく細い方だが、意外と筋肉はついているタイプだ。

なぜかって？

導師と二年以上も毎日修行してみな。

嫌でも、ある程度は筋肉がつくから。

導師ほどマッチョになれるかどうかは知らないけどね。

「みんな、コテージに近い砂浜の方が人が少ないみたいよ」

「そうなんだ。じゃあ、そっちに行こうか」

黒木さんの勧めで、俺たちはコテージ寄りの砂浜に移動する。

すると、沖合いに小さな無人島が見えた。

確か『異界島《いかいじま》』とかいう、奇妙な名前の島だったはずだ。

周囲一キロほどの小さな島で、わずかな砂浜の他は木々に覆われている。

島の中心部に、洞窟があるという話も聞いたことがあった。

前世で、高校の同級生から聞いた噂《うわさ》であったが。

「ヴェンデリンさん？　ああ、異界島ですね」

赤井さんは、俺が無人島をじっと眺めていることに気がついたようだ。

「変わった名前だよね」

「そうですね。どうしてそういう名前なのかはわかりませんけど」

普通、なにかしら島の命名由来があるはずだが、そういえば俺も全然その由来を聞いたことがなく、誰に聞いても知らなかったのを今思い出した。

「でも危なくないみたいですよ。あの島は個人の所有物らしいので勝手に入ることは禁止ですけど、今年から一日一組限定でキャンプはできるみたいです」

「らしいな。ちょっとした冒険気分が味わえるって人気らしい。予約はなかなか取れないみたいだけど」

拓真も異界島について知っており、キャンプ地として使用可能らしいと教えてくれた。

俺が高校生の頃とは、微妙に差があるようだ。

「今回は縁がないようね。早く泳ぎましょうよ」

「賛成！」

上陸もできない島のことを話していても仕方がないと、黒木さんの意見で海水浴を楽しむことにした。

「黒木さん、泳ぐの上手だなぁ」

「彼女、成績優秀、スポーツ万能だから」

優雅に泳ぐ黒木さんを見ていると、信吾がそっと教えてくれた。

なるほど、アニメのキャラみたいな人なんだな。

俺は初めて出会うタイプだ。

「信吾はどうなんだ？」

「まあ普通？」

信吾は運動部に所属していなかったが、運動神経は普通なのでちゃんと泳げた。

「信吾、泳ぎを教えてよ」

「榛名《はるな》、またか？」

「私、泳ぎは苦手なのよ」

赤井さんは泳ぎが苦手なようで、信吾に泳ぎを教えてくれと頼んできたが、もうこれで何度目からしい。

「拓真かヴェルの方が泳ぎは上手じゃないかな？」

「「なっ！」」

俺と少し離れたところで泳いでいた拓真は、信吾のあんまりな言いように、つい俺と驚きを重ねてしまった。

赤井さんが信吾を好きなことは、みんな気がついているから、あまりに鈍い彼に衝撃を受けてしまったのだ。

泳ぎを教わるなんて口実で、彼女はただ信吾と一緒にいたいだけなのに、どうしてお前はそこまで鈍感なのかと。

「僕、教えるのも下手だからなぁ……水泳部ってわけでもないし」

信吾の奴、本気で上手な人に教わった方が上達が早いと思い、あくまでも親切心で先生役は他の人がいいと思っているようだ。

「あなた、私もまだ泳ぎが下手なので教えてください」

「いいよ」

ここでエリーゼが助け船を出してくれた。俺は、エリーゼに泳ぎを教えるからという理由でその場を離脱する。

「(これはチャンスね)」

「(いやあ、そうとも言い切れないんじゃないかな?)」

去り際、黒木さんと拓真の会話が辛うじて聞こえた。

いまだ信吾が赤井さんからの好意に気がついていないことが確定となり、黒木さんは一人とても嬉《うれ》しそうであったが、だからといって鈍い信吾に黒木さんからの好意が伝わる保証はない。

むしろ厳しいのではないかと拓真は思っており、俺も同意見だ。

「あいつはヤバいくらいに鈍いと思う」

俺もそんなに敏感な方ではないが、信吾という存在の前では霞《かす》んでしまう。

「一宮君、私、クロールは得意だけど、背泳ぎができないの。教えてくれないかな？」

なるほど。そういう手できたか。しかし、信吾もそこまで泳ぎが得意ってわけでもなく。

「ゴメン、黒木さん。僕も人に教えるほど背泳ぎが上手じゃないから」

「それは残念。あっ、そうだ。クロールなら赤井さんに教えてあげられるわ」

背泳ぎを信吾から教われないと知るや、すぐに赤井さんに泳ぎを教えると言って輪に入ろうとする黒木さん。なかなかの策士である。

「信吾がいるからいいわよ」

「榛名、同じ女性から教わった方が覚えが早いんじゃないかな？　せっかく黒木さんがそう言ってくれたんだから」

「……」

なにもわかっていない信吾は、黒木さんが純粋な好意から赤井さんの指導を買って出たと思ったようだ。

赤井さんの願いもむなしく、三人で泳ぎの練習を始めることになってしまった。

「信吾は、自分が女性にモテるわけがないと本気で思っているからな」

拓真は一人優雅に泳ぎながら、自分の幼馴染《おさななじ》みについて解説した。

「そしてもう一つ真理があるな」

「真理？　なんだそれは？」

拓真の奴、急になんなのだ？

「今！　俺は奇跡を目の当たりにしている！　海水は物が浮きやすいだろう？　見てみるんだ！　エリーゼさんと赤井の胸が、まるで桃のようにドンブラコと浮いているのだ！」

確かに、俺が今両手を持ちながら泳ぎを教えているエリーゼ、信吾と黒木さんが泳ぎを教えている赤井さん、二人の大きな胸が浮いているというか、水面に山のようにそびえているな。

「一方、黒木さんは……残念、お疲れさまでした！」

二人に比べると、黒木さんの胸はほとんど水面下にあった。

どうやら拓真も、胸が大きな女の子が好きらしいな。

俺？

まあ、大は小を兼ねるというか、ないよりはあった方がいいというか。

嫌いではないな。

「黒木さんも、もう少し胸があればなぁ……って、げぇ！」

俺とエリーゼの近くでゆっくりと背泳ぎをしながら余計なことをほざいていた拓真であったが、彼の発言はすべて黒木さんに聞こえていた。

彼女は、冷たい笑顔を浮かべながら拓真の傍《そば》にやってきた。

「彼女でもない人に対して、随分な言い方ね」

「ははは っ……これは世間の男性の一般的な意見と言いますか……」

勿論《もちろん》そんな言い訳が通じるはずもなく……。

「有罪ね」

「あはっ、それ以上砂をかけないでくれ！　随分と波打ち際に近いんじゃないかな？　海水が目に入って痛いんだけど！」

黒木さんからの無言の圧力により、俺と信吾は拓真を抱えて砂浜に上陸し、彼の首から上を除き砂の中に埋めていく。

まさしく、生き埋めの刑である。

「お前らも、俺と同じ意見だよな？」

「僕は違う」

「俺も、女性を胸だけで見ることは決してしないぞ」

「嘘《うそ》つけ！」

拓真の抗議を無視して、俺と信吾はどんどん砂山を高くしていった。

「砂が重くて動けない……」

「江木《えぎ》、あんたはそんなんだから、すぐに女子と噂になっては駄目になっちゃうのよ」

「そうですね。タクマさんはもう少し女性の内面を見た方がいいと思います」

赤井さんとエリーゼも拓真を非難しながら砂を盛っていき、彼は自力での脱出が困難な状態へと陥ってしまった。

拓真を砂に埋めたあと、暑さで喉が渇いてきた。

「みんな、カキ氷を食べましょうか？」

「じゃあ、僕が買いに行くよ」

「俺も行く」

黒木さんがかき氷を食べようというので、俺と信吾で買いに行くことにする。

「いいわね、私も賛成。エリーゼさんって、カキ氷は食べたことある？」

「はい」

「故郷の日本人が作ってくれたんだ」

「ええ……」

本当は、俺が作ってエリーゼにご馳走《ちそう》したんだけど。

「俺、レモンで」

きっちりと砂に埋まっている拓真の分も合わせ、急ぎカキ氷を買ってきた。

「やっぱり夏はカキ氷だね」

「信吾、冷たくて美味《おい》しいわね」

「頭がキンキンする」

「あなた、急いで食べすぎですよ」

買ってきたカキ氷は、真夏とあってとても美味しく感じられた。

「すいませ――――ん。俺にも食べさせてください」

残念ながら、首から上以外は砂に埋まっている拓真は、傍に置かれたカキ氷をひと口も食べられずにいたが。

「仕方がないわね。反省した？」

「はい、不肖江木拓真！　大いに反省しております！」

「じゃあ……」

「あっ、食べさせてくれるの？　『あ――んして』とか夢でした」

「……」

「黒木さん、これ以上砂を増やさないでください」

せっかく黒木さんが許そうとしたのに、拓真がまたバカみたいなことを言って余計に砂を盛られてしまう。

「そんなことするわけないでしょう！　私は江木君の彼女じゃないんだから！　しばらく埋まってなさい！」

「拓真、食べさせてやろうか？」

「嫌だ！　野郎に食べさせてもらうなんて！　野郎に食べさせてもらう高級フルコースよりも、女性に食べさせてもらう豚の餌だ！」

その言い分はわかるような気もするが、俺なら高級フルコースを選ぶと思う。

「江木、カキ氷溶けちゃうよ」

「なぁ――っ！　カキ氷食いてぇ――――！」

砂山に埋まった拓真が叫んでいると、おかしなハッピを着た男性二名が俺たちに声をかけてくる。

「すみません」

「少しお時間よろしいでしょうか？」

「我々は、佐東《さとう》市観光協会の者です」

確かに、二人が着ているハッピには『佐東市観光協会』の文字があった。

「はい、なんでしょうか？」

「すみません。実はこれから行われるミスコンに出てほしいのですが……」

「ミスコンなんてやってるんだ」

前世で俺も何度か海水浴には来ているけど、ミスコンをしていたという記憶はなかった。

これも、俺が経験した前世との大きな違いなのかもしれない。

「そんなに大それたものではありません。ミスに輝いたからといって、あとでなにか活動があるわけでもないのです」

「そんな気楽な大会にしたら、全然参加者がいなくて……」

「そちらのお三方なら参加するに値するであろうと、急遽《きゅうきょ》、声をかけさせてもらいました」

軽いイベントのつもりで開催したら人が集まらず、急ぎ参加人数を増やそうと、エリーゼ、赤井さん、黒木さんに声をかけたわけか。

「あなた、『みすこん』ってなんですか？」

「ええと……」

よくよく考えてみたら、ヘルムート王国にミスコンなんて存在しなかった。

未婚の女性に水着を着せて人様の前で審査なんてしたら、教会の意を受けたホーエンハイム枢機卿が摘発に乗り出すであろうこと間違いない。

「一番綺麗《きれい》な未婚女性を決める大会のようだね」

「ニホンではそのようなことをするのですか」

エリーゼは特に嫌悪するでもなく、そんな催しがあるのかと素直に感心していた。

「そちらのお嬢さん、欧米の方に見えますが、お国にミスコンはないのでしょうか？」

「古いしきたりがある地域なので」

「なるほど、世界は広いのですね」

欧州でも田舎の出なのでと観光協会の人に説明したら、すぐに納得してくれたようだ。

「せっかく日本に観光で来られたのなら、記念にいかがですか？」

「参加されると、名物『佐東饅頭《まんじゅう》』をもれなくプレゼントしますから」

『佐東饅頭』とは、全国区では全然知られていない佐東市の名物だ。

饅頭なので普通に美味しいが、なにか特色があるわけでもないので、地元の人間くらいしか食べないお菓子であった。

参加賞が饅頭ってのもどうかと思うけど、参加賞が出るだけマシだろう。

「すみません、私は参加できません」

「そこをなんとか！」

「是非、お三方に参加していただきたいのです」

観光協会の人たちは、是非エリーゼたちに参加してほしいとお願いを続けた。

「私たちもどうしようかな？」

「赤井さんが出るのなら、私も参加しようかしら？」

「是非お願いします！」

「こんな田舎のミスコンなので、一人でも多くの参加者を集めて盛り上げたいんです！」

観光協会の人たちは、さらに三人にお願いを続ける。

よほど参加者不足に悩んでいたようだ。

それに三人ともミスコンに出場するに相応《ふさわ》しい美しさだから、なおさら参加してほしいのだろう。

「お祭りだと思って、試しに参加してみようかしら」

「軽い気持ちで参加していただけたら！」

黒木さんは、別に出場してもいいと思っているようだ。

彼女の発言に、観光協会の人たちも同調した。

「見事グランプリに輝きますと、賞金は出ませんがサプライズでいい賞品が出ますから」

「私も、賞品に興味が出てきたからいいけど」

「ありがとうございます！」

「私は駄目です」

「ええっ！　どうしてですか？」

黒木さんと赤井さんはミスコンへの参加を承諾したが、エリーゼは拒み続けた。

彼女は生まれついてのお嬢様だし、人前に水着で出るのは嫌なのであろう。

と、思っていたら……。

「みすこんって、未婚女性のコンテストですよね？　私は結婚していますから」

エリーゼがミスコンへの参加を断ったのは、自分は結婚しているから参加資格がないという理由であった。

「ご結婚されているのですか？」

「はい」

エリーゼが嬉しそうに俺と腕を組むと、観光協会の二人は彼女の指に填《は》まった指輪を確認しつつ、夫である俺を羨ましそうに見つめた。

同じ男性として、金髪巨乳美女と結婚している俺が心から羨ましいのであろう。

「そういうわけでして、大変申し訳ないのですが……」

「別に結婚していても構わないですよ」

エリーゼが未婚でないことを表明するが、観光協会の人たちは特に問題はないと断言する。

「ですが、そういうルールなのでは？」

確かに、ミスコンに既婚者が出るってどうなんだろう？

真面目なエリーゼは、ルール違反だと思ったから断ったのだし。

「厳密な審査があるミスコンなら駄目かもしれませんが、賑《にぎ》やかしのためのイベントですから」

「実は参加者が少なくて、お子さんがいる人も出ていますので……」

よほど参加者に困っていたようで、エリーゼが結婚していても観光協会の人たちは気にもしていなかった。

「それでしたら、面白そうなので参加させていただきます」

「「ありがとうございます！」」

こうして、エリーゼ、赤井さん、黒木さんの三人は、地元観光協会主催のミスコンに参加することになったのであった。

＊＊＊

「第一回ミス佐東海岸コンテストを開催いたします！」

「ミス佐東『海岸』なんだ」

「本物のミス佐東は、賞金が出る代わりに、一年間市のＰＲ活動に参加しなければいけないとか制限があるからな」

「拓真は詳しいんだな」

「近所で綺麗だって評判のお姉さんがミス佐東になって、一年ほど市主催のイベントに出たりで忙しかったんだと」

「へえ、そうなんだ」


砂に埋もれていた拓真を掘り出してから、俺たちはミスコン会場で前の席に座った。関係者だということで、席を融通してもらったのだ。

「ママァ――――！　頑張ってぇ――――！」

「確かに、ミスコンに母ちゃんが出てるな」

隣に小さな男の子とその父親が座っており、参加者の一人に声をかけていた。

エリーゼの他にも、あきらかに結婚していそうな人が何人かおり、夫らしき人たちが自分の奥さんに声援を送っている。

「緩いミスコンだなぁ……賞品ってなんだろうね？」

「それは観光協会の人も、最後まで秘密だって言ってたな」

緩いミスコンが始まり、司会者を務める観光協会の人が参加者の紹介を始めた。

「十七番、地元佐東の方です。高校生の赤井榛名さん」

「「「「おおっ――――！」」」」

赤井さんは可愛《かわい》いし、少し童顔で胸が大きかったので会場にいる多くの男性たちから歓声があがった。

彼女のようなタイプの女性は、男性からの支持が高いからな。

「続いて十八番、同じく佐東市の方です。赤井さんと同じ高校に通う黒木麻耶《まや》さんです」

「「「「おおっ――――！」」」」

クールビューティーでスタイルが抜群にいい黒木さんが続けて紹介されると、赤井さんと同じくらい会場から歓声があがった。

「盛り上がっているね」

「赤井と黒木さんは、学校でも男子に人気があるからな」

ステージ上で司会者に紹介される二人を見ながら、信吾と拓真が話をしていた。

「黒木さんはともかく、榛名が？」

「わかってないな、信吾は。ああいう童顔で胸が大きな子は、実はもの凄くモテるんだよ」

「知らなかった」

「お前は幼馴染みで見慣れているからだろうけど、世間ではそんなものだ」

信吾は見慣れすぎていて、赤井さんの美少女ぶりに気がつかない……拓真が理解しているということは、ただ単に信吾が鈍いだけか……。

「おっと、最後に一番の注目参加者が出るぞ」

ミセスでも構わないからと言われて参加したエリーゼであった。

「最後に、海外からのエントリーです！　観光で日本に来ているエリーゼ・カタリーナ・フォン・バウマイスターさん！」

「「「「「「「「おおっ！」」」」」」」」

エリーゼが紹介されると、観客からひと際大きな歓声が沸いた。

地方の、それも参加者が少ないため既婚者や子持ち女性まで参加している緩いミスコンで、エリーゼクラスの美女が出場するとは思っていなかったのであろう。

俺が異世界に飛ばされる九年ほど前といえば、まだ外国からの観光客もそれほど多くはなかったはず。

海外に誇る観光地などない佐東市では、金髪美女の観光客は希少であった。

「おおっ……奇跡だ！」

前の席に座っている爺《じい》さんが、エリーゼの胸を見て驚愕《きょうがく》していた。

「さすがは外国人じゃ！　育ちがええのぉ」

爺さん、あまり大声でそういうことを言うな。

エリーゼが恥ずかしそうにしているじゃないか。

「これで全参加者の紹介が終わりました。続けて審査に入ります」

「この面子《メンツ》だと、三人の中の誰かがミス佐東になれそうだな」

「賞品はなんだろうね？　あと拓真、ミス佐東海岸だよ」

「どっちでもいいじゃん。賞金じゃないって言ってたからな。家電とかだといいな」

「拓真は、現実的なことを言うのな」

俺たちがそんな話に夢中になっている最中、ミスコンの最終審査がスタートするのであった。

＊＊＊

「困るなぁ。勝手に竜を他の世界に移動させないでよ」

今日も個人的な趣味の範疇《はんちゅう》に入る研究を続けていると、異次元にある自室の警報器が鳴った。

ユウが構築した、時間、次元を超えられるルートを生物が通過すると鳴る、特殊な警報が鳴ったのだ。

「どれどれ……またあの石碑なのか……」

ユウは大昔、大規模な実験の失敗で本来の体を失い、今は疑似体でもって時間が流れないこの異次元で好きな魔導技術の研究をしながら生活している。

研究の成果が出て様々な場所、時間、次元などを移動可能なルートの構築に成功したのだけど、一つだけ弱点を作ってしまった。

それは、ユウが作った移動ルートの出入り口に利用した遺跡の存在だ。

遺跡自体は、ユウがいた時代よりも一万年以上も昔、今はとっくに滅んでいる宗教団体が設置した石碑でしかない。

ただの石碑にガラス玉が埋め込まれているが、魔導技術は一切使用されていない。

非常に原始的なその宗教団体は、体の中にガラス玉を入れると永遠に生きられるという教義を信奉していたので、石碑にもガラス玉が埋め込まれていただけだ。

ただのガラス玉をそこまで信じるのだから、とても原始的な宗教というわけ。

その石碑が置かれた場所に移動ルートの出入り口を設置したばかりに、バウマイスター辺境伯たちと竜は他の時間、次元に飛ばされてしまった。

双方なかなかの魔力を持っていたため、たまたま出入り口が開いてしまったみたいだね。

「どこに飛ばされたのかな？」

魔導計算尺を動かして探ると、どうやら魔法ではなく科学という力が万能とされる世界に飛ばされたらしい。

「これはちょっと厄介かな？」

ルート37次元座標の計算を終えてから、そこに魔導飛行型偵察ゴーレムを送り込むと、そこは無人島のようだった。

島の中心部には洞窟があり、その一番奥に傷ついた竜が鎮座していた。

今は、受けた傷を癒《いや》すのに集中しているようだ。

「分裂型か……ああ、あの時に作った玩具《おもちゃ》ね」

その竜は小形に見えるけど、強さはかなりのものだ。

人間は竜の強さを見た目の大きさでしか判断しないけど、あの竜は自分の体を分裂させて小形の竜を大量に発生させ、それを操作して戦う。

体を分裂させていない時は、体組織の密度を増して見た目の小ささを保ち、機動性も確保していた。

ある意味、物理的な法則を無視した竜ということになる。

「ある程度体が癒《い》えたら、あれは海に餌を獲《と》りに行くはずだ」

極めて強力な魔法攻撃を食らって大ダメージを受けたみたいだけど、飛ばされた先がよかったみたい。

魔法使いなどいないあの世界では、誰も使っていないマナが満ち溢《あふ》れており、周囲のマナだけである程度回復可能なのだから。

「完全回復してあの世界に居座られると面倒だな。ユウが構築したルートを伝っているから多少の責任もある。回収しないと駄目か……」

行けない場所でもないから、久々の外出というわけだ。

ユウが大昔に試作した玩具だけど、このところ観察、分析するのを忘れていた。

受けたダメージの回復具合などを確認するため、是非生体サンプルが欲しいところだ。

「お出かけの準備をしようかな。何日かだけだから、疑似体に影響はないはずだし」

ユウの体は、未来の人たちが古代魔法文明と呼ぶ時代に存在したソリュート連合王国が強引にユウにやらせた、次元跳躍装置の起動実験失敗で崩壊した。

ユウは、その装置では次元跳躍に必要な魔力を受け止めきれないからと、強く反対したんだけどね。

欲に目が眩《くら》んだ王や貴族たちによって強引に実験をさせられ、彼らは木っ端微塵《こっぱみじん》になったわけだ。

同時にユウの体も吹き飛んだけど、事前に魂を移す疑似体を別の次元にあるこの部屋に置いておいて助かった。

この新しい人工の体、人間の肉体とほぼ差はないんだけど、時間の流れがある外に出てしまうと、数年に一度交換しないといけないから面倒なんだ。

前の体に比べるとスタイルがいいから、ユウは気に入っているんだけどね。

顔は弄《いじ》っていないけど、ユウは胸が小さくてコンプレックスを抱いていたから、人工の体の胸を少し大きくするくらい構わないよね？

「あっそうだ！　あの竜の他にもバウマイスター辺境伯たちもいたんだった！」

バウマイスター辺境伯たちもちゃんと回収して元の世界に戻さないと、どちらの世界もバランスが崩れちゃう。

でもその前に、ちょっと竜退治を手伝ってもらおうかな。

せっかく多くの魔力を持っているんだし、いい戦闘データも取れそうだから。

「早く準備して行こうっと」

場所は『地球』という星の『日本』という国で、竜が身を潜めた島は『異界島』と呼ばれているみたいだ。

何度か研究に必要なサンプルを採取しに行った世界だけど、どうしてバウマイスター辺境伯は、魔法がない地球に飛ばされてしまったんだろう？

二つの世界はあまりにかけ離れていて、普通なら絶対にあり得ないのに。

「それを調べるのも、また新たな楽しみってことで。その時間を確保するためにも、バウマイスター辺境伯には得意な竜退治を頑張ってもらおうかな」

ユウが戦ってもいいのだけど、そうするとますます疑似体の寿命が縮んでしまうからね。

それにユウだと強すぎて、戦闘データをちゃんと取ることができないから。

「準備も終えたし、早速出かけましょう」

ユウは出かける準備を終えると、戻りを研究室に固定した地球へと向かうルートに飛び込むのであった。

＊＊＊

「さあ！　盛り上がって参りました！　ミス佐東海岸コンテストに参加された方々の紹介と自己アピールも終わり、あとは結果を待つばかりです！」

無駄にテンションが高い司会者が、いよいよミスコンの結果発表が行われるとマイクで叫んだ。

緩いミスコンでは、水着審査は元から海水浴客ばかりなので省略された。

「エリーゼちゃんが、こうボインボインでええな」

俺の近くの席にいる老人が、水着姿のエリーゼを見て興奮している。

「榛名ちゃんも胸が最高じゃ。黒木ちゃんも、結構ええ尻しておる」

この爺さん、何者か知らないけど、いい年こいて恥ずかしい。

家族は穴があったら入りたいであろう。

などと思っていたら、爺さんは隣の席に座る婆《ばあ》さんにぶん殴られていた。

「ジジイ！　裕子《ゆうこ》を応援せい！」

「だって、金髪さんと初々しい女子高生が！」

「恥ずかしいわ！　ボケ！」

コンテストの参加者である孫娘の応援に来ていたようだが、エリーゼたちばかり見て鼻の下を伸ばしていたので、奥さんの逆鱗《げきりん》に触れたのであろう。

「ヴェル、誰が勝つと思う？」

「エリーゼ」

拓真の問いに、迷うことなく答える俺。

身内贔屓《びいき》がなくても、エリーゼは一番の優勝候補だろう。

「奥さんかぁ。本命かもな」

自分の奥さんだからという依怙《えこ》贔屓分を差し引いても、エリーゼが圧倒的に有利なはずだ。

なにしろ彼女は外国人で、日本のおっさんや爺さんたちのウケが異常にいいのだから。

「では、ミス佐東海岸の発表です！　今年度のミス佐東海岸は、黒木麻耶さんです！」

「対抗馬が来たな」

拓真は、ミス佐東海岸に黒木さんが選ばれたことを意外だとは思わなかったようだ。

「日本人らしいというか、こういう時には日本人を優先するよな」

それはあるのかもしれない。

「準ミス佐東海岸は、赤井榛名さんとエリーゼ・カタリーナ・フォン・バウマイスターさんです！」

準ミスに赤井さんとエリーゼが選ばれたが、これも順当な結果であろう。

「ミス佐東海岸に輝いた黒木麻耶さんには、なんと！『異界島』の一日貸し切り券を贈呈します！続いて、準ミスのお二人には、佐東名物佃煮《つくだに》セットを贈呈いたします！」

飛び入り参加可能でその時盛り上がればいいだけのミスコンなので、賞品はこんなものだろうと思うことにする。

「あなた、賞品を頂きましたよ」

「佃煮かぁ」

「ヴェルは知っているのか？」

「ご飯にのせて食べるものだよね？」

拓真の問いに、俺は簡単に答えた。

「お前、日本のことに詳しいな」

実は元から知っているんだが、彼には俺が日本に詳しい外国人にしか見えないのだ。

拓真はえらく感心している。

「榛名、準ミスって凄いじゃないか」

「一宮君、私はミス佐東海岸になったわよ」

「三人とも凄いね」

信吾は珍しく赤井さんを先に褒めていたが、特に意味はなかったようだ。

みんなの健闘を平等に褒め称《たた》え、相変わらずの鈍さを発揮している。

最初に褒めてもらえなかった黒木さんは少し不機嫌そうだが、それに気がつくような信吾ではない。

「ところで、黒木さんは異界島の貸し切り券どうするの？」

「せっかくここまで来ているのだから、明日はコテージをキャンセルして使ってみない？」

どうやら黒木さん、人が少ない無人島で信吾にアタックをかけるつもりなのかもしれない。

「無人島でキャンプって面白そう」

さり気なく赤井さんも賛成したが、彼女は黒木さんに対して火花を散らしていた。

黒木さんももはや隠すことなく赤井さんを睨《にら》み返し、そして肝心の信吾はそんな二人の様子に気がつくこともなく、なにもわかっていなかった。

「(本当に、信吾って鈍いよな)」

「(ここまでくると、ある意味芸の域かもしれない)」

俺と拓真は、信吾の鈍さに驚くことしかできなかった。

さすがに俺でも、ここまでくれば気がついているはずだ。

「そういえば黒木さん、島は明日から使えるんだよね？」

「そのために予約は空けてあるそうよ」

「それはよかった」

果たして、黒木さんと赤井さん、どちらが信吾のハートを射止めるのか？

……なんだろう？

まったく興味がないわけでもない。

なにしろ信吾は、俺の分身みたいなものなのだから。

でも、どちらでもいいような……。

「(拓真はどうなんだよ?)」

考えてみたら拓真も赤井さんとは幼馴染みだし、黒木さんも綺麗な人だからな。

実は好意を抱いている可能性もあった。

「(やだよ、幼馴染みなんて。別れたら友人も失うからさ。俺は保健室の沢村《さわむら》先生がいいなぁ。新人で可愛らしいの)」

う———ん、拓真は年上属性か。

「とにかく、今日のうちに準備しておこうぜ。向こうにはなにもないだろうからな。足りないものは買っておこう」

「そうだな」

俺たちは、明日からの無人島キャンプに備えて買い出しをしてからコテージへと戻ったのであった。

＊＊＊

「グルルゥ———」

住み慣れた場所から、突然よくわからぬ世界に飛ばされてしまったが、どうにか憎き二足歩行の生き物がいない島の洞窟に逃げ込むことができた。

見た目に変化はなかったが、圧縮した魔法による連続攻撃によって自分は大きく傷つき、体の組織を大量に失った。

元々自分は体が大きくない。

多数の分身体を出現させて操り、それを引っ込めている時は体の密度を極限まで高めて巨大化を防いでいるからだ。

とても変わった体であるが、それこそが自分の最大の特徴、強みでもあった。

魔法攻撃で大半の分身体を失い、体の密度が低くなった自分は、運よく逃げ込んだ場所から湧き出すマナを吸収して体を回復、海で魚を獲れるようになって、さらにダメージを回復させた。

今では大分力を取り戻し、自分の住処《すみか》を広げている。

最初は二足歩行の生き物が掘ったと思われる洞窟に潜んでいたのだが、そこは奴らの臭いが残っており、決して居心地がいい場所ではなかった。

そこで、その洞窟のさらに地下に分身体を使って別の洞窟を掘らせている。

幸い、展開できる分身体が増えたことにより、地下洞窟を掘る作業は順調だ。

地下に移動すればするほど、周囲のマナの濃度が濃くなっていることに気がついた。

これなら、数日に一度魚を獲りにいけば体を維持できる。

元々自分は動くのが好きではない。

分身体に掘らせた洞窟の奥で、ただひたすら休んでいたいのだ。

もし今度二足歩行の生き物が侵入してきたら、それは自分の安息を邪魔する敵だ。

特に魔法を使う奴は許せない。

必ず食い殺してやる。

自分は、分身体が掘った地下洞窟の奥で睡眠を貪《むさぼ》る。

侵入者には必ず死を与えると決意しながら……。

＊＊＊

「兄貴、この島は取引にちょうどいいっすね」

「だろう？　観光協会の連中がキャンプに貸し出しているみたいだが、この時間、この地下防空壕《ごう》に入ってくる奴なんていねえよ。キャンプをしている連中も真夜中だからお寝んねってわけさ」

「でも、しょぼいミスコンの賞品になったみたいっすよ」

「優勝者は、明日にでもキャンプにやってくるかね？　まあいい。取引は今夜だからな」

異界島と呼ばれる無人島は、麻薬の取引には最適だ。

外国から密輸された麻薬を購入して、国内で売り捌《さば》く。

うちの組はハイクラスな麻薬依存者を抱えているから、これがよく売れて儲《もう》かるのだ。

警察も、この島が麻薬の取引現場だとは微塵も思っていないようだからな。

安全に取引できるってわけだ。

最近、ライバルである佐東組の動きが鈍っているのもあって、余計に好調ってのもある。

あいつら、なにかトラブルでもあったのかね？

「いませんね、連中」

「おかしいな？」

取引現場は、島の中央部にある洞窟を改修した大昔の地下防空壕だ。

ここなら夜中に誰も来ないからな。

海岸で取引をしていると、漁船に見つかる可能性がなくもないから、隠れて取引するにはここが最適というわけだ。

「兄貴、あんな穴ありましたっけ？」

「落とし穴か？」

この防空壕には何度も来ているが、こんな穴あったかな？

もしかして、連中が勝手に穴を掘った？

そんなわけはないか。

取引なら防空壕の中で十分、これ以上身を隠す穴なんて必要ないものな。

「連中、穴の奥にいるのか？」

「様子を見てみます」

子分のヤスが、懐中電灯を片手に掘られている落とし穴を覗《のぞ》き込んだ。

「兄貴、奥は洞窟になってますぜ」

「そうか」

いったい誰が掘ったんだ？

麻薬密輸組織の連中か？

いや、向こうも二人しか来ないはずなのに、こんなに深い洞窟は掘れないだろう。

そんなことをする時間もないはずだ。

「観光協会の連中っすかね？」

「かもしれないな」

大昔の地下防空壕に謎の洞窟が出現とか、そんな方法で客を呼ぼうとしているのかもしれない。

佐東市には、ろくな観光資源がないからな。

しかもバブル崩壊以降、全国の観光地は熾烈《しれつ》な競争を繰り広げている。

いよいよ万策尽きて、密《ひそ》かに洞窟を掘ったのかもしれない。

「連中、本当に来ませんね」

「この穴から洞窟でも探索しているのか？」

「かもしれないっす」

「遊びやがって」

俺とヤスは穴を下り、さらに洞窟の奥へと入った。

洞窟は思った以上に広く、中を歩くのに苦労しなかった。

通路は一本で、段々と下の方に向かっているように見える。

懐中電灯を照らしながら奥へと向かって歩き続けること十分ほど、ついに洞窟の一番奥に到着した。

「兄貴、随分と広いっすね。どうやって掘ったんすかね？」

洞窟の一番奥は部屋になっていて、地下数十メートルほどの位置にあるのではないだろうか。

しかも、とても広く作られている。

これほどの洞窟を、観光協会の連中だけで掘れるとは思えなかった。

「誰が掘ったかなんてどうでもいい。連中は？」

せっかく金を持参したんだ。

とっとと麻薬を売ってくれってんだ。

「ここにいないのか？」

「今、確認してみます」

ヤスが懐中電灯で、いつの間にか掘られていたこの洞窟の一番奥にある部屋を照らした。

デコボコの岩肌が剥《む》き出しになっている。

重機を入れたにしては、少し工事が雑か？

そんなことを考えていたら、部屋の一番奥を照らしていたヤスが、そこでなにかを見つけた。

「兄貴、あれはトランクでは？」

確かに、連中がいつも麻薬を入れているトランクに見える。

それにしても、なぜトランクだけ残っているんだ？

ヤスがトランクの置かれた床のさらに奥を照らすと、そこには竜の像が置いてあった。

「兄貴、リアルっすね。本物みたいっすよ」

「そうだな」

昔、俺たちがまだ純真な子供だった頃遊んでいたゲームに出てきそうな竜に似ていた。

ゲームでは、竜が最後のボスだったな。

レベルを上げてラスボスを倒し、同級生同士で誰が最初に倒したか競争していたのを思い出す。

「ゲームの世界が味わえます。ここはダンジョンですってか？　観光協会の連中もセンスねえな」

そんなんだから、佐東市にはろくに観光客が来ないんだよ。

「兄貴！」

「なんだ？」

「兄貴！　竜が動きました！」

急にヤスが叫ぶからなにかと思ったら、像が動くわけねえじゃねえか。

暗いし、取引相手が見つからないから不安なだけだろう。

「ヤス、『幽霊の正体見破ったり、柳の葉』ってやつじゃねえのか？」

「兄貴、そんなことわざでしたっけ？」

「大体そんな感じだったと思うぞ。あれ？」

ヤスとそんな冗談を交わしていたら、懐中電灯で照らした竜の像の影が動いたような……。

まさかな、臆病なヤスでもあるまいし俺まで幻覚なんて……と思っていたら……。

「兄貴！」

「なんだよ？」

ヤスの奴、像の前から少し懐中電灯の光をズラした時になにかを見つけたようだ。

すでに声が悲鳴に近くなっていた。

「兄貴ぃ――――！」

「だからわかったって」

ヤスが見つけたものを確認しようと目を凝らしたら、それは……人間の頭だった。

「兄貴！」

「作り物だろう。お化け屋敷でも作るのかよ」

どうせ作り物だろうと思ってさらに見てみると、その顔には見覚えがあった。

「リーか？」

いつも俺たちに麻薬を運んでくる麻薬密輸組織の幹部にそっくりなのだ。

さらに頭部の周辺をよく見ると、地面には大量の血が……。

「兄貴！」

「貸せ！」

俺はヤスから懐中電灯を奪ってさらに周辺を照らした。

すると、リーの頭部の他に、彼がいつも引き連れている手下のものと思われる頭部に、数名分の手足も散らばっていた。

「誰がこんなことを？」

もしかすると、俺たちは対抗組織の罠《わな》に嵌《は》まってしまったか？

「グルルゥ――――」

「兄貴、聞いたことがない鳴き声っすね」

「そうだな」

俺が声の主を求めて懐中電灯をあちこち動かすと、最初に照らした竜の像が舌なめずりをしているのが見えた。

「竜だと？」

そんな、ゲームでもあるまいし。

しかし、実際に竜は動いている。

間違いなく、リーたちを食らったのはあの竜だろうな。

「兄貴！」

「逃げるぞ！」

「でも、麻薬が……」

そんなことよりも、今は命の方が大切だ。

なにより、まだ金は払っていないから、俺たちは損をしていない。

とにかく今は逃げ出すことを……と思ったら……。

「ぎゃぁ――――！」

隣にいたヤスが、目視できないほどの速さで動いた竜に食われた。

これまで、結構な修羅場を潜《くぐ》った俺でも聞いたことがない、耳をつんざくような断末魔の声をあげている。

竜がその牙と歯でヤスの体を噛《か》み砕き、咀嚼《そしゃく》している音が聞こえる。

奴はもう駄目だ。

これまでこの仕事をしてきて危険な目には何度か遭ってきたが、まさか手下が化け物に食われる光景を目撃するとはな。

今にも叫び出したい気持ちを抑えながら、とにかく今は逃げるのが最優先だと心を落ち着かせる。

俺は急ぎ走り出したのだが、気がついたら体に激痛が走っていた。

俺も、竜に体を食われていたのだ。

すでに竜に二つに噛み千切られたヤスが、恨めしそうな死に顔をこちらに向けている。

だが俺も、もうすぐヤスを追って死ぬことになるだろう。

「こんな化け物、自衛隊でも……」

どうやら俺は致命傷を受けたようで、もうこれ以上はなにも言えなかった。

このあと、俺の体を食らう竜がどうなるのかもわからない。

ただ願わくば、俺たちの他に犠牲者が出ないことを祈るのみだ。

チンケな極道がたまに見せる、気まぐれな善意というやつさ。

第八話　イシュルバーグ伯爵、現る

「じゃあ、明日の朝に船で迎えに来ますから」

「わかりました」

「それでは、楽しい無人島キャンプを」


緩いミスコンで優勝した黒木《くろき》さんへの賞品は、異界島《いかいじま》という無人島での一日キャンプ貸し切り券であった。

ミスコンの翌朝、準備を終えた俺たちは観光協会の依頼を受けた漁船により島へと上陸する。

自然しかない島だが、俺たち以外誰もいない貸し切り状態というのがよかった、と思ったら……。

「タバコの吸い殻が落ちてるね、信吾《しんご》」

「本当だ」

赤井《あかい》さんが、砂浜でタバコの吸い殻を見つけた。

タバコのポイ捨てなんて、マナーの悪い連中だな。

「昨日、この島を利用したキャンプ客が捨てたのかな？」

「そうだと思うけど、なんか興醒《きょうざ》めね」

「完全に人界と隔絶した無人島でキャンプを楽しむのは、逆に難しいと思うな」

「それもそうね。サバイバルになってしまうもの」

信吾からそう言われると、黒木さんも納得したようだ。

冒険者として無人の地に赴くことも多い俺とエリーゼからすれば、完全な無人島なんてものは危険が多くて当然という認識であった。

異界島はなにかあれば観光協会の人が助けに来てくれるとはいえ、少しくらい人間の痕跡があった方が、逆に安心できるというもの。

「あくまでも『無人島気分』なだけだろう。なにかあったら助けに来るみたいだし、そっちの方がいいじゃないか」

意外というと失礼かもしれないが、拓真《たくま》は大人というか現実を理解していた。

「ヴェルもそう思うだろう？」

「それよりも、ここはテントを張らないと眠る場所がないからな。急ぎ設置してしまおう」

昨日まで泊まっていたコテージとは違うからな。

水道もなくて井戸から水を汲《く》まなければならず、キャンプらしくはあるが、その分面倒でもあった。

「火も起こさないといけないし、これは本格的だな」

本格的すぎて、素人にはハードルが高くて予約が入らない……ことはないと聞いている。

わざわざ不便さを買うなんて、文明生活に慣れた日本人らしい嗜好《しこう》とも言えた。

向こうの世界で、そんな酔狂な人は……大貴族にはいるのかな？

「じゃあ、俺と信吾でテントを張り、拓真は水汲みで」

「あれ？　サラッと一番面倒そうな仕事が俺か？」

「サッカー部のエース君、頑張ってくれ」

「まあいいけど」

「私たちは食事の準備を始めるわね」

俺と信吾はテントを張り、勿論《もちろん》、終われば水汲み担当の拓真を手伝う予定だ。

女性陣は、食事の支度を始めた。

飯盒炊爨《はんごうすいさん》なので、お米を研いで飯盒にセットするところから始めないといけない。

「で、メニューは？」

「カレーにする予定」

「定番だけど美味《うま》そうでいいな。赤井は大丈夫なのか？」

「江木《えぎ》は、大昔のキャンプの件を引っ張るわね。そういうしつこい男は嫌われるわよ」

そう拓真に文句を言いながら野菜を切り始めた赤井さんであったが、俺には手際がいいように見える。

普段から信吾に料理を作っているくらいだから当たり前か。

「エリーゼさん、お米を研ぐのが上手ね」

「よく食べますから」

「日本の人から分けてもらっているのね」

本当は、俺がよく食べるからお米を炊く機会が多いのだけど。

「一つ目のテント張りは終了」

「早いね、ヴェルは」

「(まあ、普段から冒険者生活もしているからな)」

俺は小声で信吾の疑問に答えた。

「(冒険者生活『も』なんだ。忙しい身分なんだね)」

野営に使うテントは向こうの世界にもあるが、当然、地球のテントの方が性能もよく張るのも楽だ。

できれば、向こうの世界に戻る時に持ち帰りたいくらいだ。

あとで沢山購入しておこうかな?

「(冒険者かぁ……僕には難しかったろうね。エーリッヒ兄さんのように、王都で下級役人を目指したと思うよ)」

信吾というか本当のヴェンデリンは魔法が使えず、体力、武芸の才能などもそれほどない。

ただ頭はいいので、エーリッヒ兄さんのように王都に出て下級役人になるのが、本来の将来だった可能性は高いな。

「(この世界だとこのままいい大学に進学して、いい会社に入ってと、そんな将来かな? でも、悪くはないかも)」

信吾はこの世界を悪くないと思っている。

むしろ、バウマイスター騎士爵領よりも圧倒的にいい場所だと思っていた。

俺も、この世界ではしがないサラリーマンで人生を終えたと思うが、向こうの世界では大貴族で魔法使いだ。

苦労も多いが、地球に居続けるよりはよかったはず。

とはいえ、現状はどうやって元の世界に戻るか模索して……ここ数日、なにもしていないけど。ただ遊んでいるだけだ。

はてさて、どうやったら元の世界に戻れるのか。

「(今はキャンプを楽しもう。いつか戻れるチャンスがあるはずだ)」

「(君はお気楽だねぇ)」

俺はお気楽なんかじゃない……色々とありすぎて摩耗しただけだ。

「(ラノベやアニメじゃあるまいし、別の世界に戻る方法なんて簡単にはわからないものね。魔法でそういうのはないの？)」

「(あったら、とっくに戻っていると思うんだが……)」

「(それもそうか)さてと、これでテントは張り終えたな」

テントは二つで、これは観光協会が貸してくれたものだ。

「男女に分かれて一つずつだな」

大きめのテントなので、男も女も三人ずつ入って問題ない。

「女の子と同じテントで過ごしたいぜ」

信吾と張り終えたテントを確認していると、水汲みをとっくに終え、次はかなりの量の薪《まき》を集めてきた拓真が声をかけてきた。

「炭はあるけど、火起こしには使えるだろう。ヴェル、奥さんと同じテントじゃなくて残念だな」

「いつも一緒だから、今日くらいはね」

「さすが、金髪巨乳美女を嫁にしている男は言うことが違うね」

「拓真こそ、女の子から告白されたとか色々噂《うわさ》があるじゃないか」

「俺はサッカーが恋人なのさ」

「じゃあ、嘘《うそ》なのか？」

「信吾、告白されたからといって、それを全部受け入れるわけがないだろうが」

さすがはサッカー部のエース、拓真は女性にモテるようだな。

「羨《うらや》ましいな。僕は女性にモテないから」

「「はあ？」」

俺と拓真は、一緒に声をあげてしまった。

これまでの赤井さんと黒木さんの態度を見ても、自分がモテないなどと平気で言える信吾に改めて驚かされてしまったのだ。

「(こいつは重症だな)」

「(ほっとけ。どうせ教えても『そんなことはないさ。二人は友達だし、イケメンでもない僕はモテないから』で終わりだ)」

確かに、信吾ならそう言いそうだ。

「ところでさ、この島の中心部に防空壕《ごう》があるのは知っているよな？」

「観光協会の人が言っていたね」

異界島にはその昔、旧海軍の倉庫があり、島にあった洞窟を利用して大規模な防空壕も建設されたそうだ。

倉庫の方はとっくに解体されていたが、防空壕はそのまま残っていた。

「そんなに複雑な構造ではないらしいし、昼飯を食ったら見に行かないか？」

「いいね、面白そうじゃないか」

異界島は無人島なので、テント張りや食事の支度が終わると他にすることがない。

島内探索も面白そうだと、男性陣全員が賛成した。

作ったカレーを煮込んでいる女性陣に話すと、彼女たちも賛同してくれた。

「お宝とかあるかな？」

「赤井、さすがにそれはないだろう」

「冗談よ」

ただの防空壕跡なので、向こうの世界の地下遺跡のようにお宝はないと思う。

それにここは地球の日本だから、お宝のある洞窟なんてそうそうないだろう。

「それよりも、お昼ができたわよ」

カレー鍋を見ていた黒木さんからお昼だと告げられ、みんなで完成したカレーを食べる。

「キャンプといえばカレーだな。エリーゼさんはカレーは食べたことある？」

「はい、自分でも何度か作りましたよ」

今ではアーカート神聖帝国にも伝わっており、カレー粉が色々な料理に応用が利くとアルテリオ商店では人気の商品となっていたからだ。

勿論ゾヌタータ共和国にもあったので、エリーゼはこの世界にカレーがあっても違和感を覚えていないはず。

「信吾、おかわりいる？」

「ちょうだい」

「わかったわ……」

「はい、どうぞ」

赤井さんが信吾の分のおかわりをよそおうとしたら、その前に黒木さんが持ってきたカレーを彼に渡してしまった。

どうやら事前に準備していたようで、赤井さんに対し『してやったり』という顔を向けている。

「一宮君、どうぞ」

「ありがとう」

信吾も戸惑ってはいたものの、黒木さんが渡したカレーを食べ始める。

「江木、いる？」

赤井さんもまさか信吾にもう一杯食べさせるわけにもいかず、よそったカレーを拓真に渡そうとした。

「おっ、おう。貰《もら》おうかな」

拓真は、一瞬だけ居心地が悪そうな表情を浮かべたが、赤井さんからカレーの皿を受け取った。

「(信吾の野郎……)」

どちらか選べとは言わないが、せめて両者からの好意に気がつけと、拓真は怒りを隠しながらカレーを早食いしていた。

「食事が終わったら、例の防空壕に行こうか？」

「そうですね。探検楽しそうですね」

俺とエリーゼはなんとか場の空気を変えようと、早く島の中心部にある防空壕を探索しようと提案した。

そうしないと、場の空気が重たくなりそうだからだ。

「(拓真、親友として信吾に教えてやれよ)」

「(人様の恋愛に口を出したくないっていうか、赤井だけならいいけど、黒木さんもいるからなぁ……。不平等なのはよくない)」

「(幼馴染《おさなな》《じ》みなんだろう?)」

「(それでもだ。俺は女性に等しく優しいのさ)」

拓真は、赤井さんと黒木さん、共に依怙贔屓《えこひいき》はしないと断言した。

第三者的な視点でいうととてもいい判断と思うが、関係者としては場の空気の悪さというものもある。

そこは拓真なりに忖度《そんたく》してほしかった。

「(信吾は壮絶に鈍いから、女性から言った方が勝ちなんじゃないの?)」

赤井さんは、なまじ信吾と幼馴染みだから言いにくい。

よくよく考えてみたら、彼女が自分から告白できるくらいなら、とっくに二人はつき合っているよな。

となると、有利なのは黒木さんの方か?

「(そうかな?)」

拓真は、俺の考えに異論があるようだ。

「(黒木さん、意外と奥手というか。普段の態度からすると迷わず信吾に好きだって言いそうな雰囲気だけど、いまだ言えていないからな)」

「(そう言われると……)」

おかわりのカレーを食べる信吾を挟み、火花を散らす赤井さんと黒木さん。

残念ながら、なにを争っているのかも、二人が争っていることさえも、信吾本人はまったく気がついていなかったけど。


昼食が終わり、みんなで島の中心部にある防空壕へと入ってみたのだが、なんとそこで、信吾たちによる三角関係の話など吹き飛んでしまう非常事態が発生した。

この世界に来て初めて防空壕内に多数の魔物の反応を感じたのだ。

まさかこの世界に魔物が存在するとは、俺とエリーゼは驚きを隠せなかった。

「みなさん！　大変っうぐっ！」

エリーゼは、この世界に魔物がいないという確信を持てていない。

この防空壕には多数の魔物がいるとみんなに教えようとしたので、俺は慌てて彼女の口を塞《ふさ》いだ。

突然、魔物がいるなんて言い出したら、これまで色々と隠してきたことが台無しになるからだ。

第一、信じてもらえる保証もない。

「エリーゼさん、急にどうしたの？」

「幽霊でもいた？」

魔物なんて創作物の世界にしかいないと思っているであろう赤井さんと黒木さんは、エリーゼが薄暗い防空壕に驚いてしまったと思ったようだ。

「幽霊？　確かこの防空壕には戦争で亡くなった人たちの霊が出るって、誰か言っていたな」

拓真も、魔物がいるなんて言っても信じないだろうな。

「(急にどうしたんだ？)」

信吾の中身はヴェンデリンなので、前にいた世界に魔物や悪霊が実在することは知っているはず。

俺に何事かと尋ねてきた。

「(この世界にいないはずの魔物の反応があってな)」

「(間違いじゃなくて？)」

「(『探知』魔法を使っての判断だ)」

信吾に間違いないと断言すると、彼はさてどう言えばこの場から避難できるかと考え込んでいる。

今はまだお昼で、すぐに探索を切り上げなければならない理由が存在しなかったからだ。

「(倒せるか？)」

「(多分……ですが……)」

だが、それは俺とエリーゼだけで応戦した場合だ。

エリーゼの戦闘力は低いが、自分の身を守る『魔法障壁』は張れるし治癒魔法で俺を補佐できる。

魔物の反応が異常に多いので、長期戦になった際はエリーゼの治癒魔法は必要不可欠となる。

ところが、残り四人は戦闘になれば足手纏《まと》いでしかないから、ここで引き返してほしいところだが……と思っていたら、地下から数体の魔物がこちらに向かってくる気配があった。

どうやら向こうもこちらを察知したらしい。

「（ここの魔物たちはおかしい。こちらの魔力に気がついた？　相当高位な魔物のはずなのに、一体一体の反応が低すぎる。体もそれほど大きくないはずだ）」

新種の魔物ならば余計、信吾たちには避難してもらわないといけない。

かといって、いきなり魔物が襲撃してくるなんて言ったら、完全におかしい人扱いであろう。

悩んでいると、今度は空中から若い女性の声が聞こえてきた。

『ここかな？　ああ、ここだね。出られるように次元を繋《つな》げないと』

「幽霊か？」

聞き間違いではなく、かなりハッキリとした声であった。

「聞こえたよね？　信吾」

「僕も聞こえた。榛名《はるな》もか。黒木さんは？」

「確かに聞こえたわ」

「声はすれども、姿は見えずか……」

やはり信吾たちにも聞こえたようだ。

こんな時に、今度は幽霊か？

しかし、声が聞こえてきた空中にはなにもない。

もし本当に幽霊なら、俺とエリーゼは『探知』できるはずなので変だ。

「（あなた、これは何者かが別の空間からこちらの世界に出てこようとしているのでは？）」

別次元を繋ぐルートを用いて、他の世界や空間からこちらに出てくる。

現在のヘルムート王国では不可能な魔法だが、古代魔法文明時代なら可能か？

俺とエリーゼも、実際、他の世界に飛んできてしまったからなぁ。

あり得ない話ではないか……。

『おっと、繋がったね。あ——あ、この世界の住民にはちょっと対処が難しいかな、あの竜は。ちょっと失礼して』

そんな独り言が聞こえた直後、最初に声が聞こえた空中からいきなり人間が出現した。

「無事に出られてよかった……って！」

ところが、その人物が姿を現した場所は空中であり、当然物理的法則に従って地面へと落下した。

防空壕の天井付近からなので怪我《けが》はしないはずだが、つい普段の癖で、俺はその人物が地面に落下しないよう『念力』でその場に浮かせてしまう。

「(あなた、魔法を使ってもよろしいのですか？)」

「しまった！」

つい、いつもの癖で！

これまで隠していた魔法を、無意識に使ってしまった。

「ええっ！　人間が空中に浮かんでいる？」

「手品なのかしら？」

「魔法みたい」

突然空中から人間が姿を現し、しかも地面に落ちずに宙に浮いている。

拓真、黒木さん、赤井さんは驚きの声をあげた。

「……」

信吾は無言ながら『アホ！　魔法なんて使うな！』と目で俺に抗議している。

彼は正しく、俺は誤魔化すように曖昧《あいまい》な笑みを浮かべるしかなかった。

「これはどうも。ユウの同類は、思ったよりも紳士なんだね」

突然空中から姿を現した人物は地面に立つと、興味深そうに俺を見ながら声をかけてきた。

咄嗟《とっさ》に落下を防いだのでそれどころではなかったのもあり、俺はその人物が少女であることによ
うやく気がつく。

年齢は十七、八歳くらい、顔は美少女の範疇《はんちゅう》に入ると思うが、オレンジの髪はもの凄《すご》い天然パー
マで頭が鳥の巣のようになっており、額にいくつもの魔法陣が描かれたバンダナを巻いていた。

あきらかに、奇人、変人の類《たぐい》に入る人物だと思う。

「やあ、君がユウを浮かせてくれたんだね」

「……」

別に落下しても死ぬような高さではなかったから、俺はうっかり助けたことを後悔していた。

俺が魔法使いなのを秘密にしてほしいのに空気を読まず、『念力』を使った俺にお礼を言ってくる。

それから、一人称が自分の名前って女性、偏見かもしれないが地雷女のような気がする。

俺の本能が、この女は危険だと告げるのだ。

「えっ！　ヴェルは魔法使いなのか？」

「そんなわけないだろう」

とにかく、今はこの場を誤魔化さないと……。

「この世界には魔法がないから隠したい気持ちはわかるけど、ほら」

自分をユウと呼ぶ少女が防空壕の奥を指差すと、曲がり角になっているところから数匹の小形竜が姿を見せた。

「大トカゲ？　いや、こいつは竜か！」

「ゲームに出てきそうだな」

「二人とも、下がってろ！」

信吾と拓真が姿を見せた小形の竜に興味を持つが、距離を詰めたその竜は容赦なくブレスを吐き出した。

俺は慌てて『魔法障壁』を展開し、エリーゼも赤井さんと黒木さんを守るため一緒に『魔法障壁』を展開した。

「あなた、思った以上に威力があります」

「そうだな」

小形の竜が放つブレスは小さな『ウィンドカッター』程度に見えたが、その威力は侮れない。

防いでいると、予想以上に魔力を持っていかれてしまう。

「時間をかけていると無駄に消耗するな。エリーゼ、防御は任せる」

「はい」

幸いにして、小形の竜はわずか五匹ほどで追加の援軍は確認できない。

防空壕の中心部？

いや、その地下であろう。数十の似たような反応と、桁違いに強い魔力の反応が一つ。

これが親玉であろうか？

援軍を寄越さないということは、間違いなくこの五匹は俺たちの実力を探るためで、ここで捨て駒にするつもりだ。

奥にいるであろう親玉はずる賢く、確実に属性竜以上の実力を持つはずだ。

「あなた、どうしてここに竜が？」

エリーゼもこの世界に何日か滞在した結果、魔物など存在しないことに気がついていた。

なので、突然の竜の出現に驚いているのであろう。

「理由はわからないけど、ここは一旦《いったん》退却する。その前に……」

こいつらは始末しておかないといけない。

このまま放置すると、外に出て悪さをするかもしれないからだ。

警察には対応できそうになく、もしこいつらが外で暴れたら佐東《さとう》市は大騒ぎになるであろう。

そうなったら俺たちの存在も世間に知られかねず、ならばここで始末するのが一番安全だ。

「なあ、ヴェル？」

「話はあとだ！」

俺は拓真の質問を遮ると、エリーゼにみんなを任せて小形の竜へと突進した。

「「「「ギャア――――！」」」」

俺の突進により、五匹の小形竜は想定どおり俺へと標的を変えた。

『ウィンドカッター』のブレスを次々と放つが、俺は突進を続けつつ強引に『魔法障壁』で振り払っていく。

そして『フレイムランス』を準備していると小形竜たちに見せかけ……彼らがいる地面から『火

柱』を立てた。

「「「「ギャア――――！」」」」

『火柱』の回避に失敗した小形竜たちは、炎の中で死のダンスを踊り、やがて黒焦げになって動かなくなった。

「撤退するぞ！」

「はい」

同じ冒険者仲間でもあるエリーゼは、俺の命令を妥当だと感じて素直に従った。

「えっ？　逃げちゃうの？」

「赤井さん、今は戦力になる人間が二人しかいない。ここにいる竜が倒したこの五匹だけかもわからないし、素人の君たちを巻き込むわけにもいかない」

これは口にしないが、四人は戦力にならないどころか、俺とエリーゼの足を引っ張りかねない。

「でも、もしこの化け物がもっといるとしたらこのまま放置すると、外に出てしまうのでは？」

「かもしれないけど、とりあえずすぐ外に出そうなのは始末した。とにかく今は撤退だ」

「はい」

黒木さんは、あの焼き殺された竜たちの他にもまだ竜がいて、それが外に出て人間に悪さをしないか心配なのであろう。

だが、今の俺とエリーゼにそれを心配する余裕はなかった。

なにしろ、今の俺たちは冒険者としての装備すらしていないのだから。

もし戦うのなら、ちゃんと準備をしなければ駄目だ。

「竜か……警察や自衛隊に任せるのは危険だし、とにかく一旦退《ひ》いて態勢を立て直さないとな」

先行偵察部隊と思われる五匹は倒した。

どうやら親玉は追加を出すつもりはないようなので、ここは一旦退くとしよう。

「あのさ、あの竜はここから出ないとユウは思うよ。だから一旦退いた方がいいって」

「そういえばいたな、地雷女」

突然空中から現れ、自分をユウと名乗る少女は、何食わぬ顔で会話に加わってきた。

「え――っ！　ユウを地雷扱いは酷《ひど》くないかな？」

「うるさい、とにかく退くぞ」

「は――い」

「と言いながら、残骸を漁《あさ》ってんじゃねえ！」

ユウという少女は、俺が倒した小形竜たちの焼死体を調べていた。

「表面は黒焦げだけど、中身はレアで研究素材になるからね」

研究素材ねぇ……この女、確実にマッドサイエンティストだな。

しかも、自前の魔法の袋に小形竜の残骸を仕舞いやがった。

魔法の袋は汎用《はんよう》じゃないので、この女は魔法使いということになる。

「それじゃあ、撤退ね」

「調子狂うなぁ……」

このままここに留《とど》まるわけにもいかず、俺たちは防空壕から急ぎ撤退するのであった。

第九話　イシュルバーグ伯爵の本性

「ヴェンデリンさんは、魔法使いだったんですね」

「……とてもよくできた、俺の渾身《こんしん》の手品です」

「そんな嘘《うそ》はいいですから」

「ちっ！　誤魔化しは利かないか……」


複数の小形竜に襲われた俺たちであったが、無事に倒して撤退に成功した。

テントが張られたキャンプ地でエリーゼが淹《い》れてくれたお茶を飲みながら今後のことについて話をするが、さすがに俺とエリーゼが魔法使いなのは誤魔化しようがなかった。

手の込んだ手品だと赤井《あかい》さんに冗談を言ってみたが通用せず、逆に見事にスベッてしまった。

「魔法なんて本当にあるんだ」

「普通は信じてもらえないだろうな、この世界では」

魔法なんて、地球では空想の産物でしかないのだから。

中世ヨーロッパに魔女狩りとかあったらしいけど、魔女認定された人たちが『ファイヤーボール』などを放てたとは到底思えず、やはり地球に魔法なんてないはずだ。

「タクマだったかな？　実際に目で見て、体験したものを疑っては駄目だよ」

「はあ……ええと？」

「紹介が遅れたね。ユウは、ユーフェリア・マルクトレス・フォン・イシュルバーグというしがない伯爵であり、魔法使いであり、魔導技師でもあり、学者でもある。こう見えて結構多芸なんだ」

「へえ、そうなんですか」

拓真《たくま》は感心しているが、今、お前なんて言った？

確か……。

「イシュルバーグ伯爵？」

「そう、功績が多くて勝手に伯爵にされたんだけどね。持っていても邪魔には……何事にもメリットとデメリットがあるか。エリーゼ、お茶のおかわりと、なにかつまめるものはないかな？　ユウ、ちょっと小腹が空《す》いた状態なんだ」

「あっ、はい」

「甘いものがいいなぁ。ユウ、女の子だから」

「わかりました」

まさか、この地雷女がイシュルバーグ伯爵？

その遺産のせいで俺たちは死にかけた、あのイシュルバーグ伯爵。

図々《ずうずう》しくも、エリーゼにお茶のおかわりに留《とど》まらず、茶菓子まで要求しているこの女が？

「……ああ、君はユウが活躍していた時代からかなり未来の人間なんだよね？　ユウは有名人なのかな？　サイン欲しい？」

この女の能天気な発言で、俺はキレた。

「お前かぁ！　俺たちは、お前のせいで死にかけたんだぞ！」

なんなんだよ、あの金属製のドラゴンゴーレムに、小国なら滅ぼせそうなゴーレム軍団、極めつけは酷《ひど》くいかれた遊園地！

「ユウを責めるのはお門違いじゃないかな？　つまり君はユウの遺産に手を出したってことだよね？　別に未練はないけど。生きているんだし、賭けには成功したんだからいいじゃん」

こいつ、言っていることが正論なのが逆にムカつく。

「あなた、もう済んだことですから」

「ほら、奥さんの方が常識がある。ユウたち以外はポカンとしているし、ユウも知っている情報を話すから、今は落ち着いてね」

「うぐぐっ……」

「あなた、お茶のおかわりは？」

「いる」

俺はエリーゼが淹れてくれたお茶を飲み、ようやく落ち着いた。

そしてイシュルバーグ伯爵が、順番に事情を説明し始める。

「別の世界から、ですか……」

「そう言われると納得できるような。欧州の小国出身としか教えてくれなかったから、ちょっと変だなって思ってたのよ」

赤井さんと黒木《くろき》さんは、実際に魔法を見たこともあって、すんなりと俺とイシュルバーグ伯爵の話を信じてくれた。

「まあ、実際に見てしまったからな」

「そうだね。手品にしてはタネもないみたいだし」

拓真も俺たちの話を信じ、信吾《しんご》は元々その異世界に住んでいた人間だ。

信じて当然だが、俺と入れ替わっていることは誰にも話せないため、今初めてそれを知ったという風な態度を取った。

「それにしても、ヴェルも辺境伯様とは凄《すご》いな」

俺とエリーゼは改めて自分たちが貴族だと伝え、それを聞いた拓真が感心していたが、そんなものこの世界ではなんの意味もない。

「君たちは、元の世界に戻れるから大丈夫」

「随分と自信満々だな」

「まあね、ちゃんと根拠があるから」

実は天然パーマ少女であったイシュルバーグ伯爵、彼女も色々な情報をかいつまんで話してくれた。

幼少の頃から神童扱いであり、子供ながらも色々と魔道具の作製などに参加していたら、古代魔法文明の主要国において貴族に任じられた。

地位も名誉も財力も短期間で築いたが、国の命令で無謀な魔導実験に参加し、装置が暴走して古代魔法文明は崩壊し、自分の体もバラバラになってしまったと。

「まさか幽霊なのか？　それとも、アンデッド？」

俺は『聖光』の準備を始める。

「待って、ユウは死んでいないから。実験は国家の命令で断れない状態だったけど、失敗は目に見えていたから、あらかじめ魂を異次元に逃がす準備をしていたのさ」

事前に異次元に研究室を作り、これまでに稼いだ財を使って購入した様々な生活用具や実験器具を置いておいた。

古代魔法文明崩壊以後は、ずっと異次元にあるその研究室で研究三昧《ざんまい》だったそうだ。

「異次元は時間が経過しないからね。ユウは永遠の十八歳なんだ」

「寒っ！」

お前は芸能人かと、俺は思ってしまう。

「それにしても、魂だけには見えないけど……」

「「江木《えぎ》ぃ（君）……」」

拓真がイシュルバーグ伯爵の体が本物か触って確認しようとするが、赤井さんと黒木さんから白い目で見られてしまった。

「だって、本当に幽体には見えないから！」

「勿論《もちろん》代わりの肉体は作ってあるよ。人間の体とそう違わないし。触ってみる？」

「喜んで！」

「「喜んでじゃない！」」

イシュルバーグ伯爵の許可が出たのでその体を触ろうとした拓真であったが、エリーゼも含め女性三人に叱《しか》られた。

こういう時は、ちゃんとエリーゼも参加するのか。

「だって、実際に確認することも大切で……」

「必要ないでしょう。信吾はそんなことしようとしないじゃない」

「そうよ、一宮君はそういうことはしないわ」

イシュルバーグ伯爵の体に触るつもりがない紳士な信吾と比べられ、拓真は散々であった。

「信吾は男として駄目だな。なあ、ヴェル」

「俺はエリーゼがいるから別に……」

「そういえばそうだったな……妻帯者」

その前に、たとえ女だったとしてもイシュルバーグ伯爵の体なんて触るか。

縁起が悪いし、もしなにか変な仕掛けがしてあったらどうするんだ？

「そうですよね、あなたには私がいますから」

なぜかエリーゼが嬉《うれ》しそうだが、今一番優先すべきはこれからどうするかだ。

「それで、あの竜はどうするんだ？」

このまま放置しておくと、いつかこの世界の人間にも見つかるだろう。

町を破壊したり、人を襲って食べるかもしれない。

もしそうなった時、警察や自衛隊で対応できるものなのかあれは判断がつかなかった。

「ユウの計算だと、この国の軍隊が全力でやれば大丈夫。あれは『オプションドラゴン』といって、自分の体を分裂させて小形の竜を発生させ、それらを操って戦うんだ。でも、その分身体の一体一体はそこまで強くないんだよ」

イシュルバーグ伯爵は、あの竜がこの世界に飛ばされてきた経緯や、知り得たオプションドラゴンに関する情報を話し始める。

「とはいえ、アレが外に出ると、色々と大騒ぎになるだろうな……」

小形とはいえ、全長二メートルほどはあるという竜が人を襲う。

信吾は、この世界で生活しているのにそんな悪夢が、といった感じの表情を浮かべていた。

「でも、大丈夫」

「イシュルバーグ伯爵様がなにか対策を？」

「タクマ、ユウでいいよ。あいつ、手負いの状態でここに逃げ込んできたけど、今はほぼ回復している。分身体が外に出ると面倒だから、この島にユウが魔法でバリアーを張っているんだ」

この女、いつの間にそんな魔法を使ったんだ？

そうか！

イシュルバーグ伯爵が頭に巻いている魔法陣入りのバンダナか！

「ユウは上級魔法使いの中でも上位の実力を持つからね。加えて魔道具作りの研究者でもある。この島全体を覆う『魔法障壁』をなるべく少量の魔力で長時間発動させることが可能なわけ。それでも使う魔法陣をこのサイズにまで縮めるのは難しかったけどね。魔法ごとに魔法陣が描かれたバンダナを交換することで、より多彩な魔法に対応できるってわけ」

彼女が頭に巻いているバンダナは、かなりの種類があるみたいだ。

用途に応じてバンダナを交換する。

一見、魔法陣はどれも同じに見えるので、バンダナを交換しているイメージを抱きにくかったが。

それにしても、頭に巻けるバンダナに描ける大きさの魔法陣で、広域に作用する魔法を使えるなんて……。

さすがは歴史上の偉人だな。

「この島全体に、あの竜たちが外に出られない魔法を展開したのは凄いですね」

「お褒めにあずかり光栄だよ、マヤ。この世界の人たちは、竜に慣れていないからね」

この世界の人間にとって、竜は空想上の生物でしかない。

ゲーム好きな奴が興味本位で接近でもしたら食われてしまうから、彼女の処置は正しい。

黒木さんも、イシュルバーグ伯爵の配慮に感心していた。

だが……。

「竜がこの島から出られないってことは、私たちも出られないってことだよね？」

「正解だね、ハルナ」

それはそうか。

俺たちは出入り自由で、竜だけ出られなくする『魔法障壁』なんて聞いたことがないから……って！

「俺たちはどうなるんだよ？」

問題は俺たちのことだ。

島から出られなくなってしまったじゃないか！

「え――――っ！　手伝ってくれないの？　竜退治」

「あのさぁ……」

一万歩くらい譲って俺とエリーゼはいいが、信吾たちは駄目だろう。戦闘の経験もないし、この世界の住民に竜退治なんて不可能だ。

その前に、命を落とす危険がある竜退治に参加してもらう理由もないのだから。

「ユウは、『魔法障壁』の維持があるからあまり戦えないんだよね。手伝ってほしいなぁ」

「だから！　この世界の人間には無理だろうが！」

「そうですよ、戦闘経験もないのにいきなり竜と戦えだなんて」

エリーゼ、この常識のないアホ伯爵にもっと言ってやれ！

本当、望んでなったわけじゃないが、こいつと同じ貴族ってのはなんか嫌だな。

「自分で責任取れ」

そもそもの原因は、古い遺跡におかしな次元移動ルートを無許可で構築したお前が……って！

「俺とエリーゼもか！　責任取って元の世界に戻せぇ――――！」

そもそも俺たちが地球に飛ばされるなんて奇妙な出来事に巻き込まれたのは、すべてお前のせいじゃないか！

俺は思わず、イシュルバーグ伯爵に詰め寄ってしまう。

「だから元の世界に戻すって。それに全面的にユウが悪いの？　ルートの近くで膨大な魔力を誇示するからだよ。君と奥さんは魔力量が多いよね。しかも、う――――ん」

イシュルバーグ伯爵は、エリーゼをじっくりと見始める。

同じ女性とはいえ、まじまじと見つめられた彼女はとても恥ずかしそうだった。

「君と結婚したから魔力が増えて、だからこの世界に飛ばされてしまったんだよ。つまり奥さんも君と結婚していなかったら魔力は増えなかったわけで。君と例の石碑の傍《そば》にいてもルートに引きずり込まれなかったわけ。だから、君が半分くらい悪い」

俺のせいにするか。

この女……マジでムカつく！

「ユウ命名『オプションドラゴン』は、たまたま石碑の前を居場所にしていて、そこに君のような高位の魔法使いがオプションドラゴンを殺そうと高威力の魔法を放ったせいでこの世界に飛ばされてしまったのさ。もしこの世界に飛ばされなかったら、その魔法使いの魔法で焼き尽くされていたはずなんだけど。おかげで負傷を回復する時間も与えられ、オプションドラゴンにとってはラッキーだったね。でもあれは、手負いの獣や魔物と同じだ。人間を恨んでいるから、ここで倒さないと被害が増え続けると思う。ユウが『魔法障壁』を維持しているのは善行だと思うけど」

本当、こいつムカつくな！

絶対に友達が少ないタイプだ。

「あのぅ、私たちが戦力になるんですか？」

「そうだな、ＲＰＧじゃあるまいし、戦ってレベルが上がって強くなるってこともないだろうからな」

「武器を扱った経験もないもの」

「その前に、狩猟すらしたことがない僕たちが、いきなり竜と戦って勝てるとは思わない」

黒木さん、拓真、赤井さん、信吾が次々とイシュルバーグ伯爵に対して懸念を述べた。

確かに、いきなり竜退治を手伝えと言われても困るよな。

信吾こと本物のヴェンデリンも、飛ばされた年齢を考慮すると、狩猟をした経験なんてないだろうから。

「俺とエリーゼとお前の三人でやるしかないだろう。退治したら元の世界に戻せよ」

しょうがない。

ムカつく女だが、こいつが唯一元の世界に戻れる手段を持つ存在である以上、取引はしなければいけなかった。

「ユウ、『魔法障壁』の維持で精一杯なんだ。これがないと、もし一匹でも……一匹という言い方は変かな？　分身を外に逃すと面倒なことになるから」

「そうですね、外が大騒ぎになります」

小さくても竜なので、怪獣映画並みのパニックになるかもしれない。

「そこで、今回は戦えないユウだが、便利な魔道具を提供するよ。ユウの試作品で、装備すれば素人でも一定以上の戦闘力を持てるから」

「そんなのあるんだ。楽しそうだな」

「おい、拓真」

竜退治は遊びじゃないんだが、拓真はイシュルバーグ伯爵の口車に乗せられつつあるな。

「試作品ゆえに不良品で、戦闘中に壊れたりしてな」

「それはあるかもしれませんね……」

真面目な黒木さんは、俺の懸念に共感してくれた。

誰が見ても、イシュルバーグ伯爵は怪しさ満点だからだ。

全員の疑うような視線が、一斉に彼女へと向かう。

「エリーゼが、『魔法障壁』を維持すればよくないか？」

なにも、島全体を覆う必要はないと思う。

防空壕《ごう》の入り口だけを塞《ふさ》げば、それで十分なはずだ。

その間に、俺とイシュルバーグ伯爵で竜を倒せばいい。

「それだと駄目だよ」

「理由はなんだ？」

「あの竜は、属性が全種類というとても変わった存在だから」

オプションドラゴンは本体は属性を切り替え可能で、マナがあれば無数に作れる分身体は本体が自由に属性を変更できるらしい。

切り離してからの属性変更は不可能だが、分身体は大量に作れるから、実質全属性と言えるわけだ。

というかこの女、やけに詳しいな。

「ピンチになると、ブレスで容易《たやす》く地面に穴を開けて逃げると思うな。オプションドラゴンは、逃走を恥と思わないから」

魔物の領域のボスは妙にプライドが高い部分があり、殺されそうになっても絶対に逃げない。

通常、そのまま魔物の領域と心中してしまうのだが、オプションドラゴンは負けそうになると躊躇《ためら》わずに逃げてしまうらしい。

小形のためか、逃走先のマナが少なくても大人しくしていれば自然と全回復してしまう特性上、生存戦略として逃走は理に適《かな》っているということか。

「体が小さいから、大形のボスと違って一ヵ所に留まることに拘《こだわ》らないんだけどね。だから生き残れたとも言える」

「詳しいな」

「ほら、ユウが作った移動ルートの入り口近くにいたからね。たまに部屋から覗《のぞ》いていたんだ、暇《ひま》潰《つぶ》しに」

「それ、本当か？」

「本当、本当」

「じゃあ、お前がとっとと倒せばよかったじゃないか」

事実かどうか確認しづらいが、それなら先に倒しておけよと、俺はイシュルバーグ伯爵に文句を言う。

無謀な実験につき合わされ、体が吹き飛ばされてしまった点は同情するが、時間が経過しない異次元にある部屋で好きな研究三昧。

たまに、他の時代や世界に移動ルートを使って移動し、暇を潰す。

完全無欠の自分第一キャラのため、どうしても俺は彼女を好きになれなかった。

「オプションドラゴンを退治したら、元の世界に戻してあげるからさ」

「仕方がないか……エリーゼはどう思う？」

「そうですね、他に方法はないみたいですし」

元の世界に戻れる方法をこの女に握られている以上、ここは下手《したて》に出るしかないか。

俺とエリーゼは、オプションドラゴン討伐を承諾する。

「だが、信吾たちは駄目だぞ」

まず、地球の人間が魔物に勝てるはずがないのだから。

信吾も中身はヴェンデリンだが、体は一宮《いちみや》信吾で普通の高校生でしかない。

竜退治への参加は不可能であった。

「そこをなんとかするのが、ユウの大切な役割。戦力は多いに越したことはないからね。というわけで、タクマはこれを着てみて」

イシュルバーグ伯爵は、魔法の袋から取り出した全身鎧《よろい》などの装備一式を拓真に渡した。

「これ、重たそうだなぁ……あれ？　軽いな」

彼女に言われるがまま全身鎧を装着した拓真であったが、その軽さに驚いていた。

どうやら、かなり優秀な軽量化の魔法がかかっているようだ。

さらに……。

「ちょっとだけ走ってみて」

「うわぁ！　速い！」

「ジャンプ！」

「高っ！」

全身鎧を装着しているのに、拓真は走りにくい砂浜をとてつもないスピードで走り、軽く五メートルはジャンプした。

よく見ると、全身鎧の後ろに真っ赤な魔晶石がついている。

どうやらここから供給された魔力を使い、驚異的な身体能力を発揮しているようだ。

どういう仕組みなのだろうか？

「あなた、もの凄い魔道具ですね」

「まだ驚くのは早いよ。ヴェンデリン、タクマに『ファイヤーボール』を放ってみて」

「おいおい、大丈夫か？」

「大丈夫だって。ユウが保証するから」

多分、『魔法障壁』を張れる機能もあるのだろうと予想した俺は、拓真に対し『ファイヤーボール』を放った。

すると、予想どおり拓真の一メートルほど手前に突然『魔法障壁』が展開され、俺の『ファイヤーボール』は弾《はじ》かれてしまった。

「オートで『魔法障壁』がかかるのか！」

さすがは歴史に名が残る天才魔道具職人、性格は悪いがいい腕をしている。

「君、今、もの凄く失礼なことを考えなかった？」

「いいえ、滅相もない」

バカ正直に、失礼なことを考えていたなんて言うものか。

「武器もあるから。ほら」

イシュルバーグ伯爵は、魔法の袋から取り出した両手持ちのグレートソードを拓真に向かって放り投げた。

「軽いなぁ」

「なにか斬ってみて」

「わかった」

拓真が両手で持ったグレートソードを近くの岩に振り下ろすと、岩は呆気《あっけ》ないほど簡単に真っ二つになってしまった。

「江木、私の知らないところで剣道とかしてた？」

「そんなわけあるか。幼馴染《おさななじ》みなんだから剣道なんか習ってないことくらい知っているだろう？」

「それもそうね。ヘタレな江木が剣術なんてねぇ。小学校低学年の頃は泣き虫だったから」

「こらぁ！　それを言うな！」

赤井さんに過去をバラされた拓真が非難の声をあげた。

どうやら、剣を振り下ろした時に動きや威力に補正が入っているのであろう。

装備しただけで素人が優秀な戦士になるなんて、とんでもない魔道具である。

「試作品だから見た目は古いけど、これは軍に納品した『パワードアーマー』なんだ」

「パワードアーマー？　ああっ、元は古代魔法文明時代に発明されたものだったよな」

魔族との戦いで、アームストロング伯爵とエドガー軍務卿が家に代々伝わっていたものを使っていたのを思い出した。

魔族の軍隊でも採用されていたし。

「魔族のパワードスーツは、向こうが同じようなものを発明しただけで、ユウの作品とは系統が違うけどね」

イシュルバーグ伯爵によると、古代魔法文明時代末期、あまりに長い平和のせいで軍人に志願する者が極端に減ってしまった。

志願した兵員たちも、長年の平和のせいで体力的に貧弱な者が多く、それを補うための装備というわけだ。

「つまり、誰が装備してもこのくらい強くなるのかしら？」

「正確に言うと違うかな。元の身体能力が1の人と2の人なら、倍強さが違うね」

黒木さんの問いに、イシュルバーグ伯爵が答えた。

元の身体能力に対し同じ比率で補正が入るから、サッカー部のエースで身体能力が高い拓真は戦力になるわけだ。

「そうか、拓真はこんな時でもエースとして僕たちを引っ張ってくれるわけだね」

「こらぁ！　お前も戦えよ、信吾！」

「戦うけど、僕の運動神経は並だって」

信吾が一瞬、俺に視線を送るが、確かに一宮信吾とヴェンデリン、共に並の運動神経でしかない。

俺の場合、この魔道具と同じく魔力で身体能力を補正できるから凄いように見えるのだが。

「シンゴ、君はこれね。あとはハルナとマヤも」

イシュルバーグ伯爵は、信吾たちにも魔道具である武器と防具を渡した。

この女、絶対にみんなをオプションドラゴン戦に参加させるつもりのようだな。

「僕は弓か……」

信吾に渡された武器は弓。バウマイスター騎士爵家の男子が必ず嗜《たしな》む武器……この女、実は知っているとか？

「シンゴはタクマに比べると体が貧弱だけど、この弓はどんなモヤシでもヘタクソでも、矢を引く時に照準補正が入るから、誰でも使えるんだ」

「誰でも……剣よりは向いているか」

どうやらイシュルバーグ伯爵は、俺と信吾の特別な事情には気がついていないようだ。

そして防具は、拓真以外は体力面を考慮してハーフプレートであった。

「重さを魔力で軽減できるのなら、全身鎧でもよくないか？」

「燃費の問題もあるし、『魔法障壁』もあるからそんなに防御力は変わらないよ。おおっ！　いい腕だ！」

信吾が試しに放った矢は、岩のど真ん中に命中した。

照準に補正が入るということだが、そのおかげだろう。

「照準だけ補正しているのか？」

「威力にも補正がつくけど、シンゴは初めて弓矢を扱うにしては上手だね。もしかして、弓矢を扱った経験があるのかな？」

「ううん、一回もないよ。才能あるのかなぁ？　はは……」

「(信吾の奴、目が泳いでいるな)」

バレるから落ち着いてくれ。

それにしてもイシュルバーグ伯爵の奴、俺と信吾の入れ替わりに気がついているのかいないのか、なかなか完全に悟らせないのが嫌らしい。

「私は槍《やり》なのね」

「特に意味はないけどね。素人はリーチがある槍の方がいいかなって」

最悪、槍は、前に突き出せばいいからな。

どうせ俺とエリーゼ以外は素人の集団だ。

いくら才能があっても、素人を、特に女性を戦わせるわけにはいかない。

俺の後ろで自分の身を守れていればいいのだ。

とはいえ、この身なりでは締まらないので、僕とエリーゼも装備を整える。

「じゃあ、大体勝手はわかっただろうから行こうか？」

「そうだな」

とにかく、急ぎオプションドラゴンを倒さなければ。

信吾たちが成長するまで時間をかけるわけにいかない以上、俺が倒すしかないのだ。

「急ごう」

「うん」

「ああ……」

信吾と拓真が、俺が神妙な表情になったので驚いているが、これまで様々な修羅場を潜《くぐ》ってきたのだ。

平和ボケなんてしてられない。

「スピードを上げよう」

「ひゅう、やる気を出してくれてユウは嬉しいな」

「静かにしていろ」

俺が先頭になり、オプションドラゴンが鎮座する最深部を目指す。

途中、まるで測ったかのように等間隔で分身体が置かれていたが、ブレスを吐く前にパチンコ玉大の『炎塊』を高速で飛ばして頭部にめり込ませ、直後に爆発させた。

頭部をスイカのように破裂させて失った分身体は、立ったまま動かなくなる。

死んだというか、機能停止したというか。

「あなた、初めて見る魔法ですね」

「有名な魔法使いで『爆縮』のダンテって人がいて、こんな魔法を使うらしい。前にブランタークさんから教えてもらったんだ」

「ああ……高名な魔法使いの方ですね。お名前は存じ上げております」

やはりエリーゼは知っていたか。

本来、使用した魔力量から考えると直径十センチほどの『ファイヤーボール』に相当するのだが、パチンコ玉ほどの大きさに抑え込みながら標的に当てると、魔法の威力に加え、『炎塊』が元の大きさに戻ろうとする力まで利用できるので、魔法の威力が大幅に増すという仕組みなのだそうだ。

ただ、作り出すのに集中力が必要で、コントロールも難しい。

普通の魔法使いが使用すると、標的に命中する前に爆発してしまうケースが大半で、たまに自分の至近で爆発させてしまい、大怪我《けが》をする者もいるそうだ。

そうでなければ、同じ魔力量でも威力は段違いなのだから、『爆縮』はもっと普及していいはず。

俺はなんとか使えたけど、このくらいの威力が限界だな。

本来の使い手に比べれば、遊びみたいなものだ。

下手に威力を上げて失敗すると、魔法を打ち出した直後、至近で爆発して俺が死んでしまうかもしれない。

そうならないようかなり集中しないといけないから、多用するのは難しいな。

「これでも、使い方によっては効果がある」

効率よく分身体の頭部を吹き飛ばしながら、俺たちは目標を目指す。

そしてついに、洞窟の最深部に到着したのであった。


「随分と広いね」

「無人島の地下防空壕の下に、こんなに広い空間があったなんてな」

「元々はなかったはずだ。きっと分身体が掘ったんだろう」

どうやらオプションドラゴンはほぼ完全に回復し、多くの分身体に洞窟を掘らせていたようだ。

できたばかりと思われる広大な空間が広がっており、その奥にオプションドラゴンと思《おぼ》しき小形のドラゴンが鎮座していた。

「あなた……」

「ああ……」

初めて見るオプションドラゴンは、一言で言えば異様であったが、これは魔法使いしか気がつかないと思う。

属性竜を超える魔力をその小さい体に溜《た》め込んでいるが、属性竜よりも強いとは思えない。

だが、どこか攻撃するのを躊躇わせるなにかを持っている。

罠《わな》ではないかと思ってしまうのだ。

「あれ？　おかしいな」

「どうした？　信吾」

戦いには素人のはずの信吾が、オプションドラゴンを見てなにか気がついたようだ。

「これまで、あれだけ出していた分身体は？」

「そういえば……」

掘られた巨大な空間の奥に鎮座するオプションドラゴンは一匹のみ。

途中、偵察用に配置されたと思われる分身体をかなり駆逐したが、この部屋には一匹もいなかった。

「普通、僕たちに備えてそれなりの数を出しておくよね？」

「ああ……分身体を通じて、俺たちの侵入を把握していないはずがないからな」

信吾の考えは正しく、ましてこちらは複数なのだから、最低限同じ数にしておかないと、俺たちに袋叩《ふくろだた》きにされてしまうと思うはずなんだが……。

「どうするんだ？　ヴェル」

「う――――ん」

拓真にどうするか聞かれたが、さてどうしたものか。

このまま俺が攻撃を開始してもいいんだが、向こうはそれを狙っているようにも感じられる。

この、なにかを企《たくら》んでいる感が、俺とエリーゼが違和感を覚えた理由であろう。

「他の属性竜などに比べると頭がいいのか？」

「そうじゃないかな。極論すれば、分身できるだけの小形竜が長生きする過程で力を蓄えたんだから」

イシュルバーグ伯爵の奴、えらくオプションドラゴンについて詳しいじゃないか。

「まあ、あくまでも仮説だけどね。動かないと駄目じゃないのかな？　アイツの足元を見なよ」

「あなた」

「クソッ！　そういうことか！」

どうして、オプションドラゴンが地下防空壕のさらに地下へと穴を掘って逃げたのか？

それは、回復に使った空気中のマナよりもさらに多くのマナを求めて、この無人島の地下にある『マナの溜まり場』に近づくためであったというわけだ。

オプションドラゴンが鎮座する足元から、濃厚なマナを感じる。

「この島の地下には、どういうわけかマナが異常に溜まっている場所があるんだよねぇ」

「地球にも、そういう場所があるのか……」

「向こうの世界と同じだね」

だから、オプションドラゴンはわざわざこの無人島の地下にある防空壕に逃げ込んだのか。

「一番マナが溜まっているポイントはもっと地下だけど、そこに到達されるとさらに厄介かな？」

そのポイントにいれば、理論上永遠に分身体を出すことが可能になるはずで、そうなる前に速攻でケリをつけなければ、最悪俺たちが殺される可能性もあった。

「しかし……」

「なにか疑問でもあるのかな？」

「それなら、どうして分身体に穴を掘らせていないんだ？」

オプションドラゴンは、一秒でも早くそのマナが溜まったポイントに到達したいはずだ。

だが、オプションドラゴンは少なくとも『探知』できる範囲内では、分身体を出していなかった。

「ユウたちの進路上に多数配置していたからお疲れで、今は休憩中なんじゃないかな？」

「……」

「あなた？」

エリーゼが、俺が少し違和感を覚えていることに気がついたようだが、ここで時間をかければばかけるほどオプションドラゴンを有利にしてしまうかもしれない。

「仕方がない……行くぞ！　エリーゼは『魔法障壁』を」

「わかりました」

こうなったら、俺だけで突進して奴を倒すしかないか……。

俺は強固な『魔法障壁』で身を包み、『身体強化』でスピードを上げてオプションドラゴンに突進した。

分身体がいないので、こいつの首を一撃で刎《は》ねれば簡単に勝てるはず。

なにしろこいつは、竜にしてはそんなに大きくないからな。

「(身構えてこない？　反応できていないのか？)」

イシュルバーグ伯爵の説明どおり、オプションドラゴン自体の戦闘力は低いのか。

マナがあれば無限に近い回復力で分身体に頼った戦闘を行い、敵《かな》わないと判断した敵に対しては撤退を躊躇《ちゅうちょ》しない。

ここは分身体に掘り進めさせた穴の一番奥で、分身体は俺たちの侵攻阻止にも多数使用されたから、今は疲れて休んでいるところなのだろうか。

そこを俺たちに追いつかれてしまったのだと考えれば、今の状況はおかしくはない。

だが……。

「っ！」

ここで状況が一気に変わった。

オプションドラゴンの首を刎ねようと魔法で刃《やいば》を作ったその瞬間、奴は俺と目を合わせた。

「(笑っている?)」

竜が笑うなんて知らなかったが、俺にはそういう風に感じられた。

そして……。

「エリーゼ！」

「はいっ！」

俺はすぐさま突進を止め、後方のエリーゼに警告を発した。

詳しく状況を説明している時間はなかったが、エリーゼはすぐに俺の意図を理解し『魔法障壁』を最大限まで強くした。

俺も急ぎ『魔法障壁』を強くする。

「ヴェンデリンさん？」

「防御体勢に入れ！」

黒木さんはどうして俺が攻撃を中止したのかわからないようだが、それは簡単だ。

なぜオプションドラゴンが分身体も出さず、俺に先制攻撃をさせたのか。

奴はこれまで、ただ俺たちに撃破されるためだけに分身体を出していたわけではなかったのだ。

分身体を通じて俺たちの情報を集めており、今はあえて分身体を出さず、本体自身を囮《おとり》に俺を突進させた。

戦闘力が一番高い俺だけを、他のみんなから引き離したわけだ。

そんなことをしても、本体だけのオプションドラゴンなら俺によって簡単に倒されてしまうはず……いや、俺たちは勘違いしていたのだ。

こんな広い空間の奥に一匹で鎮座しているオプションドラゴンが、本体でないはずがないと。

「あちゃあ、やられちゃったね。今頃本当の本体は、極限までエネルギーを削って、すでにマナが溜まっているポイントに到達しているはずだよ。この本体に見せかけた分身体はユウたちを誘う囮で、お役目を果たした今、大爆発するのみ」

やはりイシュルバーグ伯爵も、オプションドラゴンの意図に気がついたか。

そう、俺による攻撃は間に合うが、攻撃してもどうせ分身体は自爆を止めない。

そして、ほぼすべてのエネルギーを注ぎ込んだこの分身体の爆発は、ちょっと洒落《しゃれ》にならない威力のはず。

属性竜クラスのエネルギーが大爆発を起こすのだから。

「イシュルバーグ伯爵！　なんとかしろ！」

「無理だよ。ユウにできるのは、この大爆発の余波が島の外に影響しないようにするだけ。みんな、エリーゼから離れないでね」

これからとてつもない威力の大爆発が起こる。

信吾たちは、エリーゼの『魔法障壁』が命綱となる。

「ヴェンデリンは一人だし、魔力も多いから大丈夫だよね？」

そしてイシュルバーグ伯爵は、この爆発の余波を島の外に影響させないためと、自分を守るための『魔法障壁』で精一杯なわけか……。

状況的に仕方がないが……やっぱりこいつ、腹が立つな。

「じゃあ、生きていたらまたお会いしましょう」

「縁起でもないことを言うな！」

俺がイシュルバーグ伯爵に怒鳴った瞬間、目前のオプションドラゴンが一瞬で膨れ上がり、眩《まばゆ》い光を放ちながら大爆発を起こした。

あまりの眩さに俺は視界を奪われ、エリーゼたちの無事が確認できない。

それよりも、至近でオプションドラゴンの自爆による爆風を受けた俺は、『魔法障壁』の強化と維持でそれどころではなかった。

「頑張ってね、ヴェンデリン」

「クソッ！　どこにいる？」

どこからか、イシュルバーグ伯爵の声が聞こえてきて俺は確信した。

こいつ、この状況を楽しんでいやがる。

そうでなければ、この閃光《せんこう》と爆風、爆音のなか、エリーゼたちと距離がある俺に声などかけられるはずがない。

「ちょっと洒落にならない爆発だね。ヴェンデリンがここで踏ん張らないと、後方のエリーゼたちが危ないかも」

「……」

エリーゼたちは俺の真後ろにいるから、ちょうど爆風が弱められている形になっているのか。

今は、このクソ女の悪巧みについて問い詰めている場合じゃないな。

「ヴェンデリンが考えているような悪巧みじゃないんだけどなぁ。信用ないね」

「あるか！　ボケ！」

お前の発明のせいで、これまでどれだけ酷い目に遭ったと思っているんだ。

「ちゃんとヴェンデリンとエリーゼは元の世界に戻すよ。そうでないと……おっと、これ以上は言えないかな」

「そういう言い方をするから、お前は信用ならないんだ」

「かもね。でも、ユウとお話をしている場合じゃないかも。足元がお留守だよ」

「やはりそうか……」

このいかにも最深部といった感じの部屋の地下には、マナ溜まりへと向かう新しい通路がとっくに掘られていたというわけだ。

ほとんどのエネルギーを分身体の自爆で消費した本体は、とっくにマナ溜まりに到達しているはずで、そこで大量のマナを得て本体はさらに強くなるのか。

それまでに自分を殺してしまいそうな俺たちに対しては、こうして移動の妨害に成功している。

「……随分と頭がいいじゃないか」

オプションドラゴンが、ではなく、さも俺たちの協力者のフリをしつつ、自分の悪巧みを成功させたイシュルバーグ伯爵がだ。

「だから言ったじゃない。足元は大丈夫？」

「舐《な》めるな」

『魔法障壁』と『飛翔《ひしょう》』の併用で、余裕で対処できるに決まって……あれ？　魔法が発動しない？

「あっ、言い忘れてた。ユウがこの無人島全体に覆っている『魔法障壁』、多少の『身体強化』で飛んだり跳ねたりに影響はないけど、『飛翔』は難しいかな？」

「おい……」

オプションドラゴンの自爆による大爆発で、俺の足元は崩れつつある。

きっと、この部屋の地下はマナ溜まりに向かう通路を分身体に掘らせたため、空洞になっているはずだ。

つまり、『飛翔』が使えなければそのまま落下するしかない。

「『飛翔』が使えないのか。待てよ、『通信』もか？」

「そうだね、通信状態も最悪だろうね」

どこかで聞いた話だと思ったら、帝国内乱でニュルンベルク公爵が使っていた魔道具と同じ性質の魔法というわけか。

「そんな装置を昔に作ったような、作らなかったような……。ユウ、これまでに作った発明品がいっぱいあるからわかんなぁ――――い」

「こいつ、マジムカつく！」

ここまで話をしたところで、足元にあった岩の床が、俺が立っている場所が辛うじて残っているのみとなってしまった。

他に足をかける場所もなく、というか『魔法障壁』を張ったままでは不可能だが。

まだ爆発の余波で弾丸のような岩塊が飛び散っている状態で、今『魔法障壁』を解くと、致命傷を受けるかもしれない。

「『魔法障壁』が完璧なら、地面に落ちても大丈夫かな？　ヴェンデリンなら大丈夫だと思うな。絶対じゃないけど、確率でいえば99・999999657487パーセントくらいで。ヴェンデリンが激突死する可能性は、宝クジに当たるよりも難しいからね。安心して」

「お前！　絶対にろくな死に方しないぞ！」

「それでも、死ねたらいいんだけどね。あと一万年後くらいに」

「この！　性悪女がぁ――――！」

俺がイシュルバーグ伯爵に叫んだのと同時に足元にあったわずかな岩の床がすべて崩落し、そのまま地下へと真っ逆さまに落ちていく。

「(エリーゼたちは大丈夫なのか？)」

まずエリーゼの身を心配してしまったが、それを確認する術《すべ》は存在せず、俺は次第に意識が遠くなる感覚を覚えながら、奈落の底へと落ちていくのであった。

第十話　イシュルバーグ伯爵は、どこか壊れている

「……う────ん、あれ？　ここは？」


目を覚ますと、私は暗い場所に倒れていた。

急ぎ、ここはどこかと周囲を確認しようとするが、まだ暗さに目が慣れていないようであまり見えない。

辛うじて、傍《そば》に二人の人が倒れているのが確認できた。

急ぎ近づき、誰なのか確認すると、それは黒木《くろき》さんとエリーゼさんだった。

信吾《しんご》、江木《えぎ》、ヴェンデリンさん、イシュルバーグ伯爵さんの姿はない。

「黒木さん、起きて」

「ううん……」

私の一番近くに倒れていた黒木さんを起こすと、彼女はすぐに目を覚ました。

「……私たちは、怪我《けが》もなく無事なようね」

「ええ」

床が崩れて落下した時の衝撃で気を失ってしまったが、私と黒木さんに怪我はなかった。

イシュルバーグ伯爵さんが貸してくれた、特別な武具のおかげだと思う。

「ちょっとおかしな感じがするけど……エリーゼさんは大丈夫かしら？」

「私たちと同じく、気を失っているだけだと思うけど」

二人で地面に倒れているエリーゼさんを起こそうとするが、どういうわけか黒木さんの動きがしばらく止まってしまった。

「黒木さん、どうかしたの？」

「いえね、凄《すご》いなって」

「凄い？　なにが？」

「エリーゼさんの胸。さすがは異世界人ね。日本人とは根本的に体の作りが違うというか。私もせめてもう少し胸があればねぇ……赤井《あかい》さんもエリーゼさんほどじゃないけどいいわね」

はあ……そんなに胸が大きいのがいいのかしら？

肩はこるし、運動する時に邪魔だし、男子があからさまに見てくるから嫌なのよねぇ。

「でも、一宮君も見てくれるでしょう？」

「……ないとは言わないわね」

他の男子……特に江木ほど露骨じゃないけど、信吾の視線がたまに私の胸にいっているのは確認していた。

信吾も普通の男の子だったってことで、私は別に嫌じゃないけど。

「男子って全員そんなものだから。私なんて、同じ女子からはスレンダーでスタイルがいいって羨《うらや》ましがられるけど、胸がないと悲惨なものよ。一宮君も見てくれないし」

「今は、そんな話をしている場合じゃないと思うけど……」

へぇ……信吾は、黒木さんの胸に視線は送っていないのね……って、そんなことを喜んでいる場合じゃないわ！

すぐエリーゼさんを起こさないと！

「あら？　ここはどこですか？」

起こそうと思ったその時、エリーゼさんが目を覚ました。

それにしても、横になっても、上半身を起こしても形が変わらない胸が凄い。

「赤井さんもでしょう？」

ええまあ……黒木さんの言うとおりなのだけど。

「あの、ここはどこでしょうか？」

三人とも目を覚ましたけど、いまだ周囲は薄暗くてあまり様子を確認できなかった。

信吾たちとイシュルバーグ伯爵さんの姿も見えないままだ。

「あの広大な広間で、オプションドラゴンの本体を装った分身体が自爆。そのせいで床が崩壊して、私たちは全員地下深くまで落下してしまった。一緒に落下したはずの一宮君と江木君の姿が見えず、上を見ても天井が崩壊したようには見えない」

「ここは本当に落下地点なのでしょうか？」

エリーゼさんも、どこか変だと思っているようだ。

「ちょっと待ってくださいね」

エリーゼさんは懐から取り出した指輪を填《は》めてから、『ライト』と唱えた。

すると、指輪の宝石から光が溢《あふ》れ出し、真っ暗だった周囲の様子が確認できた。

「私たち、閉じ込められている？」

「落下地点じゃない！」

なぜか私たちは、五メートル四方ほどの空間に閉じ込められていた。

慌てて出口を探すも、ピンク色の壁と天井に囲まれてどこからも出られない。

「エリーゼさん、床は？」

「床も駄目です」

「柔らかいけど、ビクともしないわね」

黒木さんが拾った自分の槍《やり》で床をあちこち探るが、壁や天井と同じくピンク色の床は、まるでゴムのように柔らかい。

そんなに分厚くはないと思うのだけど、槍の穂先で突いても傷一つつかないのは不思議だった。

こんな岩……そもそも、これは岩なの？

「私たちが閉じ込められているのはわかったけど、いったいどこにいるのかしら？　一宮君たちとはぐれてしまったというか、私たちだけここに閉じ込められたというか」

『正解だね、マヤ』

「「っ！」」

突然、籠《こも》ったような声が聞こえたが、声の主がイシュルバーグ伯爵さんであることに私たちはすぐ気がついた。

「イシュルバーグ伯爵様、これはどういうことですか？」

エリーゼさんはいつもより低い声で、姿が見えないイシュルバーグ伯爵さんに質問する。

どうして私たちをこんな場所に閉じ込めたのか教えてもらえるかはわからないけど、聞かなければ気が済まないのであろう。

『ええとね、これを見ればわかるよ』

と、イシュルバーグ伯爵さんが言うと、ピンク色の壁に直径二十センチほどの穴が開いた。

ここから外を覗《のぞ》けというわけね。

それとやはり、ピンク色の壁はかなり薄いようね。

「なんか、この壁柔らかいんだけど……」

「床も歩くと、足が沈みますね。まるで生きているみたいです」

色がピンク色ということもあって、まるで生きているような……。

黒木さんもエリーゼさんも、ピンク色の壁と床の柔らかさを不気味がっていた。

「狭い穴ね」

『いくら女子でも抜けるのは無理だね。マヤなら大丈夫かな？』

「失礼ね！」

イシュルバーグ伯爵さんは、こんな時でも冗談を言って黒木さんを怒らせていた。

私とエリーゼさんは胸が閊《つか》えて外に出られないって言いたかったのだろうけど、胸が閊えなくてもこんな小さな穴からの脱出は困難だ。

私たちは猫じゃないんだから。

『外を見てほしいな』

自分が変な冗談で邪魔したくせに……と思いながら穴の外を見ると、そこにはオプションドラゴンの本体が洞窟最深部にある青白く光る岩の上で体を休めているようだった。

あの青白く光る岩は、ここに落下する前にイシュルバーグ伯爵さんが言っていた、大量のマナが溜《た》まっている、マナ鉱脈のようなものだと思う。

『ユウはさ、時間が欲しかったんだよね』

「オプションドラゴンに大量のマナを補給させ、もっと強くさせるためですか？」

またもエリーゼさんは、イシュルバーグ伯爵さんに怖い声で質問を投げかけた。

『そうだよ。オプションドラゴンは、ああいう濃厚なマナがある場所でマナを補充すればするほど強くなる。だから時間が欲しかったわけ』

「先ほどの自爆の罠《わな》、あれはあなたの仕業ですか？」

『ユウがそう仕組んだわけじゃないよ。オプションドラゴンが自分でそう判断しただけで。かなりの確率でそうなることは予想していたけど』

「オプションドラゴンは、あなたの作品だったのですね」

『正解。簡単にわかるクイズだけどね』

人間が竜の変種を作り出す……まるで遺伝子工学の世界みたい。

そして、それができてしまうイシュルバーグ伯爵さんは、本物の天才というわけね。

『でも、オプションドラゴンとエリーゼたちがこの世界に飛ばされたのは本当に偶然だよ。そこは誤解しないでほしい』

「偶然オプションドラゴンが飛ばされたこの世界には、なぜか地下に大量のマナが溜まっているポイントがあった。ならばそこで、徹底的に強化されたオプションドラゴンの強さを確認したい。そういうことですか？」

『正解だね。さすがはエリーゼだな。生まれがいい大貴族の正妻様ともなると頭のデキが違うね』

「茶化さないでください！」

エリーゼさんが、イシュルバーグ伯爵さんに怒るのは当然か。

私たちを利用して、自分が作った生物兵器の性能実験をしようとしているのだから。

『でもユウは、そこまで壊れていないから。誰も死なないようにコントロールするし、ちゃんと元の世界に戻すよ』

「では、どうして私たちを閉じ込めるのです？」

『もしヴェンデリンだけで戦うとあっという間に終わってしまうかもしれないから、彼に足かせをつけることにしたんだ。エリーゼは戦闘力が皆無に近いけど、治癒魔法と強固な『魔法障壁』があるから、ヴェンデリンがエリーゼを気にせず戦えるので駄目。マヤとハルナが適任かなと思ったけど女性だからね。それでシンゴとタクマにしたわけ。実は四人が装備している武具もユウが改良しているから、その性能試験も兼ねたってわけさ。なにより一番の理由はね……ヒロインを救うべくオプションドラゴンと戦う騎士たちって構図が一番しっくりくるから。男は戦えってわけ』

どこまでが本気でどこまでが嘘《うそ》か、よくわからない言い分だけど、要するに自分の発明品の性能試験をヴェンデリンさんたちでやっているというのは理解できた。

他人の迷惑なんて考えない、人としてはどうかと思うけど、天才となんとかは紙一重の実例みたいな人ね。

「……人生の最後に、あなたを大きな神の試練が襲うでしょう」

『ははっ、それはいつになるんだろうね？　少なくとも、あと数万年は先かな？』

神官でもあるというエリーゼさんの忠告も、すでに人間の常識を逸脱しているイシュルバーグ伯爵さんには通じなかった。

「……性格、悪っ！」

「本当ね」

イシュルバーグ伯爵さんには私たちを殺すつもりなんてないと思うけど、まるで人をモルモットみたいに扱って、しかも私たちを閉じ込めたまま。

性格が悪いと思われても仕方がないと思う。

「そう、あなたの都合どおりにはいかないわよ！」

そう言うと、黒木さんは持っていた槍でピンク色の壁に渾身《こんしん》の一撃を加えた。

この、イシュルバーグ伯爵さんが作ったと思われるピンクの檻《おり》を破壊しようとしているのだ。

壁自体は柔らかいし、開いた覗き穴のおかげでそれほど分厚くないこともわかった。

魔力を込めた槍の一撃で、どうにか脱出できないかと試したのね。

黒木さんも大胆というか、決断が早いというか。

『危ないよ、マヤ。外にはオプションドラゴンもいるし』

「一宮君とヴェンデリンさんに合流すればいい。オプションドラゴンは、パワーアップに夢中だから私たちなんて無視か、分身体で攻撃してくるはず。それなら振り切れるわ」

黒木さん、江木のことを忘れないであげて……。

『合流してもマヤじゃあ戦力にならないよ。それどころか、足手纏《まと》いになりかねない』

「かもしれないけど……あんたの思いどおりになるのは嫌！」

黒木さん、私が思っていた以上に気が強いのね。

槍を構えた彼女は、ピンク色の壁の同じ部分を、立て続けに何度も攻撃し続けた。

ところが、何度攻撃してもピンクの壁には傷一つつかない。

壁自体がとても柔らかく、槍の穂先が跳ね返されてしまうのだ。

『ちなみに、この『肉の部屋』もユウの作品なんだ。生きている壁。常人は壁や天井の素材をなるべく堅くしようとするけど、ユウは生き物の筋肉の柔軟さに目をつけたわけだね。もう一つ、この材料はエリーゼにえらく執心しているから、決して逃がさないだろうね』

「私に執心？　まさか！」

エリーゼさんは、なにか心当たりがあるのかしら？

『どうせ彼は捕まったら縛り首じゃない。だからユウが別の形で生かしてあげようと思ってね。もう一人はエリーゼの入れ知恵で、ヴェンデリンに倒されてしまったからさぁ』

「ブレンメルタール侯爵があんな化け物になったのも、あなたの仕業だったのですね。そして、この肉の部屋の材料は……」

エリーゼさんの口調と表情がますます険しくなる。

どうやらエリーゼさんは、元いた世界でもイシュルバーグ伯爵さんの試作品の被害に遭ったみたい。

それなら怒って当然よね。

『あの男をそのまま生かしておくと、世間の多くの女性に迷惑がかかるから、女性を閉じ込めておくことしかできない肉の部屋に改良したんだよ。本人は案外喜んで……さすがのユウも、肉の部屋になってしまった彼の気持ちはわからないけどね』

「そういうことでしたか……」

イシュルバーグ伯爵さんの性格があんまりすぎて、エリーゼさんはもはや呆《あき》れ返っているのかも。

それ以上、彼女に言い返さなくなってしまった。

「駄目ね……。何度同じ場所を突いても、傷一つつかない」

黒木さんは、息が切れるまでピンク色の壁に攻撃を続けたが、結局傷一つつけられないまま疲労困憊《こんぱい》し、息を切らせて膝をついてしまった。

「はぁ、はぁ。イシュルバーグ伯爵は生物の改良が得意みたいね。遺伝子工学の賜物《たまもの》かしら？」

『この世界だとそういう名前の学問なんだね。ユウは天才だから、竜や魔物の改良もお手のものってわけ。不得意な分野はなく、ユウはすべてが得意分野なのでぇ――す』

この状況で、冗談交じりに半分人をバカにしたような言い方。

それは、ヴェンデリンさんが彼女を嫌うわけね。

「生物の改良が得意なのですか。ちなみに、アンデッドの改良は難しいですか？」

『エリーゼ、ユウに不可能はないさ。アンデッドになっても、魂は『底』に残っているからね。魂が持つ情報の書き換えを行って、いつもと違う行動をさせることも可能さ』

「古代竜もですか？」

『むしろ、ああいう永遠に近い時を生きる生物の方が改良しやすいのさ。あの手の生物はなまじ自分が長生きなものだから、死んでからも生への未練が強く、魂が死体の『底』に残りやすい。魂があれば書き換えができる……ああっ！』

イシュルバーグ伯爵さんは、なにかを思い出したような声を出した。

『死んで朽ち果ててからも、しばらく魂が骨に残っていた古代竜がいたね。ちょっと試しに過激な情報を書き込んでみたら、人が沢山住む場所を目指して移動しちゃったんだ。あれは、ヴェンデリンが倒したんだよね？』

「やはり……」

「エリーゼさん、なにかこのマッド女の犯行に心当たりでも？」

息切れから立ち直った黒木さんが、エリーゼさんに質問した。

どうやらピンク色の壁が壊せなかったことを根に持ったようで、イシュルバーグ伯爵さんをマッド女呼ばわりしていた。

「ええ。その昔、私とヴェンデリン様が十二歳の頃……」

お兄さんの結婚式のため、魔導飛行船……魔法で動く飛行船かな？　……で王都に向かっていたヴェンデリンさんが、骨だけになった古代竜という強い竜と遭遇。

それを見事ヴェンデリンさんが倒し、そのおかげで彼は王都で有名人になり、貴族に叙され、エリーゼさんと婚約したのだそうだ。

『覚えてるよ。実はね、あの古代竜の骨はちょっと暴走しちゃってね。あのまま放置していたら、もっと大暴れしてその被害もバカにならなかったはず。じきに王都も破壊しただろうね。あいつは死んでいたから、生きている人間が、それもあんなに沢山いれば憎しみも増すってものさ』

「あなたという人は！」

イシュルバーグ伯爵さんが、ただ自分の好奇心を満たすためだけの実験で、多くの人が殺されるところだったのだ。

たまたまヴェンデリンさんがいたからよかったものの、いなかったら大災害になっていたはず。

「ヴェンデリンさんに、わざと古代竜とやらをぶつけようとしたの？」

『マヤ、ユウはそこまでヴェンデリンに興味ないから。エリーゼ、もしかしてあの事件のせいでヴェンデリンと婚約する羽目になったから怒っている？　実は他に想《おも》い人がいたとか？』

この人、本当にデリカシーの欠片《かけら》もないな……。

さて、エリーゼさんがどう答えるのか、興味深くうかがっていたら、彼女は満面の笑みを浮かべた。

見ているこちらまで嬉《うれ》しくなりそうな笑顔だ。

「イシュルバーグ伯爵様、あなたがろくでもない人なのは事実ですが、一つだけとてもいいことをしてくれました。それは、私とヴェンデリン様を出会わせてくれたことです。私は、あの方と出会い、おつき合いをし、結婚できたことを人生最良の幸せだと思っています。後悔したことなど一度もありません。私は、あの方の妻になれてよかったと心から思っています」

『言い切るね……』

エリーゼさんは恥ずかしげもなく、嬉しそうにそう言い切った。

「いいなぁ、私もそんな風に言ってみたい」

黒木さんだけじゃなく、私も将来、結婚相手のことを聞かれたらそう言ってみたい。

それが信吾ならもっといいかな……なんて思いながら、黒木さんを見ると、彼女も同じことを考えていそうね……。

『でもさ、こう言ってはなんだけど、ヴェンデリンよりもいい男なんて沢山いるじゃない。エリーゼなら王子様とでも結婚できそう』

イシュルバーグ伯爵さん、本当に意地悪だな。

「そんな人には興味ありません。どうしてヴェンデリン様がいいのかといえば、それはヴェンデリン様だからなのですから。そういう気持ちがわからないから、あなたは結婚もできないのでしょう。お可哀想《かわいそう》なことで」

エリーゼさん、意外とエグいことを言うな。

でも、見事な反撃だと思った。

『うぐっ！　実はちょっと気にしていたことを！　あと、ユウがいまだ女になれていないという、ちょっと悲しい事実も』

そんな情報、私は知りたくなかったな……。

この人、いくつなのかよくわからないから、どう返せばいいものやら。

「ご自分でお作りになられたらいかがです？　理想の恋人、旦那様を。天才、なのでしょう？」

またもエリーゼさんの毒舌が、見事イシュルバーグ伯爵さんに直撃した。

よほど腹に据えかねていたのか、普段のエリーゼさんなら決して言わなそうな言葉だ。

でも、ここには女子しかいないからなぁ……女子だけだと結構過激なことを言うから。

『男性は、活《い》きのいい天然物がいいなぁ……。とにかく！　君たちはそこで大人しくしていてね。そのうち、ヴェンデリンたちがオプションドラゴンと戦う。ユウがその戦闘データを取る。これで終わりだから』

というか、そんなことをしてなにになるのだろうか？

改良品を作って、それをどこかの国に兵器として売りつける？

「死の商人？」

『死の商人って、武器を売りつけて儲《もう》ける人たちのことかな？　ユウは普段引き籠っているから、そういう連中とのつき合いはないし、そんなつもりはないよ』

「では、どうしてそういうことをするのですか？」

『どうしてか？　それはね、エリーゼ』

イシュルバーグ伯爵さんは、エリーゼさんの質問に答えるように生い立ちを含む自分のことを話し始めた。

『ユウは、物心ついた頃から本を読み漁《あさ》るのが好きな子供だった。どんな本でも一回読めば理解して忘れない。特に興味を持ったのが魔導技術だったから、ある程度知識を得てからは発明に没頭したのさ。魔法使いとしての才能もあったからね。研究をして新しい発明品が出来上がるのが嬉しかったんだ。これは今もそうだよ。ユウは発明すること自体が好きなんだ』

一方、家族はみんな平凡な人たちだったそうで、下級役人の父、専業主婦の母と、兄二人。

まだ幼い自分が新しい発明をすると、両親は驚き、喜び、その成果を次々と世間に発表した。

『凡人で出世にも縁がなかった父は、ユウのおかげで大出世して、富を得て。母も兄たちも喜んでユウが研究に没頭できる環境を作った』

天才少女であった彼女は、十二歳の時に伯爵の爵位を得た。

大金持ちになった家族は喜び、ますます彼女が研究に没頭できる環境を作り出した。

「だから、イシュルバーグ伯爵様は後世の人たちから男性だと思われていたのですか……」

高名な天才発明家が、若い女性だとはなかなか思わないか。

『影武者を兄に頼んだからね。ユウは研究は好きだけど、公の場に出るのが苦手だったんだ。兄がそういう場に出てくれたから、みんなユウが男性だと思ったわけ。古代魔法文明崩壊後の時代になると、わずかな資料と伝聞のみだから余計にかな？』

ヴェンデリンさんとエリーゼさんのいた時代になると、優秀な魔導技術者が女性なのを許せない風潮になっていたから、イシュルバーグ伯爵さんが女性だと思う人すらいなくなった。

最近の日本では男女平等が叫ばれているけど、それにはまだほど遠いと思われている。

エリーゼさんのいる世界では、余計にそうなんだろうね。

だから最初、ヴェンデリンさんがイシュルバーグ伯爵さんと出会った時、彼女が女性なのを知って驚いたのね。

きっと、イシュルバーグ伯爵さんは男性だという先入観があったんだろうね。

ただこれは、ヴェンデリンさんのせいではなく、イシュルバーグ伯爵さんが男性だという資料しか残っていなかったからだと思う。

『ユウは新しい研究ができればよかった。家族はそれをフォローした。あの大崩壊の直前、家族はユウが得た地位と財力に踊らされておかしなことになっていたみたいだけど、別にユウは気にしなかった。怪我や病気と違って治せるものでもないし、ユウは研究だけが楽しみで、それだけがあればよかったから』

ところが、大崩壊の原因となった危険な実験への参加を国から命令された。

家族も反対せず、むしろ積極的に貢献するようにと言われ、彼女は断れなくなってしまった。

だけど、実験が大失敗するのがわかっていたイシュルバーグ伯爵さんは、別次元に研究室と自分の新しい体を準備して破滅の時に臨んだ。

『偉大な文明はすべて滅んだけど、人間が滅んだわけじゃない。一万年ほどで大分回復したみたいだし、ユウは時間の流れすらない別の次元の空間に居を置いて、そこで研究に没頭した。ユウはこの生活を気に入っているんだよ。完成したものを他人に披露して称賛を受けることにはさほど興味がないけど、作ったものの性能は試したいじゃない』

「アンデッド古代竜と、オプションドラゴンですか？」

『そう、アンデッド古代竜の方は簡単な加工しかしていなかったから、まだ子供だったヴェンデリンに倒されちゃったね。だからというわけじゃないけど、ユウの最新作、オプションドラゴンとヴェンデリンの戦いは楽しみだね』

「あなたは！」

『ユウに、正義感とか、倫理とか、道徳とかを説いても無駄だよ。ユウは今、強い改良生物の研究をしているだけだから』

「完全なるマッドサイエンティストね……」

『マヤとハルナの世界では、そう呼ぶのが正しいのかもね。否定はしないよ』

研究と成果の性能確認にしか興味がなく、そのためなら人が死んでも仕方がないと思えてしまう。

きっと、イシュルバーグ伯爵さんは天才なんだと思う。

本物の天才っていうのは、いちいち他の人の迷惑なんて考えないで突っ走るからこそ、多くの成果を出せてしまうものなのだろうから。

『安心して。ユウもそこまで非情じゃないから。もしヴェンデリンがオプションドラゴンに負けそうになったら、ちゃんと戦闘を中断してあげる。死なれると、また別の機会にユウの発明品を実験してもらえなくなるからね。でも、ヴェンデリンとオプションドラゴンが戦うことは止めないからね。三人は、その中で大人しくしていてくれないかな？』

「くっ……」

「エリーゼさん、この生き物の檻、いくら攻撃しても一時的に凹《へこ》むだけで傷一つつかないわ。どうやって脱出すれば……」

試しに私も攻撃してみたけど、ピンク色の壁はまるで分厚いゴムを攻撃しているみたいで、こちらの攻撃を跳ね返して傷一つつかなかった。

「こうなったら、ヴェンデリンさんと一宮君に期待するしかないのかしら？」

「私がいないと、ヴェンデリン様は回復手段に制限が出てしまいます。どうにかここを脱出して合流しなければ……」

エリーゼさんは、限られた回復手段しか持っていないヴェンデリンさんのことが心配で堪《たま》らないようだ。

でも私は、ほぼ素人なのに彼と行動を共にし、オプションドラゴンと戦わされるかもしれない信吾の方が心配だ。

「信吾……」

私は信吾の無事を祈りつつ、どうにかこの生き物の檻から脱出する方法を考え続けるのであった。

第十一話　男三人VSオプションドラゴン

「あのクソ女！　ようやく正体を現したな！」

「榛名《はるな》たちは大丈夫かな？」

「あの手紙が事実なら大丈夫だと思う」


俺、信吾《しんご》、拓真《たくま》の三人は、この洞窟の最深部に向けて全力で走り続けていた。

途中、俺たちを足止めするため、多数のオプションドラゴンの分身体が邪魔をしてくる。

オプションドラゴンの意図は明確だ。

現在、懸命に大量のマナを吸収しパワーアップを図っているオプションドラゴン本体は、一秒でも多くの時間が欲しい。

だから俺たちの移動を、分身体で邪魔しているわけだ。

取り込んだマナの量より少ないマナを用い、時間稼ぎ用の最弱に近い分身体を多数配置している。

俺の大した威力でもない魔法、信吾の弓、拓真の大剣の一振りで簡単に倒せてしまうので、俺の推測は間違っていないはずだ。

それよりも問題なのは、ついにあのクソ女が本性を現したことだ。

エリーゼたちを人質にし、俺に自分の研究の成果であるオプションドラゴンと戦わせる。

ちゃんと戦えばエリーゼたちは解放すると、気を失っていた俺たちの傍《そば》に置かれていた手紙には書いてあったが、俺は基本的にあの女を信じていない。

あいつは自分の研究のためなら、普通の人間が持っているはずの常識や倫理観を忘れてしまうタイプの人間であり、ようするに純正のマッドサイエンティストだ。

エリーゼたちが変な実験の材料にされる前に、どうにかして救い出さないと……。

「最初に顔を合わせた時から嫌な予感がしてたんだ。あいつ、性格悪そうだからな！」

そう言い終わるのと同時に、俺は進路を塞《ふさ》いだ分身体の頭部を『ファイヤーボール』で消し飛ばした。

やはり分身体は体の密度が低く、防御力がないに等しいので、簡単な攻撃で倒されてしまう。

それでもブレス攻撃は厄介だし、倒さなければ俺たちは先に進めないので、マナを極力節約しつつ時間稼ぎするにはオプションドラゴンにとって最適な戦術というわけだ。

「あのオプションドラゴンが、イシュルバーグ伯爵が作った実験体かぁ……物語の世界だね」

「綺麗《きれい》な人なんだけどな」

「拓真、相変わらずだね……でも事ここに至っては、綺麗とかそうじゃないとか関係ないと思うな」

「信吾の言うとおりだ。第一、あの女の体は作り物だぞ。本来の顔や体があれと同じだったという保証はない」

どうせ本当の体は吹き飛んだから、今の、スタイルがよく綺麗な顔にしたのかもしれないのだから。

あんなクソ女、きっと性格に比例して本当の容姿も酷《ひど》かったはず。

「整形みたいなものか。体は作り物らしいけど……本物と差がなければ人工物でも……」

「拓真、まだ隙《すき》あらばイシュルバーグ伯爵の胸でも触ろうと思ってたのかい？」

「んなわけあるか！　でも本物並みに柔らかいのかな？」

そんなことを言いつつも、拓真は全力で走りながら、自分の進路を塞ぐ分身体を大剣の一振りで真っ二つにした。

他人が見たらふざけた会話で隙があるように思われるであろうが、ちゃんとやることはやりながら走り続けていた。

でなければ、とっくに多数いる分身体に嬲《なぶ》り殺しにされているはずなのだから。

「ヴェル、今は分身体も弱いから、素人の俺と信吾でもこの武具の助けがあれば大丈夫だ。だが、今絶賛パワーアップ中の本体との戦闘では役に立てるかどうかわからないぞ」

「俺の後ろで、ダメージを受けないようにしててくれればいい」

あのクソ女、オプションドラゴンとの戦闘で俺に縛りをかけたな。

女性の赤井《あかい》さんと黒木《くろき》さんがいないのは助かったが、エリーゼがいないので無茶はできない。

それでいて、やはり戦闘経験がない信吾と拓真にも怪我《けが》をさせられないのだ。

これまでは武具の能力補正もあり、二人とも戦闘の素人にしては機敏に動いて分身体を複数仕留めていたが、果たしてオプションドラゴン本体との戦闘ではどうなることやら。

「あの自称天才のクソ女！　戦闘データ収集だかなんだか知らんが、俺たちを舐《な》めやがって！」

特に許せないのは、洞窟崩壊のドサクサを利用してエリーゼたちを拉致しやがったことだ。

あとで必ず後悔させてやる！

「あの姉ちゃんにしてやられちゃったな」

「エリーゼを返しやがれ！　あのクソ女！」

「榛名たち、大丈夫かな？」

俺が愛妻であるエリーゼを一番心配するように、信吾も一番に赤井さんの名前を出すってことは、彼女のことが好きなのか？

いや、この状況でも『たち』とつけるところが、如才ない信吾らしいとも言えるか。

「ヴェルはやっぱり、奥さんが一番大事なんだな」

「拓真はどうなんだ？」

「俺はすべての女性を平等に大切に思っているから」

三人の中に愛する女性がいない拓真だからこその言い方だな。

「俺からしたら、三人とも同じくらい心配とかあり得ないけど」

「えっ、そうなの？　ヴェル」

「当たり前だ」

赤井さんと黒木さんが心配じゃないとは言わないが、やはり最優先はエリーゼだ。

誰だって、ここ数日で仲良くなった友人よりも、愛する妻の方が大切だと思うはず。

「それはそうだ。じゃあ信吾も、赤井と黒木さんのどちらが心配か言ってみな」

「それはだね……」

拓真の追及で、信吾はタジタジになってしまった。

「拓真こそどうなんだよ？」

「俺はあの二人もエリーゼさんも、あくまでも異性の友人を救いに行くというスタンスだから」

「あっ、ずるいぞ、拓真！　お前、実は榛名が好きなんだろう？　わかってるぞ」

「信吾はわかってないな。俺は榛名みたいなチンチクリンはタイプじゃないっての。友人ではあるがな。俺は他の学校の子が好きだから。その子が人質になっていれば最優先で心配したと思うぞ」

さすがは、サッカー部のエースとかいうリア充。

堂々と、自分には好きな女の子がいると言い切ったな。

これまでの女性陣に対する態度は、彼なりのコミュニケーション手段というわけか。

「それで、信吾君はどちらが好きなのかな？」

「それは……」

俺と拓真で信吾をからかっていたら、意外と早く地下洞窟の最深部に到着した。

どうやら出来上がったばかりの洞窟のようで、作業が完了したと思われる分身体が持ち場を離れ奥へ向かって飛んでいた。

広さは、先ほど分身体の自爆で崩壊した広間よりも大きい。

つまり、オプションドラゴンは戦闘する気満々というわけだ。

「オプションドラゴンめ！　充電も終わり、戦う準備は万端ってわけか」

「ああ。奴の下にマナの流れがある。それもかなりの量のな」

拓真の指摘どおり、大量のマナを吸い上げ、オプションドラゴンは力を蓄えていた。

マナ溜《だ》まりの上に鎮座し、俺たちを確認してもすぐさま攻撃を仕掛けてこないということは、まだ満充電ではないのか？

「まるで、携帯電話の充電みたいだね」

「もの凄《すご》く的確な例えだな」

充電器の上に載っている携帯電話のようなもの、という信吾の例えは言い得て妙であった。

などと言っているうちに満充電となったのか、鎮座したままのオプションドラゴンは次々と分身体を発生させ、こちらを攻撃してきた。

「数が多いな……」

「それでも、急所を狙えば！」

素早く信吾が放った矢は分身体の目に突き刺さったが、致命傷には至っていない。

「ギャア――――！」

片目を射抜かれた分身体はその痛みからであろう、俺たちに向け憎悪が交じった鳴き声をあげた。

先ほどの分身体よりも体が硬く、かなり防御力が高い。

分身体を作る際に使うマナの量を増やしたのであろう。

「戦法を変えたな」

ここに辿《たど》り着くまでは、弱い分身体を多数出す戦術で俺たちを足止めしていたが、今はこれまでに溜めたマナを惜しみなく使って、強い分身体を出している。

「ヴェル！　同じ分身体なのに硬いぞ！」

拓真が、信吾の矢で目を射抜かれた分身体の首に大剣を振り降ろしたが一撃では殺せず、分身体は首から血を吹き出しながら拓真に反撃しようとした。

彼は慌ててそれを回避する。

「分身体なのに、血が出るって不思議だけどっ！」

もう一撃、信吾がもう片方の目を矢で射抜いたところで、ようやく分身体を一体倒すことに成功する。

このままでは、俺たちの苦戦は必至だ。

「あのクソ女！　俺たちが苦戦した方が戦闘データも集めやすいってか！」

俺も、小さくしながらも密度を増した『ウィンドカッター』で分身体の首を刎《は》ねるが、やはり先ほどの分身体よりも硬い。

時間稼ぎ用であった、これまでの分身体とは比べものにならない強さだ。

「ヴェル、派手な魔法で全部吹き飛ばせば？」

「それは無理だ」

この密閉空間で高威力の魔法を炸裂《さくれつ》させると、再び天井が崩れる危険がある。

そしてこの地下洞窟最深部の真上は、俺の計算だとあの無人島ではなく、その周囲にある海のはずだ。

「もし魔法で天井を破ったりしたら、そこからここに海水が流れ込んで、俺たちは死ぬぞ」

「魔法でなんとかならんのか？」

無理をすれば呼吸は確保できるが、実はもう一つ問題があった。

「その間に分身体に襲われた場合、最悪俺は自分の安全を確保するため、信吾と拓真を見捨てなければならなくなるかもしれない」

酷い話だが、自分の安全を優先するために他人を見捨てる選択肢ってのも、冒険者には必要というわけだ……ああ、大貴族もか。

貴族は常に、自分が生き残ることを優先しなければならない。

自分のためだけではなく、養っている多くの家臣、領民たちに責任がある立場だからだ。

「しかも、エリーゼたちがどこにいるかわからん」

もしここに海水が流れ込んだとして、あのクソ女がエリーゼたちを見捨てたらどうするのか？

性格が悪いあのクソ女ならやりそうなので、高威力の魔法で一気に吹き飛ばすというのはなしだ。

「じゃあ、どうするんだ？」

「当然、本体を狙うさ」

充電器の上に載った、携帯電話状態のオプションドラゴン本体を倒す。

そうすれば、分身体も動けなくなるか消滅してしまう運命だと、俺は拓真に説明した。

「それって、かなり難しいんじゃあ……」

残念ながら、信吾の予想は当たっている。

試しに俺が再び密度を増した『ウィンドカッター』で一番奥に鎮座する本体を狙うも、分身体が身代わりになって、俺の企《たくら》みは阻止されてしまった。

やはり、本体が鎮座する奥まで突入しなければ駄目だ。

だが、戦闘ではほぼ素人、あのクソ女が用意した能力補正が入る武器と防具で辛うじて戦えている二人を参加させるわけにはいかない。

かといって二人を置いていくと、この二人は強化された分身体に殺されてしまうだろう。

「俺たちって、実は足手纏《まと》い？」

「あの人、そこまで計算していたのか……」

「なるべく俺とオプションドラゴンの戦闘力を、互角に持っていきたかったんだろうな」

あのクソ女め！

俺一人に戦わせると、速攻でオプションドラゴンを始末してしまうかもと思ったのであろう。

せっかく作った作品なので、呆気《あっけ》なく倒されてしまうのは嫌だというわけか。

相変わらずの性格の悪さだ。

「さて、どうするか……」

作戦を考えている間、信吾と拓真を『魔法障壁』で守りつつ、攻撃してきた分身体を次々と魔法で倒していくも、向こうはマナ溜まりからいくらでも分身体を作れる状態だ。

じきに俺の方がジリ貧になってしまう。

遠距離からの魔法による狙撃では分身体に防がれてしまうので、とにかく本体に接近しなければ俺たちの勝利は覚束《おぼつか》ないであろう。

「あのクソ女！　実はとんだ女好きなのかもな」

「えっ！　そうなの？」

「怪しいと思う」

男性三人にはここで死んでもらい、あとは残ったエリーゼたちを手に入れる。

実は、そんな意図があるのかもしれない。

「いや、待てよ……実は女装している男性だったとか？　魔道具で変装しているとしたら中身がおっさんということもあるか？」

「そう言われると、なんか怪しい感じがしてきたな」

「がさつで、ずけずけくるからね。エリーゼさんや黒木さんとは大違いだ」

信吾、そこに赤井さんを入れないのは問題ないか？

『こら！　人聞きの悪い！』

三人でイシュルバーグ伯爵同性愛者説、実は男性説について話し合っていたら、どこからか彼女の声が聞こえてきた。

魔法か魔道具を使用して、声を拡大しているのだと思う。

『ユウはちゃんと女の子だから！』

「なにが『女の子』だ！　一万歳超えのくせに！」

俺はこの女が気に入らないので、話をすると必ず喧嘩《けんか》腰になってしまうな。

「あのさ、あまり彼女を刺激しない方が……榛名たちは人質に取られているようなものだし……」

「そうだな。性格が悪くて、中身おっさん疑惑には同意するけど」

そう信吾たちに指摘され、俺は彼女を挑発するのをやめた。

まずは、どうにかしてオプションドラゴンを倒し、エリーゼたちを救出せねば。

『ユウは永遠の十八歳だから。それよりも、ちょっと想定外だったかも』

「想定外？」

『オプションドラゴンに改良するため利用した素材が飛竜だったから、そこまでの性能アップは期待していなかったのだけど、思った以上にマナを溜め込む量と速度が凄かったみたい。ユウが天才だから、性能アップしすぎたんだね』

「死ね……」

喧嘩腰にはならないと決めたはずが、クソ女のあまりの言いようについ暴言が出てしまった。

このくらいなら、言っても罰は当たらないはずだ。

というか、オプションドラゴンって飛竜の改良生物だったのか。

全然、原形が残っていないじゃないか。

『忠告しておくけど、このまま君たち三人で戦っていると詰むよ』

「わかってるっての！　そもそもお前のせいだろうが！」

むしろ俺一人なら、とっくに本体を倒せていたんだよ！

信吾と拓真を見殺しにするわけにもいかず、だから人が苦労しているってのに！

定期的にマナが補充できるオプションドラゴンは、再び本体をギリギリまで弱体化させるくらい大量のマナを使い、防御に回す分身体の数を増やし強さを強化した。

本体を『探知』で探るとえらく脆弱《ぜいじゃく》になっていて、信吾が急所に矢を一発当てれば死んでしまうであろう。

まあそれをしようとすると、多数いる分身体がその身を呈して守るので、本体への攻撃は非常に困難な状況ではあったのだが。

「あいつ、俺たちがヴェルの足かせになっていると理解して、それなら自分に突進はしてこないだろうと判断して戦法を変えた？」

「かもしれない……」

クソッ！　悪知恵の働く、作った奴によく似た性格の悪い竜だな。

さて、これはどうしたものか……。

「ヴェル」

「なにかいい策でもあるのか？　信吾」

信吾というか本物のヴェンデリンだが、俺よりも頭はいいので、エリーゼたちに被害をもたらさずにオプションドラゴンを倒す方法を思いついたとか？

「もうこれは、三人で突っ込むしかないよ。このままだと時が経《た》てば経つほどジリ貧になるし、僕が本体にトドメを刺せばいいんでしょう？」

「確かに、それは可能だな」

オプションドラゴンが俺たちの様子から戦法を変更したことで、本体が脆弱になったのは確かだ。

「つまり、このまま三人で固まって本体に突撃。最後に僕が矢で本体を狙撃すれば勝てる」

「それしかないか……。信吾、俺はなにをすればいい？」

信吾の作戦に同意した拓真が、自分の役割を彼に聞いた。

「魔法を撃ち続けるヴェルと、同じく僕も本体に辿り着くまでは矢で分身体を一体でも減らさないと駄目だから、拓真は自分を守りつつ僕たちのカバー、ヴェルと僕を狙う分身体の始末だね」

「オーケー！　ここでどうしようか悩んでばかりいても事態は解決しない。ヴェル、信吾。この武具もあるから、素人なりにやってやるぜ」

こういう時の思いきりのよさは、エルを思い出すな。

信吾も世界は違えど、似たような奴を友達にしたのか。

「そうだね。早く榛名たちを助けないと」

「それなんだが、やっぱり俺たちはオプションドラゴンを倒さないと駄目なんだろうな。見えないか？　あそこ」

拓真が示したオプションドラゴンの本体後方にある岩壁、その一部が不自然にピンク色であった。

あからさまに怪しく、もしかするとそこにエリーゼたちが閉じ込められているのか？

「ヴェルは見えるの？」

「見えるな」

そういえば、前世の俺はあまり目がよくなかったからな。

だから信吾には、数百メートル以上先の岩壁の一部なんて見えないのだろう。

一方、田舎育ちのヴェンデリンは目がよかった。

その視力を受け継いだ俺には、ピンク色の岩壁の一部がよく見えた。

「拓真も見えるんだね」

「俺、視力2・0以上だから」

「なるほど、拓真は信吾と違って勉強しないから目がいいんだな」

「事実だが、ヴェルは失礼だぞ」

「おっと、こんな無駄話をしている場合ではない！　全員、突撃！」

「誤魔化された！」

拓真の苦情は無視し、俺たちはオプションドラゴンの本体に向かって突撃を開始した。

すぐにその進路上を多数の分身体が塞ぐが……。

「魔法乱れ打ち！」

「ていっ！」

「でやっ！」

俺は魔法を連発し、信吾は矢を放ち、拓真は大剣を振るって分身体を倒していく。

「やっぱり硬《か》ったいなぁ！　ヴェルがいなければ無理だ、これ！」

「後ろも怖いし……」

「後ろは見るな、信吾！」

後方から俺たちに向けてブレスを吐いてくる分身体は、『魔法障壁』で防ぐだけで無視していた。

信吾が『魔法障壁』にぶち当たるブレスを見て恐怖しているが、気にしている場合じゃない。

多少攻撃の手が増えたとはいえ、やはり二人を守りながら本体を目指すってのは、魔法のコントロールも含めて面倒なのだ。

「『魔法障壁』で全面を覆って、前進だけするって手は？」

「無理だ！　すぐに動けなくなるぞ」

オプションドラゴンもバカではないので、多数の分身体が『魔法障壁』に群がって俺たちは身動きが取れなくなるであろう。

攻撃は防げても、分身体の重さは『魔法障壁』では対応できない。

危険だが、今は進路上の分身体のみを倒しながら前にいる本体を目指すしかないのだ。

「ヴェル！　予備の矢！」

「ほらよ！」

信吾もそんなに大量の矢を抱えて走れないので、俺が魔法の袋から予備の矢束をタイミングよく彼に放り投げた。

「うわぁ――――！」

「どけ！　拓真！」

一瞬、進路上の分身体が下がったと思ったら、横並びになって一斉に火炎のブレスを吐いてきた。

俺は慌てる拓真の前に出てから、もう一つ壁型の『魔法障壁』を展開してブレスを防ぎつつ、横並びになった分身体の足元から『火柱』を立たせて始末した。

「器用だね」

「自然とできるようになったのさ」

「普段、どんな生活してるの？」

「魔法頼りの部分が多い生活」

「（僕、こっちの世界に飛ばされてよかったよ……）」

「信吾、なにか言ったか？」

「ううん、拓真の気のせいじゃないかな」

信吾が魔法の同時展開を褒めてくれたが、同時に三つの魔法コントロールくらいできなきゃ師匠に叱《しか》られるからな。

「もうすぐだ！」

「あれ？　焦っている？」

信吾に竜の表情なんてわかるのかなと不思議に思ったが、確かに俺たちが接近すると、本体はわかりやすいくらい焦っていた。

きっと、オプションドラゴンは戦術を誤ったと感じたのであろう。

「オプションドラゴンの欠点は、一度出した分身体を本体に再吸収できないってとこだろうな」

もしそれができるなら、今すぐまだ多数残っている分身体を呼び寄せ、本体を強化してから俺たちに対抗するはず。

「分身体が本体を守ろうと再集結する前に倒すぞ！」

「「おお――――っ！」」

これまで本体に辿り着くのを最優先にしていたので、まだ多数の分身体が生き残っていた。

本体との合体は不可能だが、本体を囲んで守りを強化されると面倒だ。

まず俺が『ファイヤーボール』を放って、本体前にいた分身体を次々と倒していく。

さすがにこの状況で、『爆縮』を使うのは無理だな。

「少し残ったか」

「任せろ！」

すかさず拓真が大剣を振るい、俺が撃ち漏らした、本体と同一線上にいる分身体を倒していく。

たまにブレスを食らっていたが、これは武具の『魔法障壁』で防げていた。

拓真は素人ではあるが、攻撃のタイミングといい度胸といい、もし向こうの世界で生まれても優秀な冒険者としてやっていけるだろう。

「信吾！」

そういう部分も余計にエルに似ているな。

「いけぇ――――！」

俺たちと本体の間を妨害する分身体がゼロとなった瞬間、信吾が矢を放った。

武具による補正があるにしても、信吾の中身が本物のヴェンデリンなのは確かなようだ。

見事、矢は本体の額中央に深く突き刺さり、オプションドラゴンは断末魔の悲鳴をあげながらその生命活動を終えた。

「やった！」

「本当に分身体の動きも止まったな」

予想どおり、本体の死で多数の分身体もその場で生命活動を停止した。

マナが原料でも、分身体は血も出るから生物とそう変わらないのだろう。本体の死と共に消滅することはなかった。

まるで作り物のようにその動きを止めてしまったのだ。

「死んだ？　いや、止まったのか？　赤井たちを助けようと背中を向けたら、突然復活とかしないよな？」

拓真が心配そうに聞いてくる。

「それについては心配ないようだ」

なぜなら、イシュルバーグ伯爵からすれば、オプションドラゴンなどいつ壊れても構わない実験体、玩具《おもちゃ》でしかないのだから。

壊れればまた新しい実験体を作ればいいし、その時には今回データ取りに使ったオプションドラゴンのデータも参考になるというわけだ。

「あのクソ女は、研究のことしか頭にないのさ」

「さっきは、エリーゼたちを実験体にするかもとか、ボロカス言ってたけどな」

「あのクソ女がムカつけば儲《もう》けものくらいに思っただけだ。とにかく今最優先すべきは、本体の後ろにある『ピンク壁』からエリーゼたちを救い出すことだ」

「そうだね、急がないと。この距離になると、目が悪い僕にもわかる。あからさまに怪しいアレだろう？」

「俺は目がいいからすぐにわかった。あそこに、女性陣が閉じ込められているのか」

本体の後ろにある岩壁で、一部ピンク色になっている部分を再確認した。

自然物のわけがないし、ましてや鎮座していたオプションドラゴンの真後ろだ。

ここにエリーゼたちが閉じ込められていると俺たちは確信する。

「嫌だねぇ、マッドは」

「本当、ちょっと理解できないというか、研究しか友達がいない可哀想《かわいそう》な人とか？」

「信吾、お前、結構言うな」

拓真のマッドサイエンティスト呼ばわりが霞《かす》むくらい、信吾のイシュルバーグ伯爵に対する毒舌は激しかった。

やはり信吾は俺と入れ替わってから、真のリア充になっていたようだ。

天才でも、友達がいなそうなイシュルバーグ伯爵が哀れに見えるのであろう。

イシュルバーグ伯爵がもし学校に通っていたら、きっと友達は一人もできなかったに違いない。

うん、きっとそうだ。

『君たち、言いたい放題だね。でもユウは気にしないさ。人間はすぐ群れたがるよね。時に孤独に慣れ、楽しむことも必要ではないのかと言っておく』

「あっそう」

俺は別にこのクソ女の生き方に興味なんてなかったので、軽い返事だけでその言い分を聞き流してしまった。

「それよりも、どうやってあの中から救い出す？」

「まずは情報収集が先だ」

「どんなものかわからないと、助け出す手段が思いつかないものね」

倒したオプションドラゴンの死体の横を抜け、俺たちはピンクの壁まで移動する。

三人でその壁を突いてみると、これがまるでゴムのように柔らかい。

まるで生きているようだと思っていると、突然直径二十センチほどの穴が開き、そこからエリーゼたちの声が聞こえてきた。

「エリーゼ！　大丈夫か？」

「はいっ！　あなた！　ハルナさんもマヤさんも一緒です！」

三人とも無事でよかった。

穴を覗《のぞ》くと、エリーゼの元気そうな顔が見えた。

穴自体がとても小さいので、赤井さんと黒木さんは確認できないけど。

「信吾！　大丈夫？」

「武具が優秀だから助かったという感じ。拓真は大剣振るって大活躍だったけど」

「武具の補正って凄いのね」

「赤井がひでえ。俺も少しは素の能力で活躍したっての！」

「一宮君、大丈夫？」

「黒木さんまで……」

せっかく先陣を切って活躍したのに、赤井さんと黒木さんは信吾ばかりを心配していて、拓真がスルーされたのはちょっと可哀想だった。

「まあいい。この俺の活躍を篠原《しのはら》女子の沙織《さおり》ちゃんに伝えれば、俺はモテモテ……」

「信じてもらえないと思うけどね」

「江木《えぎ》君、次のサッカーの試合で活躍した方が話が早いわよ」

「そんなことはわかってるよ！」

またも女子二人に容赦なく突っ込まれ、拓真は涙目で言い返していた。

「それで、この不思議な壁だけどどう壊そうか？」

「一番重要なことを忘れてた」

「おいおい、拓真」

見た感じ、小さな穴以外に出入りできそうな部分はないな。

ピンクのまるで生きているような円筒形の檻《おり》が、岩の壁に埋まっているような感じだ。

「ていや！　うわぁ！」

「ああ、ビックリした！」

「いきなり攻撃するな！」

拓真がいきなり大剣でピンク色の壁に全力で一撃を加えたが、まるでゴムのようなので、拓真の体が勢い余って後ろに弾《はじ》き飛ばされてしまった。

「私たちも、同じことをして失敗したの」

「先に言ってほしかった……」

「聞いてから攻撃すればよかったのに……」

黒木さんも、持っている槍《やり》でこのピンク色の壁をぶち破ろうとして失敗したそうだ。

弾き飛ばされて後ろにひっくり返っている拓真が文句を言ったが、信吾も俺もいきなり攻撃を始めた拓真が悪いと思っていた。

「物理的な攻撃ですと弾かれてしまうようなので、あなたの魔法で焼き払った方がいいと思います」

「それしかないか」

エリーゼの作戦を受け入れ、俺は魔法剣の柄《つか》を魔法の袋から取り出し、炎の剣を作ってピンク色の壁を焼き払おうとした。

斬って駄目なら、焼いて穴を開ければいいのだ。

と、思ったのだが……。

「焼き切れない……」

このピンク色の壁、武具による攻撃ばかりか、火魔法ですらまったく通用しなかった。

さすがは、天才となんとかは紙一重な奴が作っただけのことはある。

「まるでこの檻は生きているようだな」

オプションドラゴンを作るくらいだから、生きた檻くらい奴なら作れるかもしれない。

「生きているなら、火魔法は通じるんじゃないかな？」

「そこは改造したんじゃねえの？　大半の生き物にとって、火はとても苦手なものじゃないか。それを克服できれば凄いって思ったんじゃない？」

『タクマが、その結論に至るとはねぇ……』

「いきなり声がしたと思ったら、すげえ失礼な発言」

またどこかから、イシュルバーグ伯爵の声が聞こえてきた。

『ははは っ、これでもタクマを褒めているんだけどなぁ。ユウの自信作、オプションドラゴンは呆気なかったねぇ……生存性を高めようと分裂機能をつけたんだけど、そうなるとマナの補充に障害が出て簡単に各個撃破されてしまう』

いやお前、そんなしょうもない反省会はあとでやってくれ。

「エリーゼたちを助けろ。もういいだろう？」

お前の研究対象はもう活動を停止したんだ。

早くエリーゼたちを趣味の悪いピンク色の檻から解放して、俺たちを元の世界に戻してくれ。

『とは思ったんだけど。ユウ、さっきオプションドラゴンが強くなりすぎたかもとか言っておきながら、簡単に撃破されて恥ずかしいなぁ、もう。そこで、第二ラウンドです』

このクソ女、本当に性格悪いな。

朧《おぼろ》げにそんな予感もしていたが、やはり天才なんて生き物はどこかタガが外れていやがる。

『ここは基本に立ち戻って、強固な個体を戦闘実験に投入しようと思う』

再戦決定か……このクソ女が！

「はんっ！　今度は合体して一体ってことか？」

『正解！　ヴェンデリンは勘がいいなぁ。ほら、ここに物理攻撃にも魔法攻撃にも強い、中心部に使えるものがあるでしょう？』

「まさか！」

信吾も気がついたようだが、この女、エリーゼたちを閉じ込めているピンク色の円筒形の檻を改造ドラゴンの胴体に使うつもりか？

『「こういうこともあろうかと」ってやつ？　今度の改造ドラゴンはひと味もふた味も違うから、頑張って戦ってね』

「なんて性悪女なんだ！」

「ヴェル、ここは一旦《いったん》退かないと！」

「岩壁が崩れるのに合わせて、天井の岩まで剥《は》がれ落ちてきた！」

どうやらイシュルバーグ伯爵は、岩壁に埋め込んでいたピンク色の檻を改造ドラゴンの本体にすべく、魔法で岩壁から引き出し始めたようだ。

ただの『念力』であの大きさの塊を、しかも岩壁に半ば埋もれていたものを簡単に引き出すなんて、彼女は魔法使いとしてもかなり優秀なようだ。

岩壁から引き出されたピンク色の檻は円筒形で、しかもかなりの大きさだった。

これが胴体になるということは、全体では相当な大きさになるはず。

「あのクソ女、かなり厄介だな！　あの重さの物体を魔法で軽々と宙に浮かせるなんて！」

「ヴェンデリンさん、私はその重量にまったく関係していないので！」

「私もですよ」

赤井さんと黒木さん、二人とも結構深刻な状況なんだが、俺の〝重さ〟発言に過剰に反応した。

まだ開いている穴から、『自分たちは重くない！』と大きな声で言ってくる。

やはり、若い女性は体重が気になるのか。

俺は別に、二人が重いなんて一言も言っていないのだが……。

「エリーゼは気にしていないのに……」

「私ですか？　別に太っていないと思いますけど」

エリーゼは別の世界の人間なので体重を気にしない――カタリーナは気にしているけど――ようだ。

そういえばエリーゼって、ダイエットするなんて一回も言ったことがないな。

全然太らない体質なのかもしれないけど。

『いつの世も、女性の悩みは共通だよね。さて、この胴体に廃物を合体させると。ほらこのとおり』

イシュルバーグ伯爵の合図で、先ほど本体を倒されて活動を停止した分身体が六体、宙に浮き上がり、ピンク色の胴体部分と合体。

頭、両腕、両脚、尻尾がまるで生えたように形成され、一体の巨大なドラゴンが咆哮《ほうこう》をあげた。

「そんな非常識な！」

胴体であるピンク色の檻は生きているとしても、すでに活動を停止していた分身体が新しいドラゴンの頭部や手脚になったうえ、動きを再開するなんて……。

完全に生物の常識を超えていると思うのだが。

『ユウ、天才だから』

「それで済ますんだ……」

『原理を説明すると三日くらいかかるけど、シンゴは知りたいの？』

「遠慮しておくよ」

俺だって、そんな無駄なことに時間を使いたくない。

イシュルバーグ伯爵の思惑に乗ってしまうのは癪《しゃく》だが、早く二体目のドラゴンも倒してエリーゼたちを救出しないと。

「なんて、話をしているうちに一撃だ！」

拓真が、いきなり改造ドラゴンに突進して、大剣の全力攻撃で右脚を斬り落とした。

「やったね。やはり分身体が材料になっている肢体の部分が弱いな」

拓真の予想は見事に当たったが、残念ながら胴体に閉じ込められている女性陣には大変不評だった。

「江木ぃ！　私たちを怪我させる気？」

「こんな巨大なドラゴンが倒れたら、胴体内にいる私たちが怪我するでしょうが！」

「タクマさん、考えなしに攻撃するのは感心できません」

「ボロクソ言われたぁ――――！」

下手に巨大な改造ドラゴンの脚を斬り落とすと、そのままバランスを崩して倒れてしまい、胴体内にいる自分たちが怪我をするじゃないかと、赤井さんたちが拓真に抗議する。

幸い、改造ドラゴンはバランスがいいようで、右脚を斬り落とされても平然と立っていた。

「拓真、攻撃するなら腕とか頭にしておけよ」

「俺じゃあ届かないって！」

魔法で飛べない拓真からすれば、脚か尻尾を攻撃するしかないのだが、尻尾は胴体の後ろにあるので、脚しか選択肢がなかったというわけか。

「ちなみに胴体は？」

「無理じゃないか？」

先ほど試しに攻撃してみたが、魔法攻撃ですら跳ね返されてしまうのでは攻撃のしようがない。

ならば頭部をと思い、俺は『ウィンドカッター』で改造ドラゴンの頭部を一撃で斬り落とした。

活動停止していた分身体が材料だからか、右脚同様、防御力が低いな。

「死んだか？」

「いや、そんなに甘くないんじゃないかな？」

信吾の予想は当たり、頭部を斬り落とされたのに改造ドラゴンは活動を停止しなかった。

すぐにその辺に転がっている別の分身体の死体を引き寄せ、それが新しい右脚と頭部に変形して回復してしまったからだ。

「つまり、この改造ドラゴンの本体は胴体で、頭部はお飾りみたいなものということか」

『正解！』

この女、いちいちどこかから口を挟んできてムカつく女だな。

自分が悪事を働いている自覚すらないのか！

『分裂機能で生存性に長《た》けたオプションドラゴンは失敗っぽいから、今度は完全生存性重視の改造ドラゴンというわけだね。攻撃力に関しては、これだけの巨体だからね』

「クソッ！　信吾も拓真も退《ど》け！」

「「了解！」」

頭部が簡単にすげ替え可能な分、改造ドラゴンはブレスが吐けないという欠点があるようだ。

となると、この改造ドラゴンの攻撃方法は、分身体でいくらでも回復できる尻尾を振り回すことによる攻撃が主になる。

まるで鞭《むち》のような攻撃が、俺の展開する『魔法障壁』に叩《たた》きつけられ、俺の魔力を徐々に奪っていく。

「こうすれば！」

信吾が矢を連続して放ち、改造ドラゴンの両目を潰《つぶ》した。

これで俺たちが見えなくなると思ったら……。

「バカな！」

改造ドラゴンは、尻尾を激しく振り回して自分の首を叩き落としてしまった。

すぐに代わりの頭部が別の分身体から再生され、その視力を回復させてしまう。

「ならば！」

俺も負けじと、『ウィンドカッター』で改造ドラゴンの尻尾を斬り落とした。

だが、やはり周辺から新しい分身体を引き寄せ、尻尾を再生させてしまう。

分身体がある限り、再生し続けるとは厄介な……。

「なあ、とにかく頭や尻尾を斬り落とし続ければ、あの改造ドラゴンも頭部や肢体の材料がなくなって活動停止するんじゃないか？」

「理論的に言えばそうなんだが……」

とにかく、活動停止して転がっている分身体の数が多すぎるのだ。

これらがすべて材料になると思うと、その方法で倒すのは非常に困難だと思う。

それに……。

「改造ドラゴンが、先ほどオプションドラゴンが鎮座していたマナ溜まりに移動できれば、分身体の死体がなくても再生可能だと思う」

あのクソ女が、次々と頭を吹き飛ばし続ければ活動停止に追い込めるような柔な試作品を作るとは思えなかった。

「もう一つ、俺たちはここから退けないんだ」

退けば、改造ドラゴンは喜んで俺たちの後方にあるマナ溜まりに鎮座し、無限に近い回復力を得てしまう。

このまま強力な尻尾で攻撃を受け続ければ、改造ドラゴンの頭部や肢体の材料となる分身体をすべてゴミにする前に、俺の魔力が尽きてしまうはずだ。

改造ドラゴンは、オプションドラゴンよりも厄介な敵であった。

「えっ！　どうするんだ？　ヴェル！」

「今、なんとかしている！」

とにかく、改造ドラゴンの肢体が回復できないよう、大量に転がっている分身体を焼き払うか。

そう決めて広範囲に効果がある『火炎』魔法を放つが、それは天井から突如発生した大量の水によって消火されてしまった。

「クソッ！　ここであのクソ女が邪魔するか！」

『悪いね。ユウはこの改造ドラゴンの戦闘データが欲しいからさ。魔力が尽きそうになったらちゃんと降伏してね。それで終わりにしてあげるから』

「お前、超ムカつく！」

このクソ女！

俺たちを実験台にしておいて、何様のつもりだ！

頭に血が上った俺は、複数の『ウィンドカッター』で改造ドラゴンの腕、頭部、尻尾を斬り落としていくも、それらは分身体を材料にすぐ回復してしまった。

「キリがないぞ、ヴェル」

「どうする？」

どうやらこのままでは、俺たちはイシュルバーグ伯爵に降伏しなければならないかもしれない。

とはいえ、それは最後の手段にしたいものだ。

どうにか打開策はないかと考えながら、俺は『ウィンドカッター』を放ち続け、改造ドラゴンの肢体を斬り落とし続けるのであった。

＊＊＊

「これはまずいわよね？」

「ヴェンデリンさん、このままだとイシュルバーグ伯爵さんに降伏しなければいけないかも」

私たちが閉じ込められている生きた檻が中心となり、奇妙な形の巨大ドラゴンが再生、ヴェンデリンさんたちを攻撃している。

それをしたのがイシュルバーグ伯爵さんであり、彼女は人を危険な目に遭わせてまで自分が作った実験生物のデータ収集をしているのだから性質《たち》が悪い。

とはいえ、このままではヴェンデリンさんは魔力切れで降伏しなければならない。

悔しいとは思うけど、命には代えられない以上、ここは素直に降伏した方が……。

と、私が思っていたら、意外な人物がそれを否定した。

「いいえ、ヴェンデリン様に降伏などさせません」

エリーゼさんが、なにか手を打つと宣言したのだ。

「イシュルバーグ伯爵様、確かに『天災』ではありますが、このような悪行を認めるわけにはいきませんし、もし降伏する羽目になれば、ヴェンデリン様もさぞや無念でしょう」

「それはそうだけど……あと細かいけど、エリーゼさんが言った天才っていう単語、微妙にニュアンスが違うような……」

本物の天才なら、その発明でもう少し人を幸せにしそうなものだけど、イシュルバーグ伯爵さんの場合、ただ知的好奇心が強すぎるだけだものね。

「私はバウマイスター辺境伯であるヴェンデリン様の正妻なのです。ここで名ばかりとはいえ、余所《よそ》の貴族に膝を屈するなどあり得ません」

「少々、時代錯誤な感じもするけど……」

「では、マヤさんにお聞きします。このままだと、シンゴさんもイシュルバーグ伯爵様に対し無念の降伏を宣言することになりますけど」

「それは容認できないわ！　一宮君が納得していないもの」

黒木さん、そこでさり気なく大切な人のプライドや矜持《きょうじ》に配慮する、将来はいい奥さんになりそうな感じの宣言をした。

わっ、私だって！

「そうね！　きっと信吾もこのまま降伏なんてしたくないはずよ！」

妙にプライドに拘《こだわ》る人もいるから、時にはその人を立てることも必要って、お母さんから聞いたことがある。

ここでエリーゼさんに協力してイシュルバーグ伯爵さんにひと泡吹かせ、信吾が無念の降伏をしないようにするのも、きっと将来の妻たる私の務めなのよ。

黒木さんも同じことを考えているっぽいけど、先を越されてなるものですか。

私たちも協力して、イシュルバーグ伯爵さんにギャフンといわせる。

それにしても、そういうことが自然に言えてしまうエリーゼさんって、さすがはヴェンデリンさんの奥さんというか……これぞ正妻力って感じがするわ。

ようし、私も信吾の未来の奥さんとして頑張らないと。

「エリーゼさん、それでどうするの？」

「と思っていたら先を越された！」

「はい？　赤井さん、急にどうしたの？」

「ううん、なんでもない」

思わず叫んで黒木さんから心配されてしまったけど、とにかく今はエリーゼさんの指示に従うのが一番ね。

「この檻は生きています。そして異常に柔軟性に長けているため、物理的な攻撃も、魔法攻撃ですら弾いてしまうという特性を持っているのです」

「となると、やはり脱出は困難か」

「いえ、とっておきの手があります」

黒木さんに対し、エリーゼさんは秘策があると断言した。

「そんなものがあるんだ」

「ええ。ですが、私だけでは脱出は難しいでしょう」

「どんな方法なの？」

「私の魔法で、この生きた檻を破壊します」

「でも、エリーゼさんって治癒魔法しか使えないって、ヴェンデリンさんから聞いたような……」

生きた檻を破壊する以上、やはりなんらかの攻撃魔法は必要で、それが使えないエリーゼさんには生きた檻を破壊する方法がないはず。

「ちょっと特殊な魔法で一回しか使ったことがありませんし、この肉の部屋に通じるのかは不明ですが、試して損はないと思います」

「どんな魔法なの？」

「『過治癒』という魔法です。人間は、治癒魔法により受けた傷を回復させます。ところが、必要以上に強力な治癒魔法を受けた場合、かえって傷を広げることもあるのです」

治癒魔法とは、その人間や生物の自己再生能力を促進させ、短い時間で完治させるものらしい。

ところが必要以上の治癒魔法をかけると、過剰に促進された自己再生能力がかえって傷を広げたり、腐らせたり、異常がない部分が悪化したりするケースもあるそうだ。

「この生きた檻には元々かなり強固な自己再生能力があるはずです。これに高威力の『過治癒』をかければ、生きた檻は必ずなんらかのダメージを受けるはず」

「なるほど」

「ですが、この生きた檻になんらかのダメージを与える『過治癒』ともなりますと、私は魔力切れになって動けなくなるでしょう」

「つまり、私と赤井さんがダメージを受けた箇所にトドメを刺しつつ、動けないエリーゼさんを抱えてこの生きた檻から脱出。一宮君たちに合流するというわけね」

「はい」

「わかりました。さっそく、始めましょうか？」

なんか、黒木さんが仕切るような形になってしまったけど、エリーゼさんは生きた檻の一ヵ所のみに両手をかざし、そこに高威力の『過治癒』という魔法をかけ始めた。

彼女の両手から青白い光が発生し、それがピンク色の壁の極狭い範囲に注ぎ込まれていく。

過剰な治癒魔法で生きた壁にダメージを与えるのが目的なので、魔法の範囲を狭めて集中させているようだ。

「見た目にはなにも変化がないわね」

「まだわからないわ」

エリーゼさんの顔にうっすらと汗がにじみ始め、どうやら魔力切れのようで段々と青白い光が小さくなってきたその時、ついに今までなにをしてもノーダメージだったピンク色の壁に変化が生じた。

ほんの数十センチだが、ピンク色の壁が赤黒い線のように変色し始めたのだ。

「過剰な治癒魔法で、壁の一部が腐ったのね」

「マヤさん！」

「任せて、エリーゼさん！」

ここでちょうど魔力が切れてしまったエリーゼさんがその場を離れ、それと同時に私と黒木さんはピンク色の壁の赤黒く変色した部分を槍で突いた。

すると今度は、赤黒い部分に槍が突き刺さった。

続けて全力で何度も何度も突くと、その度に切り口が広がっていく。

「もっとよ！」

「攻撃を途切れさせないよう、順番に！」

段々と腕が疲れてきたけど、魔力切れでフラフラになりながらもようやくエリーゼさんが作ったチャンスだ。

腕がダルいのを我慢して、何度も何度も槍を切り口に突き入れていく。

いったい何回突いただろうか。

切り口は赤黒く変色していない部分にも広がり、あの外を覗ける穴に繋《つな》がって大きく裂け、ついに人間が外に出られるくらいまでの大きさになった。

「エリーゼさん！　脱出するわよ！」

「私たちに掴《つか》まって！」

「ハルナさん、マヤさん、お願いします」

私と黒木さんは魔力切れのエリーゼさんを抱え、ようやく生きた檻からの脱出に成功するのだった。

＊＊＊

「ヴェル、あれは？」

「あの傷一つつかなかった生きた檻に、次第に裂け目が……前進して対応するぞ！」

「大丈夫か？」

「拓真、エリーゼたちがやってくれたんだ。気がつけよ」

「ああっ！　そういう。しかし、どうやってあの生きた檻を破ったんだ？」

「あとで聞けばいいさ」

改造ドラゴンがマナ溜まりに移動しないよう阻止するだけであった俺たちだが、ここで戦況に大きな変化が出た。

改造ドラゴンの胴体部分である生きた檻に、裂け目ができてきたのだ。

これはエリーゼがなにか手を打ったのだと俺が気がつき、彼女たちを回収すべく改造ドラゴンへの接近を開始する。

改造ドラゴンによる尻尾攻撃を『魔法障壁』で防ぎながら前進し、その胴体部分に近づいた瞬間、ピンク色の壁は大きく縦に裂け、中からエリーゼたちが飛び出してきた。

どうやらエリーゼは魔力切れのようで、赤井さんと黒木さんに抱えられており、俺が急ぎエリーゼを抱き抱えた。

「エリーゼ、大丈夫か？」

「はい、少し魔法を使いすぎました」

「そうか、よくやったな」

そして、赤井さんは信吾が、黒木さんは拓真が抱き抱えて三人とも無事に脱出したのはいいが、黒木さんはちょっと不満があるようだ。

「江木君、もういいわ」

「あれ？　俺は下心も持たずに黒木さんを受け止めたのに、なんか反応が微妙」

「榛名、早く臨戦体勢に戻らないと」

「それもそうね。ちょっと疲れたから仕方がないのよ」

「大変だったのはわかるけど」

一方、赤井さんは運よく信吾に受け止めてもらい、そのまましばらく彼に抱きついていた。

「あなた」

「ああ、わかっている」

いくらどんな攻撃をも跳ね返す柔軟性に優れた肉の壁でも、一旦裂けてしまえばあとは脆《もろ》いもの。

強固な『ウィンドカッター』を作って裂け目に攻撃を続行すると、改造ドラゴンの胴体部分はついに真っ二つに裂け、そのまま活動を停止させたのであった。


「う――――ん、残念。次はもっといい作品を作らないとね。反省反省」

「「「「「……」」」」」


クソ女が作った生物兵器二体を倒したら、本人が何食わぬ顔で俺たちの前に姿を見せ、さらに、次はもっといい作品を作らないとなどと宣《のたま》い、まったく反省している様子を見せなかった。

こいつがいい性格をしているのはとっくにわかっていたが、とにかく腹が立つ。

早く元の世界に戻してもらい、もう二度と関わり合いたくない気分だ。

天才イシュルバーグ伯爵は、天災だった。

実績は認めるが、歴史上の偉人なんて当時の人たちからすれば案外迷惑な奴だったのかもしれないな。

「おい、早く俺とエリーゼを元の世界に戻せ！」

「それは勿論《もちろん》やるけど、その前にこの破壊されたサンプルの回収も必要なのさ。この世界には残せないしね」

「たしかに。竜の死体なんて見つかったら、大騒ぎだろうからね」

「『ついに、伝説の生物、竜の死体を発見！』とか、テレビの特番でやりそうな気がするな」

確かに、そういう未知の生物を信じ、懸命に探しているような連中が大騒ぎするかも。

確実に回収せざるを得ないのは正しいが、このクソ女の発言というだけで腹が立つ。

「早く回収しろよ」

「ヴェンデリンはせっかちさんだな」

「お前にだけな！」

「怖い怖い。とっとと回収しようかね……」

と言いながら、イシュルバーグ伯爵が動き始めた直後、誰も予想だにしないことが起こった。

俺たちによって、胴体である生きた檻の部分を大きく切り裂かれた改造ドラゴン。

活動を停止したので死んだと思っていたら、まだしつこく生きていやがった。

突然、無傷の尻尾を振り回して俺たちを攻撃し、死出《しで》の旅の道連れにしようとする。

みんな慌てて回避するが、立っていた場所が悪かった赤井さんの回避が間に合わない。

俺も助けることができず、まずいと思った瞬間、意外な人物が動いた。

「榛名！」

「信吾？」

彼女の隣にいた信吾が、咄嗟《とっさ》に赤井さんを庇《かば》って尻尾の直撃を受け、そのまま十数メートル先に吹き飛ばされてしまったのだ。

赤井さんも一緒に吹き飛ばされたが、信吾が彼女を抱き抱えて激突の衝撃を一身に受けたため、ノーダメージだったようだ。

すぐに起き上がって、自分を庇った信吾の状態を確認している。

「信吾！　大丈夫？　信吾！　目を覚ましてよ！」

「信吾！」

「一宮君！」

「エリーゼ！」

「はいっ！」

俺たちは意識を失った信吾に駆け寄り、エリーゼが急ぎ治癒魔法をかけ始める。

先ほど魔力切れになったばかりなので、急遽《きゅうきょ》、俺が渡した魔石で魔力を回復させながら治癒魔法をかける。

魔石を使っているのでかなり効率が悪いが、今は時間が最優先だ。

もし信吾に死なれてしまったら、俺にとってこれ以上の不幸は存在しないのだから。

そう、こいつは別世界の俺の分身でもあるのだから。

「この防具でダメージはないはずじゃあ……」

「拓真、気がついてないのか？」

「なにをだ？　ヴェル？　あっ！」

オプションドラゴンに続く改造ドラゴンとの連戦で、拓真と信吾が装備している防具の魔力は切れる寸前だった。

信吾の防具の魔力も、尻尾の攻撃を完全には受けきれなかったようだ。

赤井さんの防具も同じような状態であり、だから信吾は咄嗟に彼女を庇ったのであろう。

それにしても、信吾は大した奴だ。

俺みたいに魔法が使えるってわけでもないのに、咄嗟に反応して赤井さんを庇ったのだから。

「エリーゼ？」

「重傷ですが、死ぬことはありません。急ぎ治療します」

「そうか、頼む」

「任せてください」

エリーゼは、俺からさらに魔石を受け取り信吾の治療にあたる。

「少しでも防具の魔力が残っていたのが幸いです。これがなかったら、即死していたかも」

重傷で済んだのは、皮肉にもクソ女の防具のおかげというわけか。

「となると、これはユウのおかげかな？」

「いい加減にしてよ！」

いつの間にかそのクソ女が信吾の傍にいて、自分の発明品である武具の性能のおかげで信吾は死ななくて済んだのだと、己の功績を誇り始めた。

それもないとは言わないが、このタイミングで戦犯であるこいつが言うのはどうかしていると思う。

当然といえば当然だが、赤井さんがキレてしまった。

「信吾は死ぬところだったのよ！　あなたの人の迷惑にしかならない発明のせいで！」

「そうだな。今の発言はいただけないよな」

「あなたにとっては遊びかもしれないけど、自分がしたことがどれだけ人の迷惑になっているのか自覚があるの？」

拓真と黒木さんも、一斉にクソ女を批判し始めた。

俺とエリーゼも同じ考えで、彼女に非難の視線を向ける。

「あなた……」

「言っても無駄だ」

「ヴェル、それはどういう意味だ？」

「それはな……」

このイシュルバーグ伯爵には、俺ら凡人の常識や倫理なんて通用しないからだ。

元々兄を影武者に、表に出ないで発明ばかりしていたが、古代魔法文明崩壊後は完全に一人で研究に没頭していた。

このクソ女には、いかに自分が満足する発明をするかしか興味がなく、そのために人を利用して、たとえ殺してしまっても反省なんてしない。

「そういう奴になにを言っても無駄だ。こいつはそういう奴で、発明のためなら他人なんてどうでもいい生活をずっと送ってきた。これからもそうだろう」

「そうですね。さすがに、あなたにはもうウンザリです。シンゴさんの治療が終わったら、約束どおり元の世界に戻してください」

普段はあまり人を批判しないエリーゼが、珍しくイシュルバーグ伯爵に対し辛辣《しんらつ》な言葉を吐いた。

信吾が負傷した件で、よほど腹に据えかねたのであろう。

「(とはいえ、このままなにも仕返ししないとは言っていない)そうだ！　忘れてた！」

俺は残った魔力を用い、大量の『火炎弾』を放った。

そのすべてをコントロールして周囲に飛ばし、胴体が真っ二つに割れた改造ドラゴンと、オプションドラゴンの分身体の死骸を残らず焼き払い、細胞一つ残さず灰にしていく。

「あっ――――！　せっかくの貴重な研究サンプルがぁ――――！」

「ゴメン、ゴメン。また動き出して、イシュルバーグ伯爵様になにかあったら大変だからさ」

「ふふ、確かにあなたの仰《おっしゃ》るとおりですね」

「確かに安全が一番だ。動かないと思っていた尻尾でいきなり薙《な》ぎ払われたくないよな」

「サンプルはすべて灰になってしまいましたが、安全がなによりですよね」

エリーゼのみならず、拓真と黒木さんも俺の意趣返しを見て笑っていた。

「ヴェンデリン、やってくれたね」

「ううん……」

「信吾！　大丈夫？」

イシュルバーグ伯爵の顔が少し歪《ゆが》むが、赤井さんが心配そうに付き添っていた信吾が目を覚ましたので、俺たちは彼女から視線を外してしまう。

「ああ、死ぬかと思った」

俺の治癒魔法だとこうはいかないので、さすがはエリーゼというべきか。

その代わり、生きた檻から脱出した時と合わせて魔力をほとんど使ってしまい、今のエリーゼは魔力がゼロに近く、予備の魔晶石もとっくに使い切っている。

指輪の魔力も使い切ってしまったようで、魔晶石は黒ずんだ色になってしまった。

あとで魔力を補充してあげないと。

「もう心配したじゃない！　無理に私を庇わなくても……」

「それが、無意識に体が動いてね。榛名が無事でよかったよ」

「うん……」

信吾の中身は魔法が使えないヴェンデリンなのに、その行動はえらく男らしい。

幼馴染《おさななじ》みを咄嗟に庇うなんて……考えてみたら、俺の高校生時代にそんな機会はなかったけど。

あったとしても、信吾のように彼女を庇えたのか？

……ちょっと自信がないな。

あと、信吾に助けられた赤井さんは、いつものように信吾に対し気安い口は利かず、顔を赤らめながら少し俯《うつむ》いていた。

大好きな幼馴染みに助けられて嬉《うれ》しかったのであろう。

一方、黒木さんはちょっと不満げな表情かも。

もし自分が尻尾で攻撃された場合、同じように信吾が助けてくれるのか、疑問で心の中がいっぱいなのであろう。

「終わったみたいだね、エリーゼさん」

「シンゴさん、もう少し動かないでいてください。治癒魔法で傷は治しましたが、体が慣れるまで時間がかかるのです」

「なるほど。まだ体は負傷したままという認識で、それがなくなるまで体を動かさない方がいいわけだね」

「はい」

俺とは違い、信吾は頭がよくて羨《うらや》ましい限りだ。

「もう治療は終わったかな？」

「終わったといえば終わったが、信吾はもう少し動かせないぞ」

そういえば、このクソ女もいたな。

もう言いたいことは言ってやったし、これ以上機嫌を損ねるのも危険か。

こいつのことだから、もう元の世界には戻してやらないとか言われそうだし。

「シンゴがまだ起き上がれなくても、ユウ的には特に問題はないかな」

「どういう意味だ？」

「それはとても簡単なことで、ほら、ヴェンデリンとエリーゼを元の世界に戻すことだけど、ちょっとこのまま戻すとユウには不都合があってね。だから、ヴェンデリンもエリーゼも、シンゴたちも、みんなちょっと記憶を弄《いじ》らせてもらうからね」

「なに！」

イシュルバーグ伯爵による思わぬ発言を受け、横たわる信吾以外は一斉に身構えた。

記憶を弄る。

つまり、俺たちがこの世界に飛ばされた記憶も、信吾たちが俺たちと行動を共にした記憶も消すということか？

「百歩譲ってそれはいいとして……いや！　やっぱり嫌だ！」

「どうして？　全然危険じゃないよ」

「あなたという人が信用できないからです」

エリーゼのこの一言に尽きる。

信吾たちも一斉に首を縦に振った。

「脳みそとか弄られそうだしな」

「そうね。失敗して殺されても、『次成功すればいいか』で済まされそう」

「ちょっと頭を弄られるのは勘弁してほしいわ」

拓真たちも、イシュルバーグ伯爵のことなんて微塵《みじん》も信用していなかった。

「大体、俺たちが別の世界から飛ばされてきたなんて話、信じる奴がいるか。そのまま元の世界に戻しても喋《しゃべ》らないさ」

「ヴェンデリン様の言うとおりです。もし喋っても信じてもらえないのは確実ですから」

そのまま元の世界に戻せと、俺たちはイシュルバーグ伯爵に詰め寄った。

「大丈夫だよ。頭なんて開かないから。その辺は、ちゃんとした魔法があってね。まずは体が動かなくなります」

「クソッ！」

「本当に動かない！」

俺とエリーゼは、イシュルバーグ伯爵に突然かけられてしまった魔法で体の動きを封じられてしまった。

それにしても、抵抗することすらできないとは。

今の俺は、このクソ女よりも魔法使いとして未熟というわけか。

「起き上がれない！」

「体が動かない！」

「私も駄目」

「ちょっと、またいきなり？」

信吾たちも同様に動けなくなってイシュルバーグ伯爵に抗議するが、彼女はまったくそれを聞き入れなかった。

「武具の回収もあるし、ヴェンデリンはこの世界で手に入れたものがあるでしょう？　それも持ち帰り不可だから回収させていただくよ」

「……」

本来、俺しか中身を取り出せない魔法の袋に仕舞ってある、この世界のお金や購入した物も回収できるとは。

イシュルバーグ伯爵は、魔法使いとしても相当優秀なのが三度理解できた。

「それではみなさんごきげんよう。また一万年後くらいにお会いしましょう」

「会えるか！　というか会えてもゴメンだ！」

「嫌われちゃったかな。でもねぇ……ユウは、元からこういう性格だから。だから家族にも影武者を立てられた。ユウが女だからじゃなくて、こういう性格だから人前に出されなかったんだよ。発明だけしていればいい。ユウは発明が好きだからそれでいいと思っているけど、時に考えてしまうこともあるのさ」

「……」

それは、孤独な天才の悲哀というやつなのであろうか？

凡人である俺にはさっぱりわからない。

「ということで、時間切れです。この世界の外国語で言うところのタイムオーバー」

「おいっ！」

次の瞬間、徐々に意識が薄れていくのがわかった。

そうか。

俺たちはこのまま意識を失って、日本に飛ばされてきたあとの記憶と、その証拠の品を回収されてしまうわけだ。

「信吾」

「ヴェンデリン」

体が動かないなか、なんとか目を動かして信吾の方を見ると、彼も俺を見つめていた。

お互い別の世界でどうなっているのか気になって仕方がなかったが、どうやらちゃんとやっているようで安心した。

向こうも同じ風に思っていたようで、ならばこれでひと安心……残念ながらその記憶は消されてしまうが、今は意識がなくなるまで安心できたことを喜ぼうと思う。

きっと、本物のヴェンデリンもそう思っているはずだから。

第十二話　いつもの日々

「「……」」

「おー―――い！　ヴェル！　エリーゼ！」

俺とエリーゼは、古い石碑に埋め込まれたガラス玉が光ったように思えたのでしばらく観察していたが、それに気がついたエルに後ろから声をかけられた。

みんなで地下室を出ようとしたのに、俺とエリーゼだけが残ってボーっと石碑を眺めていたので、不思議に思ったようだ。

「このボロッちい石碑になにかあったのか？」

「一瞬光ったような気がして。なあ、エリーゼ」

「はい、私も同じ風に思って……」

「そうか？　気のせいじゃないのか？　実際に光ってないじゃん」

エルにそう言われたので改めて確認するが、確かにもうガラス玉は光っていなかった。

というか、実は最初から光っていなかったのか？

いや、確かに光って……いたような気もするが記憶が曖昧《あいまい》だな。

ほんの数秒前のことなのに、まるで数日前のように感じてしまう。

「ちょっとした角度のせいで、光っているように思えたんじゃないのか？」

「そうかな？」

「もしかしたらそうかもしれませんね」

「見つかった灰が、ブレンメルタール侯爵のなれの果てだって確証があったら、みんな仕事が減って楽なんだがな。ベッケンバウアーさんの解析に期待ってことで。とはいえ、あの豚公爵も見つからないし、最後まで迷惑をかける奴らだな。もうここにはなにもないから、別邸に戻ろうぜ」

「それもそうだな。戻ろうか？　エリーゼ」

「はい……あら？」

「どうかしたのか？　エリーゼ？」

「指輪なんですけど、昨晩あなたから魔力を満タンにしてもらったのに、なぜか空っぽで……治癒魔法を使った記憶もないのにおかしいですね」

「もしかして魔力が漏れた？」

「そんなわけあるか。高価な魔道具なんだから。不思議な話だが……あとで俺が魔力を補充しておくよ」

俺は、エルの考えを完全に否定した。

あれだけの大枚を叩《はた》いて購入した指輪から魔力が漏れるなど、まずあり得なかったからだ。

きっと補充を忘れていて……そうだよな。

「魔力を補充していたつもりだったのに、実は忘れていたとか、比較的よくあることだと思う。

「ありがとうございます、あなた」

「じゃあ、出ようか？」

「はい」

「お二人さんは、仲がよろしいようで」

「悪いか？　エル」

「まさか。バウマイスター辺境伯家繁栄のためにも、仲良くしてくれよ。なんか腹減ったな。帰って飯にしようぜ」

俺とエリーゼはまるでお互いがそれを求めたかのように手を繋《つな》ぎながら、謎の古い石碑がある地下遺跡をあとにした。

結局この地下遺跡にはなにもお宝がなかったが、俺もエリーゼも色々なことがあったような……。気のせいかもしれないけど、ただエリーゼも同じ気持ちだったようで、俺とエリーゼは一度見合ってから、みんなのところに歩いていくのであった。

＊＊＊

「信吾《しんご》君、信吾君」

「ううん……」

「朝よ、信吾君。もしかして、おはようのキスが必要かしら？」

「させるか！」

「ふぁっ！　何事？」

まだ終わらぬ夏休み、宿題も終わっているので少しくらい寝坊しても……と微睡《まどろみ》の中にいたら、二人の女性が争う声が聞こえてきた。

目を開けると、黒木《くろき》さんと榛名《はるな》が早朝から言い争いをしている。

しかも、僕のベッドの隣でだ。

先日、僕、榛名、拓真《たくま》、黒木さんの四人で海水浴に行ってきたのだが、その時から黒木さんがえらくフレンドリーになったような気がする。

あの時は、普通に友人同士で海水浴を楽しんだ……他にも色々とあったような気がするんだけど……きっと気のせいだよね?

ただ海水浴以降、黒木さんの心境に大きな変化があったのは確かだと思う。

今日もこうやって、榛名よりも先に僕を起こそうとしているのだから。

僕、海水浴の時にそんなに酷《ひど》い寝坊したかな?

「黒木さん、勝手に信吾の家に入るのはどうかと思うわよ」

「勝手にではないわ。信吾君のお母さんに許可を貰《もら》っているもの」

「なんですと!」

「信吾君を起こしたいって言ったら、お母さん、大喜びで『どうぞ』って言ってくれたわよ。だから、明日からは赤井《あかい》さんは来なくて大丈夫よ」

「私は、幼稚園の頃から信吾を起こすことにかけては一家言《いっかげん》持つ女よ。第一、黒木さんは家が遠いじゃないの」

「それは認めるけど、実はあと一週間もすると、私も信吾君と近所同士になる予定なのよ。お父さんの転勤がなくなるから、ちょうどこの町内に家を買ったの」

「もしかして、あの新築の家？」

「そうよ。というわけだから、これからは私が信吾君を起こしてあげるわ。そうだ！　新居への引っ越しが終わったら、信吾君を招待するから。お父さんとお母さんに信吾君を紹介したいし」

「えっ？　それって……」

僕と黒木さんは友達同士で……だから家族を紹介するってこと？

きっとそうだよね。

「おいっす！　珍しく早起きな俺！　信吾、宿題の写しで漏れがあったから、あとで写させてくれ。できれば飯も」

「江木《えぎ》、ちょっとくらい自分で宿題をしたら？」

「そうね。信吾君を見習って」

「俺、完全にアウェーじゃないか！」


こんな風に夏休みを友達と過ごす普通の高校生である僕、一宮《いちみや》信吾だけど、僕には他人に言えない秘密がある。

それは、僕には前世というか別の世界での記憶があり、その世界の僕はヴェンデリンという田舎貴族の八男だった。

体を乗っ取ってしまった本物の一宮信吾の意識というか魂は、多分ヴェンデリンの体に移ってしまったものと思われ、あの詰んだ実家の状況を考えると、僕は彼に申し訳ないと思ってしまうのだ。

でも最近、なぜかよくわからないけど、彼も向こうの世界で上手《うま》くやっているのではないかと思えるようになってきた。

きっと本物の一宮信吾もあの田舎領地を出ているはずだから、王都辺りでエーリッヒ兄さんと共に成功して、友達だって沢山できてるはず。

なぜなら僕だって、この世界で幸せにやっているのだから。

信吾ならきっとそうであろうと、僕は強く確信するのであった。

エピローグ　その後の一宮信吾

「やったぁ――――！　俺の受験番号があるよぉ――――！　よかったぁ」

「ふう……どうにか責任を果たせたようだ」

「信吾《しんご》、江木《えぎ》に勉強を教えるの大変だったもんね。勿論《もちろん》だけど、信吾の番号もあるわよ」

「信吾君、自分の合否よりも、江木君の受験結果が気になってしょうがなかったのね」


春、県立佐東《さとう》第一高校を卒業した僕たちは、東京の大学を受験して無事に合格した。

第一志望の大学は、僕、榛名《はるな》、麻耶《まや》さんはA判定で、先生も慌てずに落ち着いて試験を受ければ落ちることはないと言われていたけど、高校入学から二年間、勉強をサボっていた拓真《たくま》はE判定。

絶対に合格できないから、自分の学力に見合った大学を受験するようにと先生に言われたにもかかわらず、『俺も信吾たちと同じ大学に通う！』と宣言し、高校三年の一年間、必死に勉強して無事に合格した。

高校受験の頃から『やればできる子』と評されていた拓真であったが、一年間あそこまでの集中力を見せるとは……。

僕たちは、『拓真は頑張っているけど、同じ大学に通うのは厳しいかもしれない』と内心思っていたことを反省したほどなのだから。

「はぁ……。しばらく頑張りたくねぇ……」

「拓真、世間一般の大学生のイメージは遊んでばかりだけど、単位を取得しないと進級も卒業もできないんだぞ」

「そのために、信吾と赤井《あかい》と黒木《くろき》さんがいるってことで。同じ講義を選択してノートを写させてもらえば……えへへ」

「駄目ね、江木はこの一年でやる気を使い尽くしちゃったみたい」

拓真が次にやる気を取り戻すのは、就職活動を始める頃になるだろうな。

「ところで信吾は、サークルに入らないのか？」

「どこかに入ると思うけどまだ決めてないんだ。拓真はサッカー部に入らないの？」

「俺は、『フットサル愛好会』に入る予定だ」

「サッカー部じゃないんだ」

僕はてっきり、拓真は大学でも本格的にサッカーをやると思っていた。

「俺はサッカーが好きだけど、プロ選手を目指していたわけじゃないしな。うちの高校レベルのエースじゃあ、大学サッカーでは通用しないさ。フットサル愛好会は趣味の集まりだし、毎日練習する必要もない。サッカーより人数が少なくてもプレイできるところがいいんだよ」

「ふ――――ん」

「ねえ、君たち。サークル活動に興味ない？」

桜咲く大学の構内で四人で歩きながら話をしていると、突然先輩と思われる女性に声をかけられた。

サークルへの勧誘であったが、こういうのってどういうところに入るのが正解なんだろうか？

「うちの『グルメ愛好会』は活動内容がとても緩いし、大規模に新入生歓迎会を開くから、友達や彼氏、彼女を作るのにちょうどいいわよ」

「先輩、俺はフットサル愛好会にも入りたいんですけど、掛け持ちは大丈夫ですか？」

「全然問題なし。幽霊部員でも全然オーケーだから」

「みんな、ここに入ろうぜ」

拓真の押しで僕たちはグルメ愛好会なるサークルに入ることになったけど、その目的が大学生らしく新入生歓迎会に参加することって……。

そのうち他のサークルにも入るかもしれないけど、大学で友達を探すのはここでいいのかな？

＊＊＊

必修科目のクラス分けやら、講義の履修方法や内容などについての説明やらを受けていたら、大学生活初日は終わった。

そして気が早いことに夕方から、なんとなく入ってしまったグルメ愛好会の新入生歓迎会に四人で出席することに。

グルメ愛好会の部長である四年生の女子が乾杯の音頭を取った。

「それでは今年も、この大学に合格した新入生たちを祝して乾杯！」

「「「「「「「「「乾杯！」」」」」」」」」

「（……そして、ちょっと不安が……）」

僕、榛名、麻耶さん、拓真は、『いつも一緒にいる人と席を隣り合わせても面白くない。初めて顔を合わせる人たちと積極的に交流するように』という、実は意外としっかりしている部長のアイデアで席を離されていた。

「……ジィ――――」

「ええと……君の名前は？」

隣の席に座っている、髪の毛をお団子にしている女子は、僕と同じく新入生のようだ。

かなりの美少女であり、榛名よりも少し背が高いくらいだけど意外と胸はあって……ただ残念なことに、一心不乱にテーブルの上にある枝豆や鶏の唐揚げを食べ続けているため、彼女に声をかける男子は一人もいなかった。

まるで大食いファイターのような食べっぷりに、みんな引いているんだと思う。

そんな彼女が僕を見つめている理由は……。

「僕の分も食べる？」

「ありがとう。今日はお腹空《す》いたから。桃井留美《ももいるみ》」

「一宮《いちみや》信吾です」

彼女は桃井さんというのか……。

ふと視線を感じたので周囲を見渡すと、これまで無言で料理を食べるばかりだった桃井さんに声をかけられ、名前を教えてもらえた僕に対しみんなが……特に男子が驚きの表情を向けていた。

桃井さんは幼なげな雰囲気が残る美少女なのに意外と胸があるから、気になる男子が多かったんだろう。

「（桃井さんの名前を聞けたことが、そんなに凄《すご》いことなのか？）」

で、僕の反対側の隣には、見事に手入れされた黒いロングヘアーからとてもいい匂いがする女性
……って僕は匂いフェチか！

桃井さんとはまったく違う、高そうな服やアクセサリーに身を包んだゴージャス系美女がウーロンハイを片手に、なぜか誰とも話さずに虚空を見ていた。

彼女は僕の先輩だと思うけど、何年生かはわからない。

「……（こういう人って交友関係が広くて、取り巻きの人たちが集まって楽しそうにしているイメージがあるのに……）」

服装が派手すぎるからだろうか？

桃井さんと同じく、誰にも話しかけられずに一人浮いている状態なので、僕は思わず声をかけてしまった。

「あのぅ……」

「はっ！　まさかこの私に声をかけてくる人が……。きょ、今日はたまたま知り合いが一人もおらず、私はつき合う人を選ぶタイプですから」

「そうなんですね。僕は一宮信吾です」

「私は……」

「似非《えせ》お嬢様の紫雲加奈《しうんかな》、二年生」

「誰が似非お嬢様ですか！　留美さんは静かに料理を食べていてください」

「桃井さんと紫雲さんはお知り合い？」

「家が隣同士」

桃井さんと紫雲さんは、幼馴染《おさななじ》みの関係なのか。

「私の実家は、会社を経営しておりますの」

「零細企業で、たまたま上手《うま》くいっただけ」

「ははは、社長令嬢なんですか。凄いですね」

幼馴染み相手とはいえ、桃井さんは紫雲さんに対しかなりの毒舌だった。

「あそこに本物の社長令嬢がいる」

桃井さんが視線を送った先には、なんと金髪美少女がいた。

「あの人は留学生なのかな？」

「一宮さんはご存じないのですか？　エミリーさんは、保園《ほぞの》グループ会長の孫娘ですわ」

「あの有名な保園グループか……」

大学生の就職したい企業ランキングで常にトップに入っている、超優良企業のオーナー一族の娘さんとは凄い。

あまりにも身分が違いすぎて、僕には縁がなさそうだけど。

ただそんなお嬢さんが、どうして大衆居酒屋で開催された新入生歓迎会に参加しているんだろう？

意外と庶民的な人なのかな？

「エミリーさんのお母様はドイツの方で、彼女の金髪はお母様譲りだそうです」

「だから留学生に見えたのか」

そして金髪に加え、胸の膨らみが榛名をも上回っており、それが余計に男子たちを惹《ひ》きつけるのだろう。

彼女の周りには多くの男子生徒たちが集まっており、隙《すき》あらば声をかけていた。

保園さんは次々と声をかけてくる男子たちに丁寧に受け答えしており、『優しい人なんだなぁ』って思ってしまう。

「ああいうのを本物のお嬢様という。わかりやすいブランド物を着たり持ってたりしないけど、実はすべてシンプルなハイエンド品で揃《そろ》えていて上品。加奈とは大違い」

「留美さん、前から言っていますが、私の方が一歳年上なんですけど……」

「加奈の実家の会社は、保園グループとの取引で大きくなった。レベルが違う」

「……」

桃井さん！

それ以上は！

もう、紫雲さんのＨＰはゼロだから！

「紫雲さんも保園さんに負けないくらい美人だから、なにを着ても似合うと思うけどね」

まったく僕に相応《ふさわ》しくないセリフだけど、この場の空気を払拭《ふっしょく》するために頑張って女性を褒めてみた。

紫雲さんが美人なのは嘘《うそ》じゃないし。

「……一宮さん、よくわかっていらっしゃるではないですか。これからは同じグルメ愛好会のメンバー同士、仲良くいたしましょう。そっそこで……」

「一宮君、連絡先交換しよう」

「留美さん！　抜け駆けですか？」

「意味わからない。加奈も連絡先を交換すればいい」

大学生になったので携帯電話を購入してみたのだけど、早速大学で知り合った人たちと連絡先を交換できてよかった。

家族や中学校、高校の同級生、榛名、麻耶さん、拓真以外の人と連絡先を交換するのは楽しいものだな。

「食べないなら欲しい」

「……君、よく食べるね」

大衆居酒屋の安いコースメニューだけど、女子に話しかけるのに夢中で、まったく手をつけられていない男子の分の料理を桃井さんが食べまくっている。

「あんなに細いのに、どこに入ってるんだろう？　太らないのかな？」

「留美さんは昔から大食いですから」

紫雲さんは桃井さんの大食いに慣れているようだ。

「トイレ、トイレ」

席を立ってトイレを済ませて出てくると、女子トイレの前で誰かが争っているような気配を感じた。

確認すると、女子トイレから出てきた女性に男性がしつこく声をかけているようだ。

「えっ、エミリーちゃん！　こっ、この席で、ぼっ、僕と婚約したことを、みっ、みんなの前で伝えるんだな。ぼっ、僕の、えっ、エミリーちゃんに声をかける不届き者を、ぜ、ゼロにするんだな」

体型も喋《しゃべ》り方も某画伯を連想させる先輩らしき男性が女性に……よく見ると、今日男子たちに大人気だった保園さんだった。

トイレに行って、出てきたところを画伯に待ち伏せされたのか。

それはちょっと怖いな。

「そのお話は、お爺《じい》様が正式に断ったはずです。なにより飛騨《ひだ》さんは大学が違うので、今日の新入生歓迎会に招待されていないではないですか。勝手に顔を出すのはどうかと思います」

「うわぁ……」

大学が違うのに呼ばれてもいない新入生歓迎会に勝手に顔を出し、保園さんの婚約者だとみんなの前で発表しようとする。

図々《ずうずう》しいという以上に、完全にストーカーじゃないか。

一瞬どうしようか迷ったけど、保園さんから画伯を引き離した方がいいと僕は判断した。

「あっ、いた。なんか、部長が用事があるから呼んできてくれって」

僕と保園さんは一言も会話をしたことがなかったけど、彼女は頭の回転もいいようで、僕が自分と画伯を引き離そうとしていることに気がついてくれた。

「部長さんがですか？　どのような用事でしょうね？」

「さあ？　早く行った方がいいと思いますよ」

「ありがとうございます」

「まっ、待つんだな」

歓迎会をしている部屋に戻ろうとした保園さんを画伯が引き留めようとするが、僕が二人の間に入ってそれを妨害したので、彼女は無事画伯から逃げることができた。

「しょっ、庶民！　ぼっ、僕と、えっ、エミリーちゃんの婚約発表を妨害するとは、ゆっ、許せないんだな！」

「本人がそれを否定していましたし、違う大学なのに、勝手にうちの大学の新入生歓迎会に乱入するのはどうかと思いますけど……」

保園さんの知り合いってことはお金持ちなんだろうけど、保園さんの祖父に結婚を断られるぐらいだから、見た目どおり色々と残念な人なんだろう。

「うっ、うるさいんだな！　こっ、この僕を、だっ、誰だと思っているんだな？」

「知りません」

この画伯、服装などからしてお金持ちのお坊ちゃまに見えるけど、見た目が……だし、初対面の僕のことを庶民と罵《ののし》ったりして、性格が悪そうだ。

こういうと失礼かもしれないが頭も悪そうに見える……僕も庶民と言われたんだから、悪口を言ってもお互い様か。

「ぼっ、僕は、ひっ、飛騨グループのあっ、跡取りなんだな！」

「……知らないです」

この人、将来は社長らしいけど、飛騨グループなんて聞いたことがないな。

中小零細企業なのかな？

「あなたがどこの跡取りかなんてどうでもいいんですけど、飲み会に参加したいのなら自分の大学の飲み会に参加すればよろしいのでは？　それでは」

「まっ、待つんだな！」

これ以上彼と話をしても時間の無駄なので、僕はみんなのところに戻る。

その後は特にトラブルもなく、新入生歓迎会は無事に終わったのであった。


そして翌日。

通学して、選択した講義を受けようと大講堂に座って準備をしていると、拓真に声をかけられた。

「信吾、お前、意外とやるじゃないか」

「なにがやるじゃないか、なんだ？」

「桃井さんと紫雲さんと連絡先を交換したんだろう？　お前ちゃっかりと、昨日の新入生歓迎会の参加者の中で、可愛《かわい》い、綺麗《きれい》と評判な女子二人と連絡先を交換してさぁ。俺でも部長以外は男子としか連絡先を交換できなかったってのに」

「同じサークルになったんだから、連絡先ぐらい交換するんじゃないの？」

あのあと僕も、部長や、副部長、グルメ愛好会の男子生徒多数と連絡先を交換しているので、その二人だけってことはないのだから。

「いや、女子の多くは部長や同性の上級生、同級生とは連絡先を交換していたけど、簡単に初対面の男子に教えるわけないって。赤井と黒木さんも大人気で、多くの男子から連絡先を聞かれていたけど、やんわりと断ってたぜ」

「へえ、そうなんだ」

「一応、一人暮らしだしね」

「お酒のある席で出会ったばかりの男子に、連絡先は教えないわね。サークル活動をある程度一緒に続けて、その人のことがわかってからよ」

榛名と麻耶さんも会話に加わってきた。

一人暮らしの女性は警戒して当然なのかな。

「それよりも、信吾」

「桃井さんと紫雲さん、私たちも連絡先を交換したんだけど、あの二人が連絡先を教えた男子って、信吾君だけなのよねぇ……」

「それは初耳だな」

桃井さんは食べるのに夢中だったたし、紫雲さんは孤高を貫いている感じだったけど、僕が変な画伯に絡まれている間に、他の男子とも連絡先を交換しているものだと思ってた。

「桃井さんは可愛いし、紫雲さんも綺麗よねぇ」

「信吾君は自分が思っている以上に女性にモテるんだから注意しないと」

「僕が女性にモテる？」

それは、麻耶さんの勘違いだと思う。

あの二人とは、たまたま席が隣同士になっただけなのだから。

「（こいつ、やっぱり超絶鈍いな）」

「拓真、なに？」

「なんでもない。そのうち信吾もわかるようになるさ」

わかるようになる？

拓真が変なことを言うなと思ったら、大講堂の中がザワついてきた。

その原因を探ろうと周囲を見渡すと、昨日新入生歓迎会で顔を合わせた保園さんが講義を受けるために大講堂に入ってきたからだった。

彼女も一年生なので、同じ必修講義を選んだようだ。

金髪、美人、巨乳でスタイル抜群、そして大金持ちのお嬢様と。

保園さんは男子のみならず、大講堂にいるすべての人たちの注目を集めていた。

そんな彼女の様子をうかがっていたら、どういうわけか僕の方に歩いてきて、そのまま隣の席に座ってしまった。

「「ええっ――――！」」

拓真、榛名、麻耶さんはまだ座る席を決めていなかったので、突然僕の隣の席に座った保園さんに驚きを隠せないようだ。

「おはようございます、一宮君」

「おはよう、保園さん」

昨日はあの画伯から保園さんを逃がしただけなので、今日初めて挨拶を交わした。

それにしても、近くで見るともの凄い美少女だ。

なにより、僕の名前を知っていることに驚きだ。

「昨日は大変助かりました。飛騨さんは私と結婚したいとお爺さまに直談判《じかだんぱん》をして、呆《あき》れられてしまったことがあるんです。私も何度も断っているのですが、なかなか納得してくれなくて……」

確かにあの画伯は諦めが悪いというか、人の話を聞かなそうに見えた。

「あまりしつこいようだったら、警察に相談した方がいいかも」

「お爺様が飛騨さんのことを警戒しているので昨日のことを話したら、全力で対処すると言っていました」

保園さんのお祖父《じい》さんは保園グループの会長だから、ちゃんと手を打つはず。

「それなら大丈夫なのかな？」

「心配してくれてありがとございます。そういえば同じサークルなので、連絡先を交換しておきましょう。グルメ愛好会の活動が始まれば、お互い連絡をとることもあるでしょうから」

「あっ、はい」

昨日のお礼なのか？

いや、同じサークルに入ったからだろう。

僕はニコニコ微笑《ほほえ》む保園さんと連絡先を交換し合ったわけだけど、拓真にも、榛名にも、麻耶さんにも、というか大講堂にいた同級生すべてに注目されてしまい、その視線が突き刺さるようだ。

「（同じサークルで活動するから、連絡先を交換しただけなのに……）」

「にしても信吾、お前はすげえよ！」

拓真は随分と大げさだな。

もしあの画伯のように保園さんを口説こうとすれば、保園グループ会長であるお祖父さんに睨《にら》まれてしまう。

それに保園さんのようなお嬢様は、すでに高スペックの婚約者がいるはずだから、僕のことなんてなんとも思っていないって。

「一宮君、これからよろしくお願いします」

「こちらこそ」

ちょっと女子比率が多い気がするけど、大学でも新しい友達ができて、楽しい大学生活になりそうだ。

＊＊＊

「……ふむふむ、そういうことか。あの時は二人とも絶対にバラさなかったけど、ヴェンデリンとシンゴは魂が入れ代わっていたんだね。このユウに隠し事は通用しないって。それにしてもヴェンデリンは、シンゴの体に魂が移っても、女難の運命からは逃げられないみたいだ。向こうの世界ならハーレムでもいいけど、シンゴはニホンで女性関係で苦労しそうだ。その分、ヴェンデリンのように立身出世に関する運はありそうだけど」

久々に、あの時記憶を奪ったみんなの様子を、研究室にある『魔導次元総天然映写機』で確認してみたけど、まさかシンゴがヴェンデリンと同じような人生を送る可能性が高いだなんて、さすがのユウでも想像がつかなかったよ。

「双方の接触があったことが原因で、二人の人生に類似性が出てしまったのかな？」

ヴェンデリンとシンゴ。

実は生物設計図にかなりの類似性が見られることが分析で判明したから、まったく違う環境で育っても、段々と同じような人生を歩むことになってしまうのかも。

「興味深い観察対象だから、これからも定期的にヴェンデリンとシンゴの生活を見守り続けるとしよう」

さらにまた、二人を会わせてみたらどうなるのか？

こっちの実験は準備に時間がかかるから、まだ大分先の話になるかな。

「新しい、興味深い研究対象を見つけることができてよかった」

ユウには永遠に近い時間があるから、暇を潰《つぶ》すための研究対象は多いに越したことはないからね。

MFブックス

八《はち》男《なん》って、それはないでしょう! 29

2024年5月25日　初版第一刷発行

著者　Y.A
発行者　山下直久
発行　株式会社KADOKAWA
〒102-8177　東京都千代田区富士見2-13-3
0570-002-301(ナビダイヤル)
印刷・製本　株式会社広済堂ネクスト
ISBN 978-4-04-683626-7 C0093

企画　株式会社フロンティアワークス
担当編集　小寺盛巳/福島瑠衣子(株式会社フロンティアワークス)
ブックデザイン　ウエダデザイン室
デザインフォーマット　AFTERGLOW
イラスト　藤ちょこ

本シリーズは「小説家になろう」(https://syosetu.com/)初出の作品を加筆の上書籍化したものです。

この作品はフィクションです。実在の人物・団体・事件・地名・名称等とは一切関係ありません。

久々に
健康診断
を受けたら
最強
ステータス
になっていた
～追放された
オッサン冒険者、
今更英雄を
目指す～
夜分長文
YABUN NAGAFUMI
原案：はにゅう
HANYU
イラスト：桑島黎音
KUWASHIMA REIN
Story
冒険者カイルは、己の天井知らずの能力成長に、
呪いの類を疑い久々に健康診断を受ける。
だが、カイルの身に起こっていたのは、
一日にちょっとずつステータスが上がる
ユニークスキル【晩成】の覚醒だった！
自分が健康体だと知ったカイルは、
駆け出しの冒険者・エリサとユイのパーティ
『英雄の証』への勧誘を受け入れ、
新たな冒険者ライフを送るが……。
そんな遅咲き＆最強三十路の爽快冒険活劇！
オッサン冒険者、
遅咲きチート【晩成】で
最強になって再起する！
MFブックス新シリーズ発売中!!

好評発売中!!

毎月25日発売

盾の勇者の成り上がり　①～㉒
著：アネコユサギ／イラスト：弥南せいら
極上の異世界リベンジファンタジー！

槍の勇者のやり直し　①～④
著：アネコユサギ／イラスト：弥南せいら
『盾の勇者の成り上がり』待望のスピンオフ、ついにスタート!!

フェアリーテイル・クロニクル　～空気読まない異世界ライフ～　①～⑳
著：埴輪星人／イラスト：ｒｉｃｃｉ
ヘタレ男と美少女が綴るモノづくり系異世界ファンタジー！

春菜ちゃん、がんばる？　フェアリーテイル・クロニクル　①～⑩
著：埴輪星人／イラスト：ｒｉｃｃｉ
日本と異世界で春菜ちゃん、がんばる？

無職転生　～異世界行ったら本気だす～　①～㉖
著：理不尽な孫の手／イラスト：シロタカ
アニメ化!!　究極の大河転生ファンタジー！

無職転生　～蛇足編～　①～②
著：理不尽な孫の手／イラスト：シロタカ
無職転生、番外編。激闘のその後の物語。

八男って、それはないでしょう！　①～㉙
著：Ｙ・Ａ／イラスト：藤ちょこ
富と地位、苦難と女難の物語

八男って、それはないでしょう！　みそっかす　①～②
著：Ｙ・Ａ／イラスト：藤ちょこ
ヴェルと愉快な仲間たちの黎明期を全編書き下ろしでお届け！

魔導具師ダリヤはうつむかない　～今日から自由な職人ライフ～　①～⑨
著：甘岸久弥／イラスト：景、駒田ハチ
魔法のあふれる異世界で、自由気ままなものづくりスタート！

魔導具師ダリヤはうつむかない　～今日から自由な職人ライフ～　番外編
著：甘岸久弥／イラスト：縞／キャラクター原案：景、駒田ハチ
登場人物の知られざる一面を収めた本編9巻と10巻を繋ぐ番外編！

服飾師ルチアはあきらめない　～今日から始める幸服計画～　①～③
著：甘岸久弥／イラスト：雨壱絵穹／キャラクター原案：景
いつか王都を素敵な服で埋め尽くす、幸服計画スタート！

治癒魔法の間違った使い方　～戦場を駆ける回復要員～　①～⑫
著：くろかた／イラスト：ＫｅＧ
異世界を舞台にギャグありバトルありのファンタジーが開幕！

治癒魔法の間違った使い方　Ｒｅｔｕｒｎｓ　①～②
著：くろかた／イラスト：ＫｅＧ
常識破りの回復要員、再び異世界へ！

回復職の悪役令嬢　エピソード　①～⑤
著：ぷにちゃん／イラスト：緋原ヨウ
シナリオから解放された元悪役令嬢の自由な冒険者ライフスタート！

アラフォー賢者の異世界生活日記　①～⑲
著：寿安清／イラスト：ジョンディー
40歳おっさん、ゲームの能力を引き継いで異世界に転生す！